Lorenzo Amurri

BIS ICH WIEDER ATMEN KONNTE

Co-funded by
the European Union

Lorenzo Amurri

BIS ICH WIEDER ATMEN KONNTE

Aus dem Italienischen von
Ruth Mader-Koltay

NONSOLO

Bis ich wieder atmen konnte

Erste Auflage, Oktober 2022

Titel der italienischen Originalausgabe: *Apnea*

Lektorat: Irene Pacini
Satz und Layout: Andrea Wöhr

Questo libro è stato tradotto anche grazie a un contributo per la traduzione assegnato dal Ministero degli Affari Esteri e della Cooperazione Internazionale italiano.

Die Übersetzung dieses Buches kam auch dank einer Förderung des Italienischen Ministeriums für Auswärtige Angelegenheiten und Internationale Zusammenarbeit zustande.

Printed in Germany
ISBN 978-3-947767-09-0

1. Zwischen Traum und Wirklichkeit

Es ist fast Mittagszeit.

Ich fahre gerade Ski zusammen mit meiner Freundin, also eigentlich fahre ich ihr voraus, denn sie ist zu langsam.

Es ist fast Mittagszeit.

Mein Gesicht steckt im Schnee. Ich höre nichts mehr, so als wäre ich in einem Wattebausch. Ich kann nicht atmen. Jemand nimmt meinen Kopf zwischen die Hände und dreht ihn um: Ich atme wieder.

Jetzt bin ich in einer Art Garage, es sieht aus wie in einer Autowerkstatt. Es kommt mir so vor, als hätte ich eine Person vor mir, die mir den Rücken zudreht, und eine hinter mir, die meinen Kopf berührt, aber ich kann sie nicht klar erkennen. Ich habe Durst. Jemand gibt mir zu trinken. Ich spüre, wie die kühle Flüssigkeit bis hinunter in meinen Magen rinnt und noch weiter; ich spüre sie in der Blase und kann sie dort nicht halten; dann spüre ich sie zwischen meinen Beinen – das ist sehr schön, vergleichbar mit einem Orgasmus.

Die Garage ist der Rettungshubschrauber, der mich ins Krankenhaus transportiert. Ich bin wach, aber mein Bewusstsein irrt geschockt umher und baut sich eine Verteidigung aus Halluzinationen auf, die das verwischt, was in Wirklichkeit geschieht. Man wird mir später sagen, dass viele, die nach schweren Unfällen im Hubschrauber transportiert werden, berichten, in einer Garage gewesen zu sein; man wird mir auch sagen, ich hätte bei der Ankunft in der Notaufnahme erzählt, jemand habe mir zu trinken gegeben, was einen Moment allgemeiner Panik verursachte.

Wenn das tatsächlich jemand getan hätte, wäre ich nicht mehr hier, um zu schreiben.

Es überrascht mich zu sehen, dass sie an der Strandpromenade von Ostia ein amerikanisches Krankenhaus errichtet haben. Auch die Krankenwagen sind amerikanisch: klobig, fast quadratisch und voller Lampen und Blinklichter. Ich liege auf der Motorhaube eines Autos direkt vor dem Eingang, um mich herum tobt eine Schlacht. US-Marines kämpfen gegen Guerilleros einer nicht näher definierten afrikanischen Ethnie: Rauch, Projektile, Explosionen. Ich schaffe es nicht, aufzustehen. Ich glaube nicht, dass ich verletzt bin, habe aber große Schwierigkeiten, mich zu bewegen, ich kann nur ein passiver Zuschauer dessen sein, was vor sich geht. Die Afrikaner versuchen einen Staatsstreich, gegen welchen Staat, könnte ich nicht sagen, und sprengen sich in die Luft. Aber nicht wie die islamistischen Terroristen mit einer Ladung TNT – diese hier fangen an zu glühen wie Lava und gehen in die Luft. Es sieht aus wie eine chemische Reaktion, eine Art explosive Selbstentzündung. Über dem Eingang zur Notaufnahme ist ein goldfarbenes rechteckiges Gitter. Dahinter versteckt sich ein Guerillero, der allmählich die Farbe wechselt: von Schwarz über Orange bis hin zu Feuerrot. Ich versuche verzweifelt, auf mich aufmerksam zu machen, um die Marines zu warnen, schaffe es aber nicht, zu schreien: Aus meinem Mund kommt kein Ton. Ich drehe mich auf die Seite und sehe einen großen Bus, einen Reisebus. Er steht vor mir und teilt sich in der Mitte: Durch irgendeine Vorrichtung trennt sich der hintere vom vorderen Teil, bleibt jedoch mit ihm verbunden. Die Karosserie teilt sich, während das Fahrgestell sich verlängert. Seitlich steht eine Plattform mit einem Loch in der Mitte heraus, über dem ein glühender Guerillero hängt. Unter der Plattform, wo noch eine Minute vorher Asphalt war, öffnet sich ein gewaltiger Abgrund. Die Szene erinnert vage an ein Piratenschiff, bei dem jemand von einem Brett in ein Meer voller Haifische springen muss. Tatsächlich wird der schwarze Mann in das Loch gestürzt, bevor er explodiert.

Plötzlich finde ich mich im Inneren des Busses wieder. Ich sitze vorn, und die Rückenlehne des Sitzes ist vollständig nach hinten geklappt. Neben mir steht ein weißhaariger Mann und spricht mich an:

„Bist du der Sohn von Antonio und Milvia?"

„Ja."

„Dann musst du dir keine Sorgen machen, es wird dir nichts geschehen."

Die Stimme des Mannes ist fest und beruhigend, aber ich habe Angst vor ihm: Er ist der Anführer der Guerilleros.

Die Operation an der Wirbelsäule dauert neun Stunden, die Verletzung ist sehr schwer. Gar nicht zu reden von der Fraktur am Handgelenk, der verrenkten Schulter, der gebrochenen Nase und den Schnittwunden am Kopf. Sie ersetzen mir einen zertrümmerten Wirbel durch ein Stück Darmbeinkamm, das ist einer der Hüftknochen; eigentlich bräuchte es Titanplatten, aber es sind keine verfügbar, und ich kann nicht warten, bis welche kommen.

Der größte Nachteil ist, dass ich fixiert sein muss, mein Hals muss für drei Monate gerade bleiben. Sie müssen mir einen Halo-Fixateur anlegen: eine Krone, an vier eiserne Streben geschraubt, die ihrerseits mit Schrauben am Schädel befestigt werden. Das Ganze wird gehalten von einem Korsett aus Hartplastik, das Schultern und Brust bedeckt und bis in die Magengrube reicht. Auch auf den Halo muss ein paar Tage gewartet werden, aber da ich den Hals bewegen kann – er ist der einzige Teil meines Körpers, über den ich im Augenblick das Kommando habe –, beiße ich in die Schläuche, die Luft in meine Lunge pumpen. Also beschließen sie, einen Luftröhrenschnitt zu machen und mich in ein künstliches, ein pharmakologisches Koma zu versetzen.

Es ist dunkel und still, aber ich bin nicht allein. Vier weiße Scheinwerfer gehen gleichzeitig an und bilden einen Kreis. Einer ist senkrecht über meinem Kopf, die anderen beleuchten jeweils: John Paul Jones mit seinem Bass, Jimmy Page mit seiner Gitarre und jemanden am Schlagzeug, den ich nicht deutlich sehen kann. Ich nehme wahr, dass auch noch andere Leute da sind, die sehe ich aber nicht. Es ist, als wären wir auf einer runden Bühne mit Stufenrängen ringsherum, voll mit schweigenden Schatten. Plötzlich habe ich eine Gitarre im Arm, und wir fangen an zu spielen. Ich spiele mit zwei Rocklegenden, bin aber gar nicht aufgeregt; ich habe wahnsinnig Spaß, bin glücklich. Meine Hände bewegen sich geschickt auf dem Griffbrett, und die Noten von Stücken, die ich nie geübt habe, fliegen dahin und zeichnen sich vor dem Himmel ab wie ein Schwarm Zugvögel vor dem Abflug. Ich weiß nicht, wie lange die Session gedauert hat – auch deshalb, weil die Zeit in diesem Augenblick kein relevanter Faktor ist; und selbst wenn so ein Jam ewig dauern würde, wäre es immer noch zu kurz – und ich kann mich auch nicht genau erinnern, was wir gespielt haben. Ich sitze auf dem Schlagzeughocker mit den Stöcken in der Hand. Um mich herum sehe ich jetzt niemanden mehr, auch nicht die Musiker: Ich kann aber gar kein Schlagzeug spielen. Ein blendend heller Schein haut mich fast um.

Ich bin am Londoner Flughafen, ich muss nach Hause, nach Rom. Ich bin im Flugzeug und sehe mich von außen; ich sehe mich mit der Stewardess reden, sitze aber eigentlich ein paar Reihen weiter weg. Ich bin in Fiumicino und gehe aus dem Flughafengebäude. Es regnet in Strömen, und niemand ist gekommen, um mich abzuholen. Ich habe kein Geld und weiß nicht, wie ich nach Hause kommen soll. Ich sehe einen blauen Bus vom italienischen Militär, er scheint leer zu sein. Ich steige ein, und auf dem Fahrersitz finde ich eine Carabinieri-Mütze: Ich setze sie mir als Verkleidung auf den Kopf und versuche, das Gefährt zu starten, ich bin sicher, dass mich keiner bemerkt. Dabei ist der Bus voll mit Carabinieri, die von der Feuchtigkeit beschlagenen Fenster hatten mich getäuscht. Gleich stehen zwei von ihnen da, halten mich fest und legen mir Handschellen an. Ich versuche, um meine unverzügliche Freilassung zu feilschen:

„Wieviel wollen Sie, um mich gehen zu lassen? Soll ich Ihnen gleich zwei Schecks ausstellen?"

Am Ende einigen wir uns auf eine Million pro Kopf. Ohne den anderen Kollegen die Situation zu erklären, nehmen sie mir die Handschellen wieder ab und lassen mich frei, hinaus in den Regen.

Der Halo-Fixateur ist jetzt da und wurde auch schon an mir befestigt; der Augenblick ist gekommen, mich aus dem Koma aufzuwecken. Ich öffne die Augen, und das erste, was ich wahrnehme, ist ein Gitter an der Wand vor mir, genau wie das, wo sich der afrikanische Guerillero versteckt hatte. Ich starre es misstrauisch an und versuche zu erkennen, ob der noch nicht explodierte Typ immer noch dahinter ist.

„Willkommen zurück", ein weißhaariger Mann im Arztkittel steht neben meinem Bett, „ich bin Doktor Mammini." Ich schaue ihm ins Gesicht, es ist der Anführer der Guerilleros. Aber was macht der hier? Und vor allem: Wo ist das – „hier"? Dabei weiß ich eigentlich, wo ich mich befinde, aber mein Bewusstsein sträubt sich, das vollständig zu erfassen. Über meinem Kopf hängt ein quadratisches Gestell an einer Kette herunter, es erinnert an das Brett, das während des Staatsstreiches aus dem Bus ragte. Zwei Pfleger kommen:

„Hallo, na, wieder wach?"

Auch sie erinnern mich an jemanden. Vielleicht sind es Schauspieler, die ich in irgendeinem Film gesehen habe. Sie sind so vertraut, aber zugleich total unbekannt. Ich sage nichts. Ich weiß es noch nicht, aber auch wenn ich es versuchen würde, käme kein Ton heraus, wegen des Luftröhrenschnitts und der Beatmungsmaschine, an die ich angeschlossen bin. Einer der beiden Pfleger tritt auf mich zu:

„Dann machen wir uns jetzt mal bereit, gleich kommt Ihre Familie."

In nur einem Augenblick füllen sich die Glasscheiben, die die Intensivstation umgeben, mit Menschen. Ich kann sie nicht gut erkennen, es sind nur Schatten, aber sie sind da. Der andere Pfleger bringt mir den Hörer einer Sprechanlage und befestigt sie mir am Halo, auf Höhe des Ohrs. Sein Gesicht ist zu einer Grimasse verzerrt, aber er wirkt freundlich. Er kontrolliert die Befestigung der Beatmungsmaschine am Luftröhrenschnitt, und für einen Moment bleibt mir die Luft weg.

„Hey, Lo, hörst du mich?", eine Stimme kommt aus dem Hörer und dringt in mein Ohr, sie ist sehr vertraut, es ist meine Schwester:

„Hörst du mich, Lorenzo?"

Ja, ich höre dich, Valentina. Aber wo bin ich? Wer sind die ganzen Leute, die mir so bekannt vorkommen? Was ist hier eigentlich los? Es gäbe so vieles, was ich dich fragen möchte, aber meine Lippen formen einen Satz, mit dem du nicht gerechnet hast:

„Du musst auf die Bank und zwei Schecks sperren, die habe ich zwei Carabinieri ausgestellt, die mich verhaften wollten."

Schweigen.

Ich kann mir vorstellen, was im Kopf meiner Schwester los ist, als die Ärmste versucht, meinen Befehl zu interpretieren. Intelligent wie sie ist, findet sie gleich eine logische Erklärung:

„Sei ganz beruhigt, die Rate für deinen Hauskredit hab ich schon bezahlt."

„Du hast mich nicht verstanden, du sollst die Schecks sperren, die will ich nicht bezahlen!", antworte ich gereizt.

Wieder Schweigen.

Die unbestimmte Angst, die in der abgestandenen Luft des Besucherkorridors der Intensivstation herumwabert, wird für einen Moment konkret: Er hat einen Hirnschaden. Aber diese Sorge wird sogleich von der ersten Frage meines wiedererwachten Bewusstseins weggefegt:

„Ich kann nicht mehr laufen, oder?"

2. Der Flug der Hoffnung

Der Krankenwagen flitzt in Richtung Flughafen Ciampino, eskortiert von einem Polizeiauto. Ein Jet der Rega, einer privaten Rettungsgesellschaft, wartet auf meine Ankunft, um mich nach Zürich zu transportieren, genauer in die Universitätsklinik Balgrist, die auf Rehabilitation bei Rückenmarksschäden spezialisiert ist. Ich liege auf der Trage, eingepackt, wie es sich gehört. Der Arzt, der mich begleitet, sitzt am Fenster, in die Lektüre einer Zeitung vertieft. Die ganze Fahrt über würdigt er mich keines Blickes, er scheint fast genervt zu sein von dem langweiligen Auftrag, den man ihm verpasst hat. Warum sollte er sich auch um mich kümmern? In seinen Augen bin ich nichts anderes als ein Postpaket, das seinem Empfänger zugestellt werden muss. Er wird wohl kein großer Doktor sein, wenn sie ihm so eine Briefträger-Aufgabe geben – ohne dass ich damit die Briefträger beleidigen wollte. Der Einzige, der mich ab und zu fragt, wie es mir geht, ist der Pfleger. Der Fahrer schimpft die ganze Zeit im Dialekt auf das Polizeiauto, das er bezichtigt, zu schnell zu fahren:

„Wenn die weiter so rasen, die Deppen da vorne, dann brauchen wir den Krankenwagen bald selber!"

Wir sind am Ziel. Man lässt mich noch ein paar Minuten auf der Startbahn warten, während sie eine kleine Winde richten, um mich damit an Bord zu heben. Der Himmel ist so blau, wie ich ihn noch nie gesehen habe, und die Luft ist die frischeste und sauberste, die ich je geatmet habe. Nach anderthalb Monaten Intensivtherapie unter Tage ist es, als würde ich alles zum ersten Mal empfinden. Nach anderthalb Monaten an der Beatmungsmaschine; nach diversen Bronchoskopien; nach einer Pankreatitis; nach Magnetresonanztomografien, ACTs und bildgebenden Verfahren verschiedenster Art; nachdem ich eine Tonne Beruhigungsmittel geschluckt habe; nachdem Nadeln jeglicher Größe in mich hineingestochen wurden; nach einem Herzstillstand; nachdem ich den Geruch des Todes überall um mich herum wahrgenommen habe – bin ich jetzt also hier. Und warte darauf, in die Arme der Magier jenseits der Alpen zu fliegen, die mit ihren Kenntnissen meine Hände wieder zum Leben erwecken sollen. Denn das wurde mir gesagt: Die Beine wirst du nie mehr bewegen können, aber für deine Hände kann man vielleicht etwas tun.

Die Hände, es zählen allein die Hände.

Ich habe nur sehr vage Erinnerungen an die Zeit, die ich auf der Intensivstation des Krankenhauses von Terni verbracht habe. Größtenteils Bilder und Empfindungen. Angenehme Momente: der Körperkontakt mit meinem Bruder und meiner Mutter, die bei zwei Gelegenheiten die Erlaubnis erhalten hatten, die Station zu betreten; die Worte, die ich mit Hilfe der Fernsprechanlage mit Freunden und mit meiner Verlobten wechseln konnte; die Hilfsbereitschaft und Freundlichkeit einiger Schwestern und Pfleger, die mit mir redeten und versuchten, mir Kraft zu geben. Und harte und schmerzhafte Momente: wenn sie mich auf das metallene Gestell mit den Ketten hievten, um mich zu waschen und die Bettwäsche zu wechseln; wenn ich den diensthabenden Stationsarzt um gewaltige Dosen Beruhigungsmittel bat; der Tag, als sie mich auf die Seite gedreht hatten und ich die Reihe sterbender Patienten um mich herum sehen konnte, und der andere, an dem ich mitbekommen hatte – durch die Lautäußerungen und die aufgeregten Bewegungen des Personals – dass einer von ihnen gerade gestorben war. Ich erinnere mich, dass ich nicht verstand, warum sie mir sagten, mein Körper sei fast vollständig ohne Gefühl: Ich fasste mir an den Bauch und spürte ihn doch, dabei war mir nur noch nicht klar, dass es die Hand war, die die Berührung fühlte, und nicht anders herum. Und es gab einen besonderen Geruch, den ich so nie wieder gerochen habe: eine Mischung aus chemischen Putzmitteln und den Ausdünstungen, die den reglosen Körpern meiner Unglücksgefährten entströmten. Einen Geruch nach Medikamenten, der durch die Poren jedes Einzelnen verändert und personalisiert wurde; ein Konzentrat aus Gedanken, Hoffnungen und Träumen, die sich miteinander verbanden wie die Zutaten eines Rezepts und in der eingeschlossenen Luft der Station hängenblieben, zwischen Leben und Tod. Ich erinnere mich auch, dass es bei einem der ersten Gespräche mit meinem Bruder um Sex ging. Ich sollte mir keine Sorgen machen, meinte er, ich würde trotz der Lähmung perfekt dazu imstande sein:

„Tetraplegiker können Dates haben."

Ich war ein paar Minuten stumm geblieben, konnte den Satz nicht verstehen.

„Was meinst du damit?"

„Bei Tetraplegikern, da funktioniert zwischen den Beinen alles, bei Paraplegikern in den meisten Fällen nicht."

„Und was bin ich, Paraplegiker oder Tetraplegiker?"

„Tetraplegiker, Lo, du bist Tetraplegiker."

Das hatte er mit einer gewissen Befriedigung gesagt. Dieses Wort machte mir Angst, es beschrieb mich und steckte mich in eine Ecke, aus der ich nicht mehr herauskommen würde, wie ein Dieb im Gefängnis, dabei hatte ich gar nichts gestohlen, im Gegenteil, mir war etwas gestohlen worden. Ich hatte dann schließlich begriffen, dass er seinen ersten Satz in einer Fachzeitschrift aus den Vereinigten Staaten gelesen hatte: *„Quadriplegics can have dates"*. Das Wort *date* bedeutet in Amerika auch Sex. Mein Bruderherz hatte nicht lang gefackelt. Das Internet war damals noch nicht die wunderbar labende Nachrichtenquelle von heute, und so hatte er sich über seine zahllosen Bekannten sämtliches auf Papier verfügbares Menschheitswissen über Wirbelsäulenverletzungen zuschicken lassen. Das Lustige daran ist, dass es unter der großen Anzahl von medizinwissenschaftlichen Artikeln, die er sich offenbar tagelang reingezogen hatte, ausgerechnet der über den Sex war, den er mir mit größter Aufregung zitierte. Du wirst keine Musik mehr machen können, wird er sich gedacht haben, aber dein Schniedel funktioniert noch. Mich freute das nicht besonders, im Gegenteil, ich fand seine Bemerkung sogar eher unpassend. Bevor die gewaltigen Dosen Beruhigungsmittel, die sie mir spritzten, seine Worte verflüssigten, hatte ich mich noch gefragt, was Sex für eine Bedeutung haben konnte angesichts der katastrophalen Lage, in der ich mich befand. Den Satz hatte ihm sein Mitleid diktiert, er wusste nicht, was er mir zur Ermutigung sagen konnte, und so war ihm das wie eine großartige Nachricht erschienen, ein Licht, dem ich folgen konnte in dem pechschwarzen Dunkel, das mich umgab. Tatsächlich war das eine wunderbare Nachricht, aber um deren Bedeutung zu verstehen, würde ich noch viel Zeit brauchen.

Es ist Februar, aber mir ist heiß, eine unerträgliche Hitze. Sie hieven mich an Bord und positionieren mich in einer extra dafür vorgesehenen Nische mit Fenster, ausgestattet mit allem, was mir nützlich sein könnte: vom Sauerstoff bis zum Defibrillator. Auch im Flugzeug ist es heiß: Johanna richtet den kleinen Luftstrom auf mein Gesicht. Im Inneren der Intensivstation waren keine Besuche zugelassen, ich konnte die Menschen nur durch die umgebenden Glasscheiben sehen, und für die Verständigung befestigten sie mir ein Fernsprechgerät am Halo, neben dem Ohr. Jetzt kann ich Johanna berühren, ihre Hände spüren, aber ich habe keinen Antrieb, es zu tun. Es ist immer noch nebensächlich im Vergleich zu dem, was hier gerade los ist, oder ich weiß einfach noch nicht, wie es geht. Das Flugzeug hebt ab. Ich höre, wie Johanna mit dem verantwortlichen Arzt und mit der Krankenschwester-Stewardess spricht. Ich verstehe nicht, was sie sagen, und es interessiert mich auch nicht.

Ich fliege nicht gern. Wenn meine Hände funktionieren würden, könnte ich mich durch Gitarrespielen ablenken. Auf einem Rückflug aus Amerika vor ein paar Jahren hatten mich zwei sehr sympathische Stewards gebeten, ihnen etwas vorzuspielen. Damals durfte man die Gitarren noch mit in die Kabine nehmen. Auf meinen Einwand, ich hätte Angst, die anderen Passagiere zu belästigen, hatten sie amüsiert geantwortet:

„Spielen Sie nur, um die Passagiere kümmern wir uns schon."

Zehn Minuten Blues hatten gereicht, um sie zufriedenzustellen und mir eine Reise mit First-Class-Service zu verdienen.

Ich schaue aus dem Fenster: Das Blau des Himmels ist jetzt noch intensiver. Und wenn das Flugzeug abstürzt? Das wäre der Gipfel des Unglücks. Ich sehe schon die Überschriften vor mir:

„Nach schwerem Unfall Absturz mit dem Flieger, der ihn in die Spezialklinik bringen sollte."

Vielleicht wäre es aber auch nur ein Unglück für meine Mitreisenden, ich bin ja ohnehin schon fast im Jenseits. Mit diesem Gedanken, der sich in meinem Kopf ausbreitet, schließe ich die Augen. Als ich sie wieder öffne, sind wir bereits gelandet, und sie verladen mich gerade in den Krankenwagen.

Mir ist immer noch heiß, ich kriege keine Luft.

Während der Arzt und Johanna sich weiter unterhalten.

Er erzählt ihr praktisch sein ganzes Leben, seine Zukunftspläne: dass er seine Arbeit liebt und gerne der Vereinigung „Ärzte ohne Grenzen" beitreten würde, um durch die Welt zu reisen und seinem Nächsten zu helfen. Er baggert sie schamlos an, der kleine Doktor, fehlt nur noch, dass er sie gleich fragt, ob sie mitkommen will. Ich mache auf mich aufmerksam, indem ich ein schnalzendes Geräusch mit dem Mund produziere, wie wenn man auf einem Pferd reitet oder eine Katze lockt. Diese Methode habe ich während meines Aufenthalts auf der Intensivstation angewendet, es ist meine einzige Möglichkeit, mir Gehör zu verschaffen, seit ich den Luftröhrenschnitt habe.

„Mach ein Fenster auf, hier drin kann man ja nicht atmen."

Johanna gibt das Ansinnen an den kleinen Doktor weiter, der lachen muss:

„Aber es ist doch kalt draußen, wir haben Februar."

„Warum kümmerst du dich nicht um deinen eigenen Scheiß und machst dieses verdammte Fenster auf, statt dich an meine Freundin ranzuschmeißen? Und du hör auf, mit diesem Idioten zu flirten und mach eben du das Fenster auf!"

Tatsächlich, wenn man sich die Situation vor Augen führt und den Verlauf unserer Beziehung in den vergangenen Monaten, wäre es für sie keineswegs eine schlechte Idee, die Gelegenheit beim Schopf zu packen. Auf der Flucht mit dem kleinen Doktor in seinem Privatjet würde sie mit einem Schlag gleich zentnerweise Probleme von sich abschütteln. Möglich, dass sie gerade selbst darüber nachdenkt.

Meine Stimme verliert sich in der Kanüle, und meine Lippenbewegungen lassen sich nicht entziffern. Trotzdem nimmt Johanna meine Beunruhigung wahr und lässt das Fenster einen winzigen Spalt breit öffnen, aber das Ergebnis ist dasselbe: Es ist immer noch zu heiß.

Jetzt sind wir bei der Klinik. Der Übergang vom Krankenwagen ins Innere des Gebäudes ist wunderbar; es ist wirklich kalt, aber genau das ist es, was ich gebraucht habe, nur schade, dass es viel zu kurz dauert. Der kleine Doktor führt die Übergabeformalitäten durch: Anderthalb Stunden Flug und zwanzig Minuten Krankenwagen für schlappe zehntausend Dollar, und on top noch eine geile blonde Schwedin. Da hat er dieses Mal wirklich Schwein gehabt. Ich treffe auf meine Schwester Valentina, die vorausgefahren ist, um die allfällige Bürokratie abzuwickeln. Sie ist die pragmatische Figur in unserer Familie. Gut darin, Situationen zu managen und Problemlösungen zu finden. Sie hat schon immer einen Gang mehr drauf gehabt. Manchmal übertrieb sie es damit, mein Leben organisieren zu wollen, aber das tat sie nur, weil sie sich Sorgen um meine Zukunft machte. Viele Jahre älter als ich, war sie nicht nur eine Schwester, sondern eine Mutter für mich. Seit unser Vater tot ist, ist sie meine wichtigste Bezugsperson geworden.

Die Klinik scheint sehr groß zu sein, soweit ich das im Liegen erkennen kann, mit hohen Decken und vielen Glasfronten. Auf die breitesten davon sind große schwarze Vogelsilhouetten aufgeklebt; wie man mir später erklären wird, sollen sie verhindern, dass die im umliegenden Park lebenden Vögel dagegenprallen. Die Intensivstation hier ist ganz anders als die italienische: Besuche sind ohne zeitliche Beschränkung gestattet, und die Glaswand hier ist sehr groß und geht auf den Park hinaus. Ich bin umgeben von Pflegern und Ärzten, die sich an meinem gefühllosen Körper zu schaffen machen; das einzige, was ich spüre, ist die Kanüle, die sie mir in den Arm schieben. Alle sind sie sehr beschäftigt, bis auf eine Schwarze, die im Vergleich zu den anderen sehr groß ist und mich lächelnd anschaut, ein beruhigendes Lächeln. Allzu viele unbekannte Gesichter auf einmal machen mich nervös. Als hätten sie meinen Gedanken gelesen, lassen sie mich fast gleichzeitig in Ruhe. An ihrer Stelle tauchen, wie durch Zauberei, Johanna und Valentina auf. Sie streicheln mein Gesicht und meine Arme. Plötzlich wird mir bewusst, wie sehr mir der Körperkontakt gefehlt hat; wie wichtig es ist, den Geruch und die Wärme der Menschen wahrzunehmen, die du liebst, denen du vertraust. Mir kommen die Tränen:

„Hab ich was Böses getan, womit ich das alles hier verdiene?"

„Was fällt dir denn ein, natürlich nicht", antwortet meine Schwester.

Aber was mache ich dann hier? Ich will hier nicht sein, bringt mich weg.

3. Tage auf der Intensivstation

Der Tropf erzeugt einen langsamen, aber regelmäßigen Rhythmus. Ich bin gefangen in einem Spinnennetz aus Schläuchen: Der blaue für den Sauerstoff hängt am Luftröhrenschnitt; ein beiger von derselben Farbe wie das Zeug, mit dem sie mich momentan ernähren, führt direkt in meinen Magen; dann der Tropf mit der Standard-Infusionslösung, die Natrium-, Kalzium- und Kaliumchlorid enthält und für die Flüssigkeitszufuhr sorgt; ein Katheter, der in meinem Pimmel steckt und in einen großen Beutel mit kleinen Ablassventilen führt; und eine Reihe elektrischer Kabel, die meine Vitalfunktionen laufend überwachen. Vervollständigt wird das Bild vom Halo mit der Krone und den Metallstreben um mein Gesicht herum. Damit man es schafft, mich anzufassen, muss man sich erst durch diesen künstlichen Urwald aus Plastiklianen und eisernen Baumstämmen kämpfen.

Meine komplette Familie steht um mich herum: Neben Johanna und Valentina sind jetzt auch meine andere Schwester Roberta, mein Bruder Franco und meine Mutter dazugestoßen. Die ganze Zeit lächeln sie mich an. Sie sind froh, endlich in meiner Nähe zu sein, ohne Trennwände, und vor allem sind sie voller Vertrauen, mich an den richtigen Ort gebracht zu haben. Nach der Angst und der anfänglichen Erschütterung und nach der gewissenhaften Recherche quer durch halb Europa, sind sie sicher, den Ort gefunden zu haben, der sich für meine Bedürfnisse am besten eignet. Ich selbst weiß nicht, was ich denken soll, ich lebe nur im Augenblick.

Ich lasse mich heftig am Kopf kratzen. Die am Tag des Unfalls zwecks Wundversorgung komplett rasierten Haare wachsen wieder, und aus ersichtlichen Gründen ist es anderthalb Monate her, dass ich sie zuletzt gewaschen habe: Der Juckreiz ist unerträglich.

Meine Lunge ist total verschleimt und muss dauernd abgesaugt werden, weshalb man mir lange Katheter in den Luftröhrenschnitt einführt. Auch dieser Vorgang ist unerträglich und wird doch ungefähr zehnmal am Tag vollzogen, so bringen sie mir direkt die Bezeichnung auf Schweizerdeutsch bei: *absuuge*. Denn nur wenige können hier Englisch, und Italienisch noch viel weniger. Das wird eine Konstante der ersten Monate im Krankenhaus sein: Jedes Mal, wenn meine Atmung sich so anhört wie das Gurgeln in einem kaputten Abflussrohr, kommt die diensthabende Krankenschwester und verhindert, dass ich in meinem Schleim ersaufe. Andererseits, nach vierzehn Jahren Joints und Zigaretten, vom Rest ganz zu schweigen, habe ich keine Ahnung, wie lange es dauern wird, die Lunge leer zu kriegen.

Ich lerne Pero kennen, den leitenden Pfleger der Intensivstation. Er ist einer von den Menschen, zu denen man sofort Vertrauen hat, die Sicherheit ausstrahlen. Er sagt, meine Fußnägel seien sehr lang, und bittet um die Erlaubnis, sie mir zu schneiden. Erlaubnis erteilt, ich spüre ja sowieso nichts, und ehrlich gesagt ist es mir auch ziemlich egal. Alles, was in dem gefühllosen Teil meines Körpers passiert, und das sind ungefähr achtzig Prozent, hat nur wenig Bedeutung. Pero macht mir eine Super-Pediküre, von der sich die professionellste Fußpflegerin eine Scheibe abschneiden kann. Am meisten begeistert vom Ergebnis ist meine Mutter, die ihn am liebsten bitten würde, auch ihre Füße zu behandeln. Der Tag vergeht im Rhythmus der vielen Absaugerei und der ebenso zahlreichen Umlagerungen: Alle drei Stunden drehen sie mich um, damit ich mich nicht wund liege. Rechte Seite, Rückenlage, linke Seite, mit jeweils passend verteilten Kissen: eines immer unter den Fesseln; zwei weitere zwischen den Knien und im Rücken, wenn ich auf der Seite liege, und das Ganze auch nachts.

Es wird Abend. Gegen halb zehn geht meine Familie essen und dann schlafen, ich bleibe allein. Jetzt, da ich ein bisschen mehr bei Bewusstsein bin als auf der italienischen Intensivstation, habe ich Angst. Der Ort ist neu für mich, genau wie die Menschen um mich herum, ich denke, da ist das normal. Die Schicht der Pfleger hat gewechselt; jetzt sind sie zu zweit, ein Mann und eine Frau: Sie ähnelt der Nordhexe aus dem Zauberer von Oz, und er wirkt wie ein Roboter, den sie steuert. Beide alles andere als vertrauenerweckend. Ich schließe die Augen und versuche zu schlafen, aber nach kurzer Zeit kommt mir der Schleim wieder hoch. Der Roboter stopft mir den Katheter in den Luftröhrenschnitt und saugt ab. Eine halbe Stunde vergeht, dann ist mir heiß. Mein Bett steht genau vor der großen Glasscheibe, die zum Park hinausgeht. Ich rufe den Pfleger und frage ihn auf Englisch, ob er ein Fenster öffnen könnte. Er versucht nicht einmal, meine Lippen zu lesen, und antwortet:

„Absuuge!"

Er holt den Katheter und stopft ihn mir wieder in den Hals, obwohl ich nein sage. Der Vorgang ist schon sehr unangenehm, wenn Schleim da ist, aber wenn nicht, wird es richtig schmerzhaft. Mir ist immer noch heiß, aber ich warte, bis sie mich umlagern kommen, bevor ich sie nochmal bitte, das Fenster aufzumachen. Vielleicht verstehen sie ja zu zweit, was ich sage, und saugen nicht wieder ab. In der Zwischenzeit schließe ich die Augen und versuche mich zu entspannen, um einschlafen zu können, aber keine Chance. Die neue Umgebung und die neuen Gesichter lassen mir keine Ruhe, ich bleibe wachsam. Vielleicht könnte ich nach einem Beruhigungsmittel fragen, wie ich es in Terni immer gemacht habe, aber wer weiß, ob die hier mir eins geben. Das ist eine Bitte, die von einem Arzt abgesegnet werden muss, das können die Pfleger bestimmt nicht entscheiden. Da kommen sie. Die Hexe ist nicht dabei, an ihrer Stelle eine junge Schwester mit dem Roboter, der mich diesmal meine Bitte nicht mal zu Ende bringen lässt:

„Absuuge!“

Ich drehe durch. Mit dem einen Arm, den ich ausreichend bewegen kann, versuche ich ihn abzuwehren, während aus meinem Mund nur ein einziges fortwährendes Nein kommt. Der Typ hält inne. Jetzt kommt die Schwester dazu. Immer aufgeregter versuche ich ihr zu erklären, dass ich nicht abgesaugt werden will, aber sie versteht nicht. Ich fange an zu heulen, ein hysterischer Anfall. Ich will meinen Bruder hier haben, meine Familie, jemanden, der meine Sprache kann, verdammt. Das schaffe ich ihnen klarzumachen. Sie haben die Nummern. Nach ein paar Minuten kommt mein Bruder, meine Familie ist im Personalgebäude untergebracht, direkt gegenüber der Klinik. Ich erkläre ihm, was los war: Er beruhigt mich und knöpft sich den Pfleger vor. Die junge Frau kann Englisch und verspricht mir, sich den Rest der Nacht um mich zu kümmern. Sie lagern mich auf die linke Seite mit dem Gesicht zum offenen Fenster: Die Luft ist frisch und sauber und der Himmel voller Sterne. Ich male mir ein kleines Raumschiff aus, das zur Erde gleitet und vor meinem Fenster stehen bleibt. Ein rotes Licht erfasst mich und scannt meinen Körper von Kopf bis Fuß durch. Dann teleportiert mich ein blendend helles Licht an Bord, wo die Außerirdischen meinen Rücken wieder instand setzen, um mich dann in mein Bett zurückzubringen. Dieser Wachtraum wird mich noch lange begleiten.

Am nächsten Tag wechselt das Personal andauernd; die erste Schwester ist eine Asiatin, die nicht gerade durch große Sympathie glänzt und direkt eine Diskussion mit meiner Familie anzettelt. Sie beschwert sich wegen der Unordnung (die es nicht gibt) und weil ich meinen Tee nicht getrunken hätte. Sofort wird klar, dass nicht alle in dieser Klinik wirklich vertrauenswürdig sind: Sie müsste doch wissen, dass ich noch nichts trinken kann. Mit genervter Miene beugt sie sich über mich und zieht das Laken weg, um die Intimpflege vorzunehmen. Da jedoch erwartet sie schon die Rache für ihr unfreundliches Verhalten: Mein putzmunterer Pimmel steht zwanzig Zentimeter vor ihrem Gesicht.

Sie reißt die Augen auf und prallt unwillkürlich zurück. Nachdem sie den Anschein einer gewissen Professionalität zurückgewonnen hat, deckt sie mich wieder zu, verschiebt die Pflegeleistung auf später und verzieht sich. Mein Bruder bricht in unbändiges Gelächter aus:

„Da hast du ihn, den Superschniedel, das geschieht dir recht! Das Ungeheuer von Loch Ness hat sie in die Flucht geschlagen, Lo, gut gemacht!"

Er funktioniert nicht mehr so wie vorher, er reagiert weder auf optische Reize, noch auf erotische Gedanken, er führt ein Eigenleben, unabhängig von meinem Willen: Ich habe einen anarchischen Pimmel.

Dann sind die Ergo- bzw. Beschäftigungstherapeutinnen dran: Das sind diejenigen, die entscheiden, welche Art fahrbaren Untersatz ich benutzen, welche Hilfsmittel ich benötigen werde; diejenigen, die mir all das beibringen werden, was ich in meiner neuen Lage selbstständig tun kann; diejenigen, die sich um meine Hände kümmern werden. Ja, um meine Hände.

Das Einzige, was zählt.

Sie stellen sich vor:

„Ich bin Mila, und das ist Claudia. Wir müssen Ihre Arme und Hände messen, okay?" Ich mache ein Zeichen der Zustimmung. Ich getraue mich nicht, irgendetwas zu fragen, vielleicht weil ich unbewusst die Antwort schon kenne. Ich schaue ihnen bei der Arbeit zu. Auch sie nehmen keinen Kontakt mit mir auf, kreuzen nie meinen Blick. Ich verstehe nicht, ob das eine Art Respekt sein soll, ob es sich um eine Verhaltensempfehlung aus einem Handbuch für den Umgang mit frisch Behinderten handelt, oder ob es so funktioniert wie im normalen Leben, wenn man dir jemanden vorstellt, den du noch nie gesehen hast: Du nimmst Kontakt auf, aber nicht direkt, sondern immer durch den Filter der Person, durch die du ihn kennengelernt hast. Wir müssen hier ja auch keine Freunde werden, ihre einzige Verpflichtung besteht darin, mit größtmöglicher Professionalität zu arbeiten, und genau das tun sie.

Und schließlich kommen mehrmals die Ärzte vorbei: der Chefarzt der Station, auf die sie mich bringen werden, zusammen mit dem asiatischen Chirurgen, der mich vielleicht operieren wird. Sie stehen vor der Entscheidung, ob ein weiterer Eingriff an der Wirbelsäule gemacht werden soll: Sie haben Zweifel, ob das Stück vom Darmbeinkamm, das man mir anstelle des geborstenen Wirbels eingesetzt hat, richtig halten wird, und würden es lieber durch eine Titanplatte ersetzen, wie man sie normalerweise in solchen Fällen verwendet. Aber ich will nicht noch eine weitere Operation über mich ergehen lassen, allein die Vorstellung, dass sie wieder an meinem Rückenmark herumbasteln, versetzt mich in Angst und Schrecken. Und dann die Vollnarkose, die dem Tod so sehr ähnelt, das Aufwachen mit so starken Schmerzen, dass du lieber wirklich tot sein möchtest, und womöglich auch noch einmal das künstliche Koma, durchsetzt von Träumen: Die Hexe und der Roboter wären darin sicher die Hauptfiguren. Nein, es reicht. Sie überziehen mich mit Röntgenuntersuchungen und CTs und entscheiden nach ein paar Tagen, dass doch keine OP nötig ist. Ich kann auf die Station verlegt werden.

Noch einen Tag und eine Nacht verbringe ich auf der Intensivstation. Fast tut es mir leid, von hier fortzumüssen, hier fühle ich mich beschützt. Ich habe Pero ins Herz geschlossen. Eines Abends ist er an mein Bett gekommen und hat gefragt:

„Lust auf einen Kaffee?"

„Aber ich kann doch nicht trinken."

„Das lass mal meine Sorge sein, willst du oder nicht?"

„Doch."

Er verschwindet und kommt mit einem Glas zurück, darin vier Fingerbreit Espresso und ein Strohhalm:

„So, jetzt machst du, was ich dir sage: Nimm einen kleinen Schluck, behalte ihn im Mund und schluck auf mein Kommando."

Ich nehme den Strohhalm zwischen die Lippen und lasse den Schluck im Mund. Der Kaffee ist warm, süß und duftet unglaublich gut. Meine Geschmacksknospen drehen völlig durch, seit zwei Monaten haben sie nicht mehr das Geringste geschmeckt. Pero zählt rückwärts: „Drei, zwei, eins ... los!"

Das warme Getränk läuft mir langsam den Rachen hinunter, fließt durch die Speiseröhre und überfällt den Magen. Ich kann mich nicht erinnern, jemals ein schöneres Gefühl gehabt zu haben. Die einzige Nebenwirkung ist ein Effekt wie von einem Gramm Kokain: Ich bleibe die ganze Nacht wach und bin völlig überdreht. Zum ersten Mal seit zwei Monaten fühle ich mich lebendig.

4. Zimmer Nr. 1

Ich liege in dem Zimmer neben dem der Pflegekräfte: Das ist für die Patienten reserviert, die noch immer auf Sofortversorgung angewiesen sind, zugleich aber schon mit der körperlichen und psychologischen Rehabilitation anfangen können.

In diesem Zimmer werde ich quasi eingeschlossen sein, für die kommenden zwei Monate. Die Schwester, die mich von der Intensivstation hierher verlegt hat, spricht Englisch:

„Jetzt muss ich alles messen, was geht – wenn Sie wollen, stelle ich Ihnen den Spiegel so ein, dass Sie sehen können, was ich mache."

Ich gebe keine Antwort und drehe meinen Kopf zu der breiten Glasfront, die auf die Wiese hinausgeht, genau wie die auf der Intensivstation. Der Spiegel, der auf einem beweglichen Arm über meinem Kopf befestigt ist, dient tatsächlich dazu, dass man verfolgen kann, was mit dem Teil des Körpers passiert, der ohne Gefühl ist, in meinem Fall von knapp oberhalb der Brustwarzen abwärts. Da finde ich es doch interessanter, rauszuschauen oder wenigstens meine neue Behausung zu inspizieren. Über meinem Kopf an einem Teleskoparm schwebt auch ein kleines Fernsehgerät, inklusive eines Telefons mit riesigen gelben Tasten. Das Zimmer ist sehr groß: Neben mir ist ein leeres Bett; an der Wand vor den Betten stehen drei Stühle und ein Tisch; das Bad ist links von der Tür, und das einzige Bild, das über dem Tisch hängt, zeigt einen schönen Blumenstrauß. Echte Blumen darf man im Zimmer nicht haben, wegen der Bakterien. Wenn mein Vater noch leben würde, hätte ihn der Anblick der Zimmereinrichtung erschaudern lassen. Sein Sinn für Ästhetik hätte ihm befohlen, Bilder und Einrichtungsgegenstände zu kaufen, um den Raum gemütlich zu gestalten. Unter seinen unzähligen Begabungen hatte er auch die, ein exzellenter Maler zu sein. Ich erinnere mich an seine perfekten Fälschungen, die er anstelle der echten Gemälde bei uns zu Hause aufhängte, aus Angst vor Dieben. Begabungen, die ich heute schätze, die ich aber, als er noch da war, nur mit Mühe begreifen konnte. Es gab eine Zeit vor meiner Pubertät, in der ich Angst hatte, die Schwelle zu seinem Zimmer zu übertreten, so als würde ich den Tempel einer Gottheit entweihen. Ich fürchtete mich vor seiner mächtigen Stimme, wenn er brüllte. Nicht dass er häufig mit mir geschimpft hätte, ganz im Gegenteil, das tat er definitiv deutlich weniger, als ich es verdient gehabt hätte. Was mir Angst machte, war die akustische Frequenz dieser Stimmlage, auch wenn sie nicht an mich gerichtet war. Während meiner Jugendzeit habe ich es immer vermieden, mit ihm über meine Probleme und Ängste zu sprechen. Aber daran war nur mein verschlossener Charakter schuld, vielleicht war ich auch etwas überheblich. Ich glaube, es hätte ihn glücklich gemacht, mir zuzuhören, und vielleicht hätte er mir auch beim Großwerden geholfen, vielleicht sogar dabei, ihn besser kennenzulernen.

Ich bin noch immer umgeben von meinem ganz persönlichen künstlichen Urwald, der zusammen mit mir von der Intensivstation hierher gewandert ist. Herein kommt Claudia, die meine offizielle Ergotherapeutin geworden ist. Sie spricht ein perfektes Englisch mit starkem australischem Akzent, weil sie lange Zeit da unten gelebt hat. Sie bringt ein sehr merkwürdiges Gerät auf Rollen mit: eine kleine Konsole mit nummerierten Tasten wie bei einem Telefon und, an einem schwarzen Schlauch befestigt, einem orangefarbenen Stift, der an eine lange Zigarettenspitze im Stil der Zwanziger erinnert. Sie stellt das Gerät neben dem Bett ab und positioniert den Schlauch so, dass der Stift vor meinen Mund zu liegen kommt. Das neue künstliche Strauchgewächs dient vor allem dazu, die Schwester zu rufen: Einmal durch das Endstück einatmen, ist der normale Ruf; zweimal ist der Notruf. Zusätzlich, und hier kommt die Konsole ins Spiel, kann man Telefonnummern in das Gerät einspeichern, die durch Pusten aktiviert werden können. Es handelt sich also praktisch um eine Freisprechanlage: Einmal pusten, und die Verbindung wird hergestellt; zweimal pusten, und die erste eingespeicherte Nummer wird gewählt, bei dreimal pusten die zweite und so fort. Bis zu insgesamt zehn Nummern. Wir speichern erst mal nur drei ein, auch weil es momentan noch völlig nutzlos ist, ich habe ja wegen des Luftröhrenschnitts keine Stimme. Wenn ich jetzt so drüber nachdenke, habe ich tatsächlich seit dem Tag des Unfalls mit keinem Freund mehr gesprochen. Immerhin habe ich eine vage Erinnerung daran, über die Sprechanlage der Intensivstation von Terni gesprochen zu haben: Ich schlug den Mitgliedern meiner Band vor, ohne mich ins Studio zu gehen, denn ich hatte kapiert, dass ich aus dieser Situation nicht so schnell wieder rauskommen würde, obwohl ich keinerlei Ahnung hatte, wie schlimm sie eigentlich war. Es ist unglaublich, wie das Unterbewusstsein unabhängig von der Vernunft arbeitet, es weiß alles schon vorher. Das rationale Denken verfolgt dagegen erst einmal die Strategie, sich stufenweise an die Realität anzunähern; seine Aufgabe ist es, die Tragödie erst einmal verborgen zu halten und sie nach und nach in der Zeit aufzulösen, um sie akzeptierbar zu machen.

In meinem Zimmer ist viel los in diesen ersten Tagen. Alle drei Stunden kommen sie zu zweit, um mich umzulagern und meine Blase zu leeren. Das heißt jetzt nicht mehr „pinkeln". Das Entleeren erfolgt mittels eines Katheters von ungefähr vierzig Zentimetern Länge: Sie nehmen den Pimmel, legen ihn frei, desinfizieren die Vorhaut, machen die Harnröhre durchlässiger, indem sie ein Gleitgel hineinspritzen, und schieben dann den Katheter rein, der ganz durchgeht bis in die Blase und sie entleert. So wie wenn man den Tank eines Mofas mit einem Plastikschlauch entleeren will, das physikalische Prinzip ist dasselbe. Sie kommen auch, um den Tropf zu wechseln und den Beutel mit der Nährlösung, um mir den Schleim abzusaugen oder um irgendein anderes Problem zu lösen, und davon gibt es nicht eben wenige. Zum Glück weichen meine Familie und meine Freundin mir nicht von der Seite, zumindest tagsüber. In der Nacht aber gibt es keinerlei Ablenkungen; sie ist lang und voller Gedanken und Fragen. Ich liege fast die ganze Zeit schlaflos da, wegen der Schmerzen und der regelmäßigen Umlagerungen, während Einsamkeit und Melancholie einander umschlingen wie die Wurzeln eines Baumes.

Claudia arbeitet an meinen Händen. Sie modelliert gerade Stützapparate aus Plastik, die die Funktion haben, sie geöffnet zu halten. Ich habe noch nicht zu fragen gewagt, was sie da eigentlich macht und warum; es gefällt mir, zu denken, es handele sich um ein ganz besonderes Stretching für die Finger, um sie auf den Moment vorzubereiten, in dem sie anfangen werden, sich wieder zu bewegen.

Heute ist ein wichtiger Tag, ich beginne mit der Physiotherapie. Das ist der offizielle Beginn der Reha, der Wendepunkt: Es wird ein Training geben, das mit jedem Tag intensiver wird und darauf zielt, meinen Körper zu heilen. Ich muss wieder Muskeln aufbauen und endlich auch meine Hände zurückbekommen.

Alle Fragen, die ich bisher noch nicht gestellt habe, angefangen mit der wichtigsten, habe ich beschlossen, an die Physiotherapeutin zu richten, deren Namen ich schon kenne: Kielo. Sie erscheint pünktlich wie eine Schweizer Uhr, wir sind ja schließlich auch in der Schweiz.

„Kann ich das Fenster öffnen?" fragt sie.

„Ja, klar."

„Sie müssen saubere Luft atmen, das tut Ihnen gut."

Ich zeige auf den kleinen blauen Sauerstoffschlauch an meinem Luftröhrenschnitt.

„Ja, den hab ich schon gesehen, aber das ist nicht dasselbe."

Die junge Frau gefällt mir jetzt schon, ihr Körper ist der einer echten Sportlerin. Sie erklärt mir, dass sie bis auf weiteres jeden Tag in mein Zimmer kommen wird, bis ich in der Lage sein werde, den Trainingsraum zu nutzen:

„Kann ich mit den Beinen anfangen?"

„Ja."

Bei der Arbeit erklärt sie mir, was sie gerade macht und wozu. Es handele sich um eine passive Mobilisierung der unteren Extremitäten, um zu verhindern, dass die Sehnen sich verkürzen. Das Stretching sei sehr wichtig für viele andere Sachen, die sie mir später noch beibringen werde. Ich höre ihr zu, aber von Muskeln redet sie nie. Auch Johanna ist im Zimmer. Die Sitzung dauert insgesamt fünfzig Minuten, und nach ungefähr einer halben Stunde geht sie zu den Armen über. Hier gibt es offenbar noch eine Muskulatur zu erhalten, denn sie lässt mich Kräftigungsübungen machen. Sie redet und erklärt weiter, bis ich sie plötzlich unterbreche:

„Aber meine Hände?"

„Was ist mit den Händen?"

„Wann werde ich die wieder bewegen können?"

Sie lässt den Arm los, mit dem sie gerade beschäftigt war, und schaut mir gerade in die Augen:

„Ich weiß nicht, wer Ihnen sowas erzählt hat, aber bei manchen Vorstellungen ist es besser, sofort damit aufzuräumen: Ihre Hände werden Sie nicht mehr bewegen können."

Die Worte kommen aus ihrem Mund so scharf wie Rasierklingen und stürzen sich im freien Fall auf meinen gelähmten Körper, um dort neue, tiefe und schmerzhafte Wunden aufzureißen. In einem einzigen Moment verpuffen all die Fragen, die ich ihr zu stellen vorgehabt hatte, im Nichts. Ich bringe kein Wort heraus. Sie versucht meinen Arm wieder aufzunehmen, um mit den Übungen weiterzumachen, aber ich ziehe ihn gewaltsam weg:

„Fassen Sie mich nicht an und verschwinden Sie, raus!"

Ich weiß nicht, ob sie meine Worte versteht, aber sie sieht davon ab, zu insistieren, und geht hinaus, vielleicht war meine Reaktion in ausreichendem Maße beredt. Ich hasse sie aus Leibeskräften, alle hasse ich sie. Johanna kommt zu mir. Ich sage zu ihr, sie soll mich alleine lassen. Warum hat mir keiner die Wahrheit gesagt? Was hat es gebracht, mich glauben zu lassen, dass ich meine Hände wieder würde gebrauchen können? Ja, vielleicht war auch ich es, der sich an eine Hoffnung klammern wollte, von der ich eigentlich schon wusste, dass sie unbegründet war. In der Hälfte meiner Finger ist kein Gefühl mehr, und auch wenn ich mich mit aller Kraft konzentriere, schaffe ich es nicht, sie auch nur einen Millimeter zu bewegen. Nicht einmal hier in Zürich haben sie die Fähigkeit, dieses Problem zu lösen, nicht einmal die Zauberer von jenseits der Alpen können wirklich zaubern. So ist die Lage, und so wird sie für immer bleiben. Draußen ist es fast dunkel, und durchs Fenster kommt stechend kalte Luft herein. Meine Augen füllen sich mit Tränen. Ich habe das Gefühl, ins Leere zu stürzen, in einen Abgrund ohne Boden. Ich fühle mich meines einzigen Lebenssinns beraubt, des einzigen, den ich im Moment erkennen kann. Ich schaue in den Himmel, der beginnt, sich mit Sternen zu bevölkern: Ich warte auf die Außerirdischen, meine letzte Hoffnung.

5. Projektionen #1

Projektion: Übertragung auf eine andere Ebene oder Situation. Unbewusstes Verschieben der verdrängten Impulse seitens des Ich aus dem Inneren auf eine äußere Umwelt, auf Personen, denen die genannten Impulse in mehr oder weniger verfälschter Form zugeschrieben werden.

Es ist immer nur eine Projektion seiner selbst, die der Autor im Schreiben ins Spiel bringt. (Italo Calvino)[1]

Das Fenster ist den ganzen Tag offen geblieben. Ich atme tief ein. Meine Nasenflügel gefrieren beinahe, und die Luft erfrischt meine Lungen: Das ist ein fantastisches Gefühl. Meine Körpertemperatur kehrt langsam wieder zu ihrem Normalzustand zurück, ich spüre nicht mehr diese höllische Hitze und das Erstickungsgefühl, die mich während dieses hektischen Tages die ganze Zeit begleitet haben. Kielos Worte breiten sich noch immer in meinem Kopf aus und verursachen einen Schmerz, den zu beschreiben ich nicht imstande bin. Ein leuchtender Mond verbirgt die Sterne, aber sein Schein wirkt flüssig wegen der Tränen, die meine Augen füllen. Auf einmal verdunkelt sich der Lichtreflex. Ich trockne mir die Augen, um besser sehen zu können, da macht mich ein rotes Licht für einen Augenblick blind. Eigentlich sind es zwei Lichtpunkte: Einer bewegt sich

---

1 Calvino, Italo: *Die Ebenen der Wirklichkeit in der Literatur*, in: *Kybernetik und Gespenster. Überlegungen zu Literatur und Gesellschaft*. Aus dem Italienischen von Susanne Schoop. München/Wien: Carl Hanser Verlag 1984, S. 140-156 (A.d.Ü.)

vom Kopf abwärts zu den Füßen, der andere in der entgegengesetzten Richtung. Ich schaue zu, wie sie sich mehrmals kreuzen, so als würde mein Körper durchgescannt. Sie kommen von einem Objekt, das draußen vor dem Fenster schwebt und dessen Umrisse ich nicht klar erkennen kann: ein riesiger schwarzer Fleck, durchkreuzt von elektrischen Entladungen, die an Blitze erinnern. All das ereignet sich in völliger Stille, die nur von den Geräuschen der diversen Apparate durchbrochen wird, an die ich angeschlossen bin: das Beatmungsgerät, die Dosieranlage am Tropf, der Bildschirm mit den Vitalfunktionen. Ich versuche die diensthabende Schwester zu rufen, aber die Notrufleuchte geht nicht an, ein Zeichen, dass die Klingel nicht funktioniert. Die roten Lichter kommen zum Stillstand und verschwinden, werden ersetzt durch ein gelbes Licht, das nach und nach immer heller wird, bis es das ganze Zimmer durchflutet. Ich kann nichts mehr sehen. Ich bin völlig eingetaucht in seine Wärme, die mich umhüllt und betäubt: Ich schließe die Augen. Als ich sie wieder öffne, bin ich nicht mehr in meinem Zimmer. Der Dschungel aus Schläuchen, der mich gefangen hielt, ist verschwunden. Ich frage mich, wie ich es anstelle, zu atmen, aber dieser Gedanke verlässt mich genauso schnell wieder, wie er gekommen ist. Um mich herum tanzende Gestalten. Von jeder von ihnen gehen Tentakeln aus, die mich durchdringen, mich durchbohren, aber ohne mich zu verletzen. Tatsächlich verspüre ich keinen Schmerz, sondern ein angenehmes Kribbeln. Es gelingt mir nicht, einen Gedanken außerhalb dessen zu formulieren, was ich sehe, und ich kann auch nicht versuchen zu kommunizieren, denn die Gestalten hindern mich daran. Sie ändern ständig ihre Form und sind fast durchsichtig. Hinter ihnen sehe ich eine ovale Wand, in die unverständliche Buchstaben geritzt sind, und auch sie verändern sich im Rhythmus des Tanzes, als wären es Informationen, die von den in meinem Körper herumwühlenden Tentakeln aufgenommen werden. Zumindest ist das mein Gefühl. Da kommen sie gleichzeitig zum Stillstand und fließen ineinander, formen eine Wand, die sich um mich legt. Dasselbe gelbe Licht überzieht mich mit seiner ganzen Wärme.

Ich bin wieder im Bett, in meinem Zimmer. Das Fenster ist immer noch offen, und der Mond hat seinen Platz als König der Nacht wieder eingenommen. Es könnte nur ein Traum gewesen sein, wäre da nicht die Tatsache, dass der künstliche Dschungel verschwunden ist. Der Bildschirm mit den Vitalfunktionen zeigt Null auf der ganzen Linie: kein Puls, kein Blutdruck. Bin ich etwa tot? Ich führe eine Hand zum Gesicht und stelle fest, dass sie nicht mehr gelähmt ist. Die Finger öffnen sich, die Fingerkuppen erforschen meine Gesichtszüge wie Spürhunde. Der Luftröhrenschnitt am Hals ist weg. Von einem unwiderstehlichen Impuls gelenkt, stelle ich mich auf die Füße. Ich stehe völlig nackt vor dem großen Fenster meines Zimmers. Der Klinikgarten ist verlassen, der Fußboden eiskalt. Ein Schauder läuft von unten nach oben durch meinen ganzen Körper bis zum Kopf: ein wunderbares Gefühl. Das Bett ist leer, daraus schließe ich, dass ich nicht tot bin. Wenn ich es wäre, dann müsste mein Körper noch dort sein, dahingestreckt und ohne Leben. Meine Kleider liegen ordentlich gefaltet auf einem Stuhl, als würden sie auf mich warten. Ich mache einen Schritt, dann noch einen, und koste die Wirkung aus: die Bewegung des Beins, die Ferse, die noch vor der Sohle leicht den Fußboden berührt, die Fußspitze, die sich abdrückt und langsam davonfliegt, hin zur nächsten Landung. Es ist wunderschön, und jeder Schritt scheint eine Ewigkeit zu dauern. Rasch ziehe ich mich an. Alles geschieht ganz natürlich, so als wäre das, was ich bis jetzt durchgemacht habe, nur ein böser Traum gewesen. Auch der Flur der Station ist leer. Ich gehe ihn entlang bis zum Aufzug. Die Türen gehen auf: Heraus kommen zwei Pfleger, ins Gespräch vertieft. Sie bemerken meine Anwesenheit nicht, vielleicht sehen sie mich überhaupt nicht. Ich fahre runter ins Erdgeschoss und wende mich zum Ausgang. Die Cafeteria und die Schalter im Foyer der Klinik sind geschlossen. Ich höre das Echo meiner Schritte in der nächtlichen Stille des riesigen Gebäudes. Die Telefonistin in der verglasten Zentrale am Eingang spricht ins Telefon: Auch sie bemerkt mich nicht. Ich sehe mein Spiegelbild in der gläsernen elektrischen Schiebetür, die sich für mich öffnet. Ich mache mich auf den Weg zu dem Gebäude, in dem Johanna wohnt, und entferne mich von der Klinik, sie scheint in eine ferne Vergangenheit zu entschwinden, die schon nicht mehr zu mir gehört. Die Eingangstür steht offen. Mit dem Aufzug fahre ich nach oben und stehe vor ihrer Zimmertür. Mein Herz spielt verrückt, es schlägt so stark, dass es mir fast den Brustkorb sprengt. Reglos stehe ich da, wie versteinert. Das Geräusch meines Herzschlags scheint in dem ganzen Gebäude widerzuhallen, ich frage mich, wie es sein kann, dass sie mich nicht hört. Da öffnet sich mit einem Ruck die Tür. Johanna schaut mich an, mit aufgerissenen Augen und offenem Mund, aus dem kein Laut kommt, aber ich höre ihren erstaunten Schrei, ich spüre ihn in meinem Gehirn, ich spüre, wie er das Dröhnen meines Herzschlags übertönt. Bevor sich dieser materialisieren und die Zimmerwände zum Einsturz bringen kann, nehme ich sie in die Arme und drücke sie fest an mich. Unser Körper und unsere Münder verschmelzen. Mein Gesicht wird nass von ihren Tränen. Ich versetze der Tür einen Fußtritt, und sie fällt krachend ins Schloss. Während wir uns weiter küssen, bewegen sich Johannas Hände sicher über meinen Körper und streifen mir die Kleider ab. Sanft erkunden sie meinen Körper, als würden sie ihn zum ersten Mal berühren. Wir fallen nackt aufs Bett. Ich bin glücklich, so glücklich, dass ich glaube, nie zuvor das wahre Glück verspürt zu haben. Wie oft habe ich im Geiste unsere Intimität wieder aufleben lassen, wie viele Augenblicke habe ich in meiner Vorstellung bis ins kleinste Detail rekonstruiert, wieviel nie vollzogenen Sex. Ich tauche in ihren Geruch ein, versinke zwischen ihren Brüsten und schiebe mich nach unten zwischen ihre Beine, wo ich den Geschmack wiederfinde, den ich für immer verloren zu haben glaubte. Ich spüre ihren Mund da, wo ich kein Gefühl mehr hatte, und es erscheint mir alles ganz neu. Eine so intensive Lust, dass mir schwindelig wird. Wir lieben uns stundenlang, ohne genug zu bekommen, ohne miteinander zu sprechen. Worte sind nicht nötig, interessieren uns nicht. Draußen ist es schon Tag, als wir in einen tiefen Schlaf fallen, unsere Körper in einem engen Knoten verschlungen, den niemand je wird lösen können.

6. Kettenreaktion

Kielos Worte sind der Auslöser für eine körperliche Implosion. Der Verlust jeglicher Hoffnung in Bezug auf meinen Beruf, meine Leidenschaft, das einzige, was ich im Leben wirklich kann, beginnt sofortige Wirkung zu zeigen. Bis dahin war die Tatsache, meine Beine nicht wieder benutzen zu können, zweitrangig gewesen im Vergleich zu den Händen. Ob ich laufen kann, ist mir nicht so wichtig, dachte ich, mein Instrument zu spielen ist das Einzige, was wirklich zählt. Es vergehen keine zwei Tage, da überfällt mich sehr hohes Fieber mit Schüttelfrost. Das ist normal, sagen sie. Es ist die erste Harnwegsentzündung, ein Krankenhaus ist schließlich ein Sammelbecken für Bakterien, so was kann vorkommen. Bei der Untersuchung stellt sich jedoch heraus, dass ich ganz besondere Bakterien habe: Für mich besteht keine ernsthafte Gefahr, aber für einen Patienten mit einer akuten Erkrankung, der sich verhängnisvollerweise dieselbe Infektion zuzöge, könnte das tödlich enden. Also darf man mein Zimmer ab sofort nur noch vollständig eingepackt in einen Plastik-Einweg-Schutzanzug betreten und mit eigens dafür vorgesehenen Masken. Die Besuche sind ohnehin beschränkt, schließlich befinde ich mich in einem Zustand der Quarantäne. Als wäre es damit nicht genug, muss ich eine multiple intravenöse Antibiotika-Therapie beginnen. An meinen Armen hängt aber schon ein Tropf neben dem anderen, deshalb wird der Einsatz einer „Subclavia“ erforderlich: einer langen Kanüle, die direkt unter dem Schlüsselbein in die Vene eingeführt wird, deren Namen sie trägt. Dieses Verfahren erlaubt es, einen zentralen Venenkatheter mit mehreren

Anschlüssen zu legen, wie ein Verlängerungskabel mit fünf Buchsen. Eine solche Vorrichtung ist auch haltbarer als eine normale Armkanüle. Es gibt nur ein einziges Problem: Um den Katheter zu platzieren, müssen sie mir eine lange und dicke Nadel einführen, ohne Betäubung. Sie kommen zu zweit: ein neuer Arzt und Stefan, ein sehr sympathischer Pfleger, mit dem ich mich gleich gut verstanden habe. Er ist mir ähnlich: lange Haare, Tätowierungen und eine grenzenlose Liebe zur Musik. Obwohl sein Englisch nur gebrochen ist (aber sehr lustig), war er bis jetzt die Person, mit der ich am meisten gequatscht habe. Angefangen von den Tätowierungen – wie, wann und wo wir sie haben machen lassen – bis hin, klar, zu unserem Musikgeschmack, Musikgruppen und Konzerten, die wir besucht haben. Da kennt er sich sehr gut aus, muss ich sagen. Er hatte mich nie nach meiner Vergangenheit als Musiker gefragt, vielleicht wartete er darauf, dass ich selbst davon anfing, bis ihm eines Tages, während er an meinem Körper herumhantierte, eine Art Geständnis herausgerutscht war:

„Weißt du, dass ich ein bisschen Gitarre spiele?"

„Ich auch."

„Ich weiß, es geht das Gerücht, dass du ein großer Gitarrist bist."

„Dann bring doch mal die Gitarre mit und spiel mir was vor."

„Nein, auf keinen Fall! Ich geniere mich, ich spiele ganz schlecht."

Er war ganz rot geworden, und ich hatte das Gespräch versanden lassen. Eigentlich hatte ich auch gar keine Lust, jemanden mit der Gitarre in der Hand zu sehen. Auch wenn ich da noch hoffte, meine Hände wieder benutzen zu können, hielt mich meine innere Verwirrung davon ab, mich mit Dingen zu beschäftigen, die mit der mich unmittelbar betreffenden Realität zu tun hatten. Ich fürchtete, ich würde mich quasi dazu gezwungen sehen, über meine Vergangenheit zu sprechen.

Dieses Mal ist sein Ton ernster als sonst:

„Keine Sorge, Lorenzo, es dauert nur eine Minute und es tut nicht weh. Aber ich gebe dir trotzdem eine Vilan-Spritze, damit du so entspannt wie möglich bist."

Vilan ist ein Morphin-Derivat. Spontan drängt sich mir die Frage auf: Warum betäubt ihr mich denn, wenn es doch gar nicht weh tut? Die Spritze wirkt, und ich finde mich in einer watteweichen Welt wieder, wo nichts wirklich wichtig erscheint. Stefans Hände stützen sich sanft auf meine Arme, während der Arzt sich hinter mir aufstellt. Ich schließe die Augen und wandere in meiner sorgenfreien Welt umher, vergesse fast, was gerade wirklich geschieht. Da reißt mich etwas, das ungefähr einem Peitschenhieb gleichkommt, aus meinem momentanen Zustand der Weichheit. Ich reiße die Augen auf, dass sie fast explodieren, und brülle, ohne einen Laut hervorzubringen. Mein Körper zuckt unwillkürlich zusammen, und erst jetzt bemerke ich, dass Stefan mich festhält, mit aller Kraft, die er aufbringen kann. Ich sehe ihn an, aber die Tränen verzerren mir die Sicht und lassen ihn flüssig und konturlos erscheinen. Der Schmerz holt meine Erinnerung an die Intensivstation in Terni zurück. Auch dort haben sie mir so eine Subclavia gesetzt, und auch dort hatte ich denselben Schmerz.

Und wie damals bleibt mir die Luft weg, ich verliere das Bewusstsein.

Als ich erwache, stehe ich erneut unter der angenehmen Wirkung des Morphiums. Allerdings begreife ich, dass sie langsam nachlässt, denn ich beginne die üblen Nachwirkungen der durchgestandenen Maßnahme zu spüren. Eingepackt in den Schutzanzug, steht Johanna im Zimmer. Sie kommt an mein Bett:

„Wie fühlst du dich?"

„Ich glaube gut, was ist passiert?"

„Du bist ohnmächtig geworden", sie streichelt mir das Gesicht, „möchtest du eine CD hören?"

„Ja."

Wir haben eine kleine Anlage und ein paar CDs aus Rom hier. Meine Lieblings-Aufnahmen. Mir wird klar, dass wir zum ersten

Mal in fast zwei Monaten miteinander allein sind. Zwischen der ständigen Anwesenheit meiner Familie und dem dauernden Hin und Her von Ärzten, Pflegern, Schwestern und diversen Therapeuten haben wir noch keinen einzigen intimen Moment gehabt. Klar ist es nicht gerade das höchste der Gefühle, sie so in Zellophan eingewickelt und maskiert zu sehen, aber so ist es nun mal. Ein Lied der *Smashing Pumpkins* erklingt. Es ist eines meiner Lieblingsstücke, und ich habe es oft gespielt. Die Wirkung ist verheerend: Ich weine so verzweifelt, dass es mich schüttelt, so wie es mir seit vielen Jahren nicht mehr passiert ist. Sie weint auch. Es ist wie die Bestätigung, dass eine Verbindung durchtrennt wurde, die ich für unauflöslich hielt: die zwischen mir und der Musik. Ich war nie ein großer Redner, mein eigentliches Alphabet waren die Noten; jetzt schlagen sie auf mich ein, schwer wie Marmorplatten. Johanna schaltet die Anlage aus und umarmt mich, so gut es eben geht. Langsam hören wir auf zu weinen. Sie nimmt die Maske ab, und wir küssen uns lange. Seit dem letzten Mal scheint ein ganzes Leben verstrichen zu sein, und vielleicht ist es auch nicht ganz der passendste Moment wegen der Bakterien, aber das ist uns egal. Es ist wunderschön. Ich verliere mich in ihren blauen Augen und werde ganz ruhig. In diesem ganzen Wahnsinnstaumel aus Ereignissen ist sie ein Fixpunkt, eine unzerstörbare Säule, an die ich mich klammere, um nicht ins Leere zu stürzen.

„Wollen wir ein bisschen über uns reden?", fragt sie mit ganz leiser Stimme.

„Ja, klar."

„Erinnerst du dich, dass es in den letzten Monaten Probleme gab, oder zumindest du schienst welche zu haben?"

Das stimmt in der Tat.

Die letzten vier Monate vor dem Unfall waren schwierig gewesen. Es ging mir nicht gut mit ihr, auch wenn meine Gefühle für sie sich nicht geändert hatten. Oft ging ich alleine los und ließ sie zu Hause, denn wenn sie dabei war, fand ich es erstickend. Ich ging nicht auf die Suche nach anderen Frauen, vielleicht kam ich nur mit dem Zusammenleben nicht klar. Ich brauchte mehr Zeit für mich selbst. Auch unser Alter, ich war fünfundzwanzig, sie zweiundzwanzig, machte es nicht leichter. Vielleicht war es noch zu früh für eine feste Beziehung, oder vielleicht war es auch mein Unterbewusstsein, das eine bevorstehende Gefahr witterte und verrückt spielte.

„Ja, ich erinnere mich, aber ich habe dich nie betrogen. Ich kann dir nicht mal irgendwelche guten Gründe nennen, um mich zu rechtfertigen."

„Am Tag des Unfalls, wenn der nicht passiert wäre, dann wäre ich ausgezogen."

Unerwartete Worte, noch schlimmer als die Töne des Musikstücks. An diese Möglichkeit hatte ich nie gedacht. Sie hatte genug von mir, sie wollte mich verlassen. Sie will mich verlassen, jetzt. Ich bringe kein Wort zustande, während sie weiterspricht:

„Massimo hätte mich in seiner Wohnung beherbergt, das hatten wir ausgemacht."

Ach ja, Massimo, ein Typ, den ich auch kannte und der sich sehr mit Johanna angefreundet hatte. Wir hatten ihn auf einer Indienreise getroffen. Er ist ein netter Kerl, ich glaube nicht, dass er Eroberungsabsichten hegt, aber die Sache ist mir trotzdem nicht geheuer.

„Du willst mich verlassen?"

Sie lächelt.

„Ich denke nicht im Entferntesten daran, aber da ist eine Frage, die mir seit einer Weile durch den Kopf geht."

„Welche?"

„Wenn ich an deiner Stelle wäre, wärst du dann bei mir geblieben?"

„Ja", antworte ich entschieden. Ich bin ein loyaler Mensch, ich wäre vor der Tragödie nicht davongelaufen, und die Liebe, die ich für sie empfinde, hätte mir geholfen, die Schwierigkeiten zu überwinden. Aber die Wahrheit ist, ich weiß es nicht. Niemand kann wissen, wie er angesichts eines so fürchterlichen Ereignisses reagieren würde. Zum ersten Mal werde ich mir bewusst, dass ihre Anwesenheit hier keineswegs selbstverständlich ist, dass alles im Leben nicht selbstverständlich ist. Ich frage mich, ob es richtig ist, sie festzuhalten. Als würde sie meine Gedanken lesen, umarmt sie mich und flüstert:

„Keine Sorge, ich gehe von hier nicht weg."

„Bist du sicher?"

„Ja."

Das sind sehr wichtige Sätze in diesem Augenblick. Denn, wie ich später noch feststellen werde, wird man in solchen Situationen oft allein gelassen.

Auch wenn im Moment die Komplikationen im Vordergrund stehen, versucht man, eine Art Programm für mich zusammenzustellen. Außer der Physiotherapie, die ausgesetzt ist, bis ich wieder gesund bin, wird der Rest auf genaue Uhrzeiten verteilt. Ich glaube, das ist Teil der Reha. Claudia, die schon eine Freundin für mich geworden ist, kommt zweimal am Tag: Morgens arbeitet sie mit meinen Händen und Handgelenken, lässt mich eine Reihe von Übungen machen und erklärt mir, was ich auch alleine schaffen kann; nachmittags nimmt sie Maß, schließt meine Finger mit Klebeband zur Faust und bereitet mich auf die bevorstehende Ausfahrt im Rolli vor, die stattfinden wird, sobald ich nicht mehr ansteckend bin. Ich kenne nicht genau den Grund, warum ich mich mit ihr besser verstehe als mit den anderen: vielleicht weil wir uns wegen ihrer Englischkenntnisse besser unterhalten können; vielleicht weil ich ihr erster Tetraplegie-Patient bin und sie mir deshalb mehr Aufmerksamkeit widmet; vielleicht weil wir uns am häufigsten sehen; vielleicht weil sie über meine ironischen Sprüche lacht und, egal wie es mir geht, immer versucht, mich mit ihrer guten Laune anzustecken. Fakt ist jedenfalls, dass sie mein Vertrauen erobert hat. Was die Pfleger betrifft, kommen sie, abgesehen von den Malen, wenn ich sie zum Absaugen rufe, immer alle drei Stunden, um meine Gräten wieder anders hinzulegen. Aber jetzt ist Claudia bei mir, sie müht sich mit meinem rechten Handgelenk ab, das immer knirscht, wenn sie es bewegt.

„Au! So tust du mir weh!"

„Wo tut es denn weh?"

„Die Handwurzelknochen, die tun mir weh, wenn es knackt."

Ich bin keiner, der jammert, wenn es nicht wirklich einen Grund dafür gibt, das weiß Claudia, und darum schöpft sie Verdacht. Nach nur zwanzig Minuten kommt ein Radiologe mit einem tragbaren Gerät und macht Aufnahmen von mein Handgelenk in verschiedenen Stellungen. Ich erinnere mich, dass eine Krankenschwester mir kurz vor dem Abtransport aus Terni dringend empfohlen hatte, meinen ganzen Körper gut durchchecken zu lassen, denn es sei sehr wahrscheinlich, dass man wegen der vorrangigen Beschäftigung mit den schwerwiegendsten Schäden kleinere Verletzungen gar nicht bemerkt habe. Nie hatte ein Rat derart ins Schwarze getroffen. Das Ergebnis ist, dass ich ein gebrochenes Handgelenk mit eingeklemmtem Nerv habe: Ich muss operiert werden. Es kommt der Chirurg, der mir die Art des Eingriffs erläutert: Er müsse mir mehrere, in einer Reihe liegende kleine Knochen an der Handwurzel entnehmen, um den Nerv zu befreien. Leider würde ich so fast vollständig die Funktionsfähigkeit des Handgelenks verlieren. Gerne würde ich ihm mit aller mir zur Verfügung stehenden Kraft ins Gesicht schreien, dass mir das scheißegal ist, und dass er es meinetwegen gerne gleich ganz abmontieren und zum Üben mit nach Hause nehmen kann. Erzähl mir lieber, wie du meine Finger reparieren wirst; erklär mir, wieso die da reglos rumliegen, wie bei einer Schaufensterpuppe. Bist du einer von diesen Zauberern, die mich wieder zusammenflicken sollten? Stattdessen sagst du mir, dass ich schon wieder etwas einbüßen werde, als wären achtzig Prozent meines Körpers nicht schon genug. Ja, denn von oberhalb der Brustwarzen abwärts bewegt sich nichts mehr, da *ist* einfach nichts mehr. Oder vielmehr, da ist ein Körper, der sein eigenes Leben führt und nicht mehr mit mir kommuniziert, wir leben in Trennung im selben Haus.

Die Zeit der Isolation dauert zwanzig Tage, während derer mein einziges Interesse dem Fernsehen gilt. Ich kann Filme schauen und, dank der Verrücktheit meines Bruders, der – mit seiner sprichwörtlichen Starrköpfigkeit – eine Schüssel aufs Dach der Klinik hat montieren lassen, sogar die Sonntagsspiele von Lazio Roma. Mit dem Ende der Infektion kommt der Tag der Operation. Sie verfrachten mich auf den OP-Tisch, den rechten Arm im rechten Winkel zum Körper ausgestreckt, während sie mir den linken in einer für meinen noch vorhandenen Bewegungsspielraum völlig unnatürlichen Position fixieren. Ich versuche ihnen das klarzumachen, aber sie verstehen mich nicht, deshalb leide ich schweigend während der ganzen anderthalb Stunden, die der Eingriff dauert. Noch dazu, weil sie meinen, mir einen Gefallen zu tun, versuchen sie mir einen Kopfhörer mit Musik aufzusetzen. Ich lehne ab. Ich höre lieber das Geräusch der Instrumente, das tut mir weniger weh. Die OP verläuft gut. Der Chirurg ist zufrieden und beruhigt mich, ich würde den Gebrauch des Handgelenks doch nicht vollständig einbüßen. Ich lächle, mehr um ihm einen Gefallen zu tun, als wegen der tatsächlichen Bedeutung, die seine Worte für meinen Seelenzustand haben.

Es kommt nun auch der Tag für den Rollstuhl. Seit ein paar Wochen hat Claudia schon einen im Zimmer geparkt, ich glaube, es handelt sich da um ein psychologisches Manöver. Ich soll mit dem Gegenstand vertraut gemacht werden, der mich für den Rest meines Lebens begleiten wird. Er ist violett, eine Farbe, die ich nicht ausstehen kann. Meine Schwester Roberta bemerkt, dass ich ihn intensiv betrachte, und macht, von ihrem Beschützerinstinkt getrieben, das ganze Werk zunichte, indem sie ihn aus meinem Gesichtsfeld schiebt.

Es sind jetzt zweieinhalb Monate, die ich im Bett liege. Sie müssen mich langsam hochziehen, Schritt für Schritt. Es ist ein wichtiges Ereignis, eine Wasserscheide zwischen der Behandlungsphase und der Reha. Meine ganze Familie ist da, Claudia, Kielo und eine Reihe Schwestern und Pfleger. Claudia hat das Kommando über die Operation:

„Als Erstes setzen wir dich aufs Bett, wenn du spürst, dass dir schwindelig wird oder die Luft wegbleibt, sagst du es mir, und wir legen dich wieder hin. Mach dir keine Sorgen, es ist für niemanden leicht beim ersten Mal."

Von wegen keine Sorgen, ich bin hypernervös. Ein Pfleger kümmert sich um meine Beine, Claudia und Kielo um Oberkörper und Kopf – der immer noch im Halo gefangen ist – und eine andere Schwester um die Infusionsschläuche.

„Bist du bereit?"

„Ja."

„Eins, zwei, drei ... los!"

Langsam geht es nach oben, aber irgendjemand drückt mir mit dem Arm auf den Luftröhrenschnitt. Ich kann nicht atmen, und sobald ich aufrecht bin, wird mir schwindelig. Ich weise darauf hin, und nur einen Augenblick später liege ich schon wieder. Ich erkläre, was los war. Sie lassen mich wieder zu Atem kommen. Claudia schaut mir in die Augen:

„Willst du es nochmal probieren?"

„Ja, aber passt auf den Hals auf."

„Ok."

Diesmal geht alles gut. Ich sitze auf dem Bett, und das Erste, was meine Aufmerksamkeit auf sich zieht, ist ein weißer Anhänger, den Claudia um den Hals trägt. Er sieht aus wie ein umgekehrtes Fragezeichen. Eine völlig neue Perspektive, endlich bin ich wieder mit den anderen auf Augenhöhe, wenigstens fast. Alles ist kleiner. Auch meine Geschwister, meine Mutter, Johanna sehen anders aus. Claudia vergewissert sich, dass es mir gut geht:

„Schwindel?“

„Nein, alles gut.“

„Gehen wir auf den Stuhl?“

„Ja.“

Mit einer raschen, aber gut abgestimmten Bewegung setzen sie mich in den Rolli. Die Rückenlehne lässt sich nach hinten kippen, und es gibt auch eine Kopfstütze. Wenn mein Blutdruck abfällt, daher kommen nämlich die Schwindel, können sie das Ganze umklappen, damit ich mich erholen kann.

Zum ersten Mal seit Monaten bin ich superwachsam. Ich lasse mir keinen Moment entgehen. In den Gesichtern meiner Angehörigen lese ich eine Mischung aus Glück und Traurigkeit: Sie freuen sich, mich im Sitzen zu sehen, aber die Wirkung des Rollstuhls, der konkreten Behinderung, ist heftig. Das können sie nicht verbergen. Nachdem der künstliche Urwald wiederhergestellt ist, schlägt Claudia mir eine Runde durch die Klinik vor. Wir gehen zur Cafeteria, dann zur Ergotherapie – wo sie arbeitet und wo ich jeden Tag hinfahren werde, sobald ich das kann – und schließlich besuchen wir den Trainingsraum. Ein riesiger Saal voller Physioliegen an den Außenwänden; Geräte verschiedenster Art, Trainingsfahrräder und kleinere Liegen vor einer enormen Glaswand, die auf den Garten hinausgeht; gegenüber ein Flur mit zwei Handläufen rechts und links für diejenigen, die laufen können, daneben eine kleine Brücke mit vielen Stufen. In der Mitte des großen Raumes spielt eine Gruppe Paraplegiker Basketball. Sie starren mich an, versuchen aber, es nicht merken zu lassen. Ich glaube, daran ist die Krone schuld, die ich auf dem Kopf trage, sicher ist es nicht meine Schönheit, die sie blendet. Ich fühle mich beobachtet und beinahe verspottet. Ich sage, dass ich zurück ins Zimmer will. Sie legen mich wieder ins Bett. Claudia freut sich sehr:

„Das hast du toll gemacht!“

Mein Bruder redet die ganze Zeit nur über meinen Blick:

„Als sie dich hingesetzt haben, hattest du kugelrunde Augen, ganz weit aufgerissen, als würdest du die Welt zum ersten Mal sehen.“

Genau so war es, Franco, zum ersten Mal als Behinderter.

7. Fortschritte und Niederlagen

In einem Buch über Behinderung, einem der vielen, die man mir Tag für Tag verabreicht, ist ein Cartoon mit einem verschneiten Berggipfel zu sehen und einem Behinderten im Rolli, bei voller Geschwindigkeit unterwegs zu dessen Eroberung. Wobei der Gipfel das Ende der Reha darstellen soll, die Entlassung aus dem Krankenhaus, die langersehnte Freiheit.

Aber der Cartoon ist nicht vollständig.

Er zeigt nicht, wie oft man auf der Strecke stürzt, wie oft man gezwungen ist, nach übermenschlichen Anstrengungen wieder von vorne anzufangen. Den vielen Fortschritten auf der einen Seite entsprechen genauso viele Niederlagen auf der anderen. Viele denken, dass man, sobald der wirkliche Rehabilitationsprozess erst einmal in Gang gekommen ist, jeden Tag einen Schritt vorwärts machen muss, eine Eroberung, und sei sie auch noch so klein. So ist es aber nicht, jedenfalls nicht bei mir.

Seit sie mich in den Rolli setzen, was jeden Tag passiert, sofern ich mich nicht widersetze, sind bei mir furchtbare Schmerzen in Schultern und Armen aufgetreten. So stark, dass die Vilan-Spritze zu einer täglichen Konstante geworden ist, mit allen dazugehörigen Nebenwirkungen. Der Effekt ist sicherlich angenehm, und die Schmerzen verschwinden im Nu, aber an irgendeine Art von Aktivität ist damit nicht mehr zu denken. Ich habe so schon große Probleme – mir ist sehr oft schwindelig –, aber nach der Spritze geht mein Blutdruck faktisch gegen Null, und es ist nicht mehr möglich, das Kopfteil des Bettes auch nur das kleinste bisschen anzuheben. Einerseits versuche ich, es jeden Tag etwas länger im Sitzen auszuhalten, aber andererseits verschlimmern sich dabei die Schmerzen exponentiell.

Zwei Ereignisse werden in dieser Woche stattfinden: Nach drei endlos langen Monaten werden sie mir den Halo abnehmen und den Luftröhrenschnitt verschließen. Schon seit einer Woche verstöpseln sie ihn mir immer wieder und zeichnen dabei mit einem zugehörigen Apparat den Blutsauerstoffgehalt und den Herzschlag auf. Stefan sagt, wenn der Schlauch erst mal aus der Kehle entfernt sei, sollte sich das kleine Loch innerhalb einer Woche schließen. Inzwischen genieße ich schon mal die Rückkehr meiner Stimme. Endlich kann ich mir Gehör verschaffen, auch wenn der Klang Lichtjahre von meiner ursprünglichen Stimmlage entfernt ist. Der HNO hat gesagt, eines meiner Stimmbänder vibriere nicht mehr, und auch der Geruchssinn sei fast vollständig beschädigt. Ohne Vorwarnung und finster entschlossen kommen Doktor Straun, der Arzt, der mich am meisten betreut, und Doktor Chang, der Chirurg mit den asiatischen Wurzeln, herein, gefolgt von einer Krankenschwester. In den Händen halten sie Schraubenzieher, Engländer und Schraubenschlüssel.

„Die Werkstatt ist im Erdgeschoss, Sie haben sich im Zimmer geirrt."

Mein Witz ruft keinerlei Reaktion hervor, die beiden reden weiter miteinander, als ob ich gar nicht da wäre. Sie richten kein Wort an mich, sondern setzen sich zu beiden Seiten des Bettes und beginnen, den Halo abzumontieren. Sie nehmen mir das Korsett ab, samt den daran befestigten Streben, und lösen die Muttern der Krone. Zurück bleiben die dicken Schrauben in meinem Schädel: Sie blicken sich einen Moment an, um ihre Bewegungen gleichzeitig zu starten, und schrauben los. Das ist nun eine neue Art von Schmerz, ein inwendiges Erdbeben. Die Reibung der Schrauben, die sich aus dem Schädel herauswinden, gibt ein Kreischen von sich wie eine in der Sommersonne aufgeheizte Zikade. Ich brülle, und diesmal hören sie mich bis hinaus auf den Flur. Es fühlt sich an, als wollte mein Gehirn aus dem

Kopf rausschäumen wie Sekt, wenn man die Flasche geschüttelt hat. Ich höre einen lauten, trockenen und dumpfen Schlag: Die Schwester am Fußende des Bettes ist ohnmächtig geworden. Das müssen sie auch draußen gehört haben, denn es kommt jemand herein, um ihr zu helfen. Zum Glück hat das Ganze nur ein paar Sekunden gedauert, aber es hat gereicht, um mich nach Luft japsend wie nach einem Hundertmeterlauf und mit gewaltigen Kopfschmerzen zurückzulassen.

„Fertig!“, ruft Doktor Straun auf Englisch, „Sie waren großartig.“

„*Vaffanculo, maledetto bastardo*“, antworte ich auf Italienisch.

Die ohnmächtige Schwester wurde inzwischen weggebracht, an ihrer Stelle kommt Stefan und versorgt die Löcher, die die Schrauben hinterlassen haben.

„Bestimmte Sachen sollten sie erst mal an sich selber ausprobieren!“, er beißt sich auf die Zunge, um die beiden Ärzte nicht zu beschimpfen, die gerade lächelnd aus dem Zimmer gehen.

„Mein Kopf explodiert.“

„Du wirst sehen, das geht gleich vorbei, versuch dich zu entspannen.“

Tatsächlich lässt der Schmerz langsam nach.

„Beweg den Hals noch nicht zu viel, du darfst nichts erzwingen.“ Während er mir erste Anweisungen gibt, kommt Johanna herein, die noch nichts weiß; nicht einmal ich hatte ja gedacht, dass heute der große Tag ist. Sie kommt näher, setzt sich auf einen Stuhl neben dem Bett auf der Höhe meines Kopfkissens und legt ihren Kopf auf die Matratze. Sie sagt nichts. Ich drehe meinen Kopf leicht zu ihr hin, etwas, was bisher unmöglich war, aber sie stoppt mich mit einer Hand:

„Nein, bitte nicht, mir ist nicht gut.“

„Was hast du denn?“

„Mir ist kotzübel.“

Stefan geht raus und lacht:

„Verdreh ihm vorerst mal noch nicht den Kopf.“

Johanna antwortet nicht. Mich ohne den Halo zu sehen, ist eine gefühlsmäßige Erleichterung, so unerwartet und von solcher Wucht, dass sie erst mal nicht damit klarkommt. Ich versuche noch einmal, den Kopf zu drehen, und sie stoppt mich wieder:

„Bitte nicht, halt still und gib mir fünf Minuten."

Ich schaffe es aber nicht, stillzuhalten. Ganz langsam wende ich den Kopf von einer Seite zur anderen, um die Grenzen auszutesten. Ich versuche den Kopf auch zu heben, aber das tut weh. In den drei Monaten sind die Muskeln verschwunden, ich kann mir die Übungen schon ausmalen, die mir haufenweise bevorstehen, um sie wieder zu aktivieren.

„Du hast ausgesehen wie ein Alien aus *Star Trek* mit diesem Ding an dir dran, jetzt kann ich es dir ja sagen", und sie schaut mich lächelnd an.

„Wolltest du nicht eigentlich kotzen?"

„Zu sehen, wie du nach so langer Zeit den Hals wieder bewegst, davon wird mir übel, ich habe Angst, dass er wieder bricht."

Sie umarmt mich und vergräbt ihr Gesicht an meinem Hals, ein anderes schönes Gefühl, das ich vergessen hatte. Inzwischen hat sich die Nachricht schon in der ganzen Klinik verbreitet. Eine hüpfende Claudia platzt ins Zimmer, Kielo ist auch dabei, sie freuen sich mehr als ich selber. In der Schweiz verwendet man schon seit Jahren keine Halos mehr, sie konnten es kaum erwarten, dass ich ihn endlich loswerde. Für viele Schwestern und Pfleger war das Ding absolut neu gewesen, weswegen mein Bruder ihnen Vorträge über die Verwendung des Geräts gehalten hatte.

Triumphierend legt Kielo gleich mit den Übungen los:

„Also, ganz sanfte Bewegungen von rechts nach links und dann nach vorne, um die Muskeln zu stärken."

„Da war ich gerade schon dabei, bevor du gekommen bist."

„Falsche Antwort: Du machst das erst mal nur, wenn ich dabei bin, und ab morgen kommst du dann zu mir in den Trainingsraum."

„Und zu mir in die Ergotherapie", legt Claudia nach, „du warst schon viel zu lange hier drin eingesperrt."

Da hat sie wirklich recht. Auch ich habe Lust, meine Umgebung zu erkunden, rauszukommen, um saubere Luft ohne Krankenhausgerüche zu atmen. Bis heute waren die einzigen Ausflüge, außer dem ersten Mal im Rolli, die Fahrten auf dem Bett zur Radiologie und die Strecken auf der Krankenbahre in den Operationssaal. Ich muss an den Baron auf den Bäumen von Italo Calvino denken: Der lebte auf Baumkronen, ich auf Betten. Aber auf der anderen Seite macht es mir auch Angst, die schützende Hülle meines Zimmers zu verlassen. Hier drin ist alles, was ich kenne, mein kleines privates Territorium, wo ich keinerlei Gefahr ausgesetzt bin.

Als sie die Nachricht erhalten, kommen auch Franco und Valentina zum Feiern. Meine Mutter und meine andere Schwester sind in Italien. Es ergibt keinen Sinn mehr, dass alle auf einmal in Zürich sind, schließlich geht das Leben weiter und ihre jeweiligen Arbeitsplätze rufen, und so wechseln sie sich ab, damit immer jemand bei mir ist. Auch Johanna, die bis jetzt noch nichts davon hören wollte, mich allein zu lassen, braucht eine Pause. Sie hat Prüfungen an der Uni und braucht Zeit für die Vorbereitung. Ihr Fehlen, mehr als das der anderen, jagt mir Angst ein. Aber schließlich hat auch sie ein Leben, das sie wegen mir aus den Augen verloren hat. Ja, wenn man es recht bedenkt, ist das sogar schon das zweite Leben, das sie hinter sich lässt, um bei mir zu sein. Als wir uns kennenlernten, arbeitete sie als Au-pair-Mädchen bei einer schwedischen Familie in Rom. Ihr blieben noch zwei Monate Aufenthalt, dann wäre sie zurück nach Stockholm gegangen. Stattdessen hat sie, obwohl sie erst einundzwanzig war, mit der größten Selbstverständlichkeit meinen Vorschlag angenommen, zusammenzuziehen. Sie hat auf ihre Freunde verzichtet, auf ihre Familie, auf die Pläne, die sie im Kopf hatte. Okay, da war die Situation auch eine andere. Ich war gesund und stark, wir reisten, gingen aus, hatten Spaß zusammen – wie alle verliebten jungen Paare. Aber ihre Entscheidung war durchaus folgenträchtig gewesen. In den ersten Monaten weinte sie manchmal, weil ihr ihre Freunde fehlten. Die anderen Au-pairs, mit denen sie sich traf, waren nach dem Jahr ihres Arbeitsaufenthalts in ihre Heimatländer zurückgekehrt, und sie hatte keine wirklichen Freunde, nur die, die sie über mich kannte. Im Sommer war ich zu ihr nach Stockholm gefahren, um ihre Familie kennenzulernen, die mich sofort mit großer Sympathie aufgenommen hatte. Eine große Familie wie meine, und sehr eng miteinander. Als wir wieder in Rom waren, hatte sie sofort Arbeit in einem Restaurant gefunden. Jetzt ist es anders. Zu ihrer Liebe ist unvermeidlich die Loyalität dazugekommen, eine Tugend, die nicht jeder von uns besitzt, hinter der sich aber unerwartete Überraschungen verbergen können. In den dunklen Monaten unserer Beziehung vor dem Unfall könnte sie ja jemanden getroffen haben. Ich erinnere mich, als ich sie kennenlernte, da gab es noch einen anderen Typen, der hinter ihr her war: Michele. Eines Tages hatte sie mir gestanden, dass, wäre ich nicht gewesen, ihre Wahl auf ihn gefallen wäre. Vielleicht hat er sich wieder bei ihr gemeldet, als er von dem Unfall hörte. Und vielleicht hat sie in ihm jemanden gefunden, dem sie ihr Herz ausschütten, bei dem sie ihre Ängste abladen kann. Vielleicht ist es das, was mir am meisten Sorgen macht. Es wäre nicht das erste Mal, dass eine Frau sich einen Mann aussucht, dem sie von ihrer Seelenlage erzählen kann, und am Ende macht sie dann eine Beziehung draus. Diese potenzielle heimliche Zweigleisigkeit jagt mir Angst und Schrecken ein. Ich könnte Johanna nicht einmal einen Vorwurf machen, es wäre etwas, was zur menschlichen Natur gehört, vielleicht eine Art Schutzmechanismus, der in jedem von uns steckt. Aber gleichzeitig lässt der bloße Gedanke daran, dass es wahr sein könnte, sie mir in einem anderen Licht erscheinen. Ein Licht, das die Macht besitzt, meine starken Gefühle für sie auszublenden und sie dort zu verschließen, wo sie mir nichts anhaben können.

Am nächsten Morgen steht Claudia mit einem elektrischen Rolli da. Die Infusionen sind weniger geworden, es reicht, wenn ich sie zweimal am Tag bekomme, dasselbe gilt für den Nahrungsbeutel. Ich brauche also keinen Stuhl mit Gepäckträger mehr:

„Heute probieren wir es mit dem hier, in Sachen Fortbewegung wirst du damit langsam unabhängig."

Ich schaffe es nicht, mich zu freuen, auch wenn ich es vielleicht sollte. Es ist und bleibt doch ein Rollstuhl, und der steht für das ganze Übel, für das unvermeidliche Ergebnis meines unglückseligen Sturzes. Ich zwinge mich zu einem schiefen Lächeln. Claudia bemerkt es, fährt aber fort, indem sie versucht, mich mit ihrer unendlich positiven Haltung anzustecken:

„Schau mal, der hier fährt richtig schnell, und du kannst die Rückenlehne flachlegen, wenn dir schwindelig wird, und er hat auch eine Kopfstütze, damit dein Hals nicht zu sehr beansprucht wird. Du wirst schon sehen, wir werden Spaß damit haben."

„Wenn du meinst ..."

Die Wahrheit ist, dass wir tatsächlich Spaß haben. Das Ding fährt superflott. Man bedient es mit einem Joystick, ungefähr wie bei einem Computerspiel. Wir gehen raus auf den breiten Flur, der zum Trainingsraum führt. Claudia stellt mehrere Kegel in einer Reihe auf: Das Ziel ist logischerweise, zwischen ihnen durchzufahren, ohne sie umzuwerfen. Resultat: fehlerfreier Lauf gleich beim ersten Versuch. Wir bringen eine Stunde damit zu, die Herausforderung immer schwieriger zu machen, indem wir zusätzliche Kegel aufstellen, in immer waghalsigerer Anordnung. Wir nehmen auch die Zeit für die verschiedenen Runden, so als wären wir bei irgendeinem Wettkampf. Wie zwei Kinder, die total begeistert sind von einem neuen Spiel. Nach einer Weile merken wir, dass sich eine kleine Menschenansammlung gebildet hat, wie bei einer Straßenkunstperformance. Ein wenig abseits von der Gruppe steht Doktor Kurt, Chefarzt meiner Abteilung, und wirft uns einen ironischen Blick zu, der keine Worte nötig hat. Claudia verfällt in einen ernsten Ton:

„Hervorragende Probefahrt, ich glaube, es gibt keine Probleme mit der Lenkung. Du hast einwandfrei bestanden."

„Wirklich? Wie aufregend!", mache ich sie nach.

Doktor Kurt verdreht die Augen gen Himmel und dreht kommentarlos ab. Die kleine Menge applaudiert und löst sich auf.

„Wir hätten Geld nehmen sollen für den Auftritt."

„Aber echt, du fährst wirklich super."

„So schwierig ist das auch wieder nicht, Claudia."

„Du hast nur noch nicht gesehen, wie andere damit rumhantieren, bei manchen ist das wirklich zum Verzweifeln, aber jetzt fahr du mal zum Trainingsraum, Kielo wartet schon."

Rasch mache ich mich auf den Weg. Zum ersten Mal seit ich hier bin, fühle ich mich auf vertrauensvolle Art unbekümmert; zum ersten Mal habe ich herzlich gelacht und mich eine Zeitlang wirklich amüsiert. Ich bremse ab und wende. Vor mir befindet sich einer der Ausgänge mit den automatischen Schiebetüren. Ich spüre eine gewisse Aufregung, während ich hindurchfahre, als würde ich irgendeine Regel übertreten. Dieses merkwürdige Gefühl zwischen Angst und Leichtsinn, das man als Kind hat, wenn man etwas Verbotenes tut, ohne dabei in flagranti erwischt zu werden. Die Luft draußen ist frisch und sauber. Ich fülle meine Lunge damit und fahre wieder rein, bevor mir kalt wird. Als ich bei Kielo ankomme, habe ich noch immer ein zufriedenes Grinsen auf dem Gesicht. Sie bemerkt es:

„Hey, wo kommst du denn her?"

„Von der Fahrschule mit Claudia."

„Macht Spaß, der elektrische Rolli, oder?"

„Ja, sehr."

„Es ist das erste Mal, dass ich dich so sehe."

„Wie, so?"

„Froh."

„Ich war sogar einen Moment draußen."

„Draußen?"

„Ja, neben dem Basketballfeld."

„Schön?"

„Sehr."

„Aber das darfst du eigentlich nicht, du hast noch den Luftröhrenschnitt, du könntest dir eine Infektion einfangen. Und außerdem wird dir kalt, wir sind hier ja nicht in Italien."

„Hey, Kielo, ich bin seit Monaten eingesperrt wie im Knast."

„Jetzt komm her, heute geht es richtig los."

Sie greift nach einem rechteckigen Holzbrett, ungefähr einen Meter lang und sehr dünn, an einem Ende abgerundet, am anderen mit Ecken. Es heißt Rutschbrett und dient dazu, vom Rollstuhl ins Bett zu gelangen und umgekehrt. Man schiebt es unter den Hintern, und dann funktioniert es wie eine Brücke. Wenn es in der richtigen Position ist, kann man es mithilfe einer anderen Person als Rutsche verwenden.

„Das musst du immer mitbringen, wenn du hierher kommst. Wenn du es vergisst, zahlst du den Kaffee für den ganzen Trainingsraum."

Ich habe schon lange den Überblick verloren über all den Kaffee, den ich in sechs Monaten schon habe zahlen müssen.

Nachdem ich es auf die Physioliege geschafft habe, beginnen wir mit dem Stretching der unteren Extremitäten und der Stärkung der noch aktiven Armmuskeln. Nach einer Stunde Übungen geht es zurück ins Bett mit starken Schmerzen, und ich erflehe die lebensrettende Spritze, die auch pünktlich gereicht wird. Im Gegensatz zu dem, was in italienischen Krankenhäusern passiert, ist hier die erste Grundregel, im Rahmen der Möglichkeiten die Patienten schmerzfrei zu halten.

Ich habe immer noch starke Schlafprobleme, die sich unausweichlich auch auf den Verlauf des Tages auswirken. Ich kann mich einfach nicht an das nächtliche Umlagern gewöhnen. Im Durchschnitt komme ich auf drei Stunden Schlaf pro Nacht. Tagsüber schlafe ich dann im Rollstuhl ein und habe Konzentrationsprobleme. Claudia bietet mir eine Spezialmatratze namens *Corpoform* an: Sie besteht aus demselben Schaumgummi, das für

Raumanzüge verwendet wird. Sie passt sich an die Körperform an und müsste mich vor möglichem Wundliegen schützen. Ich soll sie eine Nacht lang ohne Umlagern ausprobieren und schauen, wie meine Haut darauf reagiert. Es funktioniert zum Glück, ich kann ohne jegliche Beeinträchtigung auf der rechten Seite schlafen. Noch dazu hat diese Woche Stefans Mannschaft Nachtdienst, und er hat mir schon versprochen, alles ihm Mögliche zu tun, damit ich schlafen kann. Was aber nicht funktioniert, ist das Verheilen des Luftröhrenschnitts: Schon vor zwei Wochen hat man mir den Schlauch rausgeholt, aber er wächst einfach nicht zu. Damit ich sprechen kann, haben sie mir zwei Pflaster aufgeklebt mit einem runden Knopf in der Mitte, der als Stöpsel fungiert. Nach einer Besprechung mit Doktor Kurt schicken sie mich in die Uniklinik zu einer plastischen Operation, auch weil ich so schnell wie möglich mit der Logopädie anfangen soll, um das Schlucken zu üben. Ich habe dreißig Kilo abgenommen. Zum Teil liegt das an der atrophierten Muskulatur, aber vor allem an der Fastenkur, die schon dreieinhalb Monate andauert. Die Nahrungsbeutel dienen zwar dem Überleben, aber um richtig zu leben, muss ich wieder anfangen, mich normal zu ernähren. Vom reinen Überleben habe ich schon genug.

Der Eingriff dauert etwa eine Stunde. Ich bekomme eine Lokalanästhesie. Sie quatschen und lachen miteinander, während sie in meiner Kehle herumschnippeln. Ich frage mich, worüber sie sich wohl während der OPs unterhalten: vielleicht über das, was sie am Abend vorher gegessen haben; oder, wenn man das Gekichere der Schwestern bedenkt, wohl auch über Sex. Am Ende sagt der Chirurg zu mir, ich solle so wenig wie möglich husten, damit die Naht nicht aufplatzt. Aber schon auf dem Rückweg im Krankenwagen huste ich, dass es eine helle Freude ist. Leider hängt das nicht von meinem Willen ab, sondern von dem Schleim, den ich immer noch in der Lunge habe. In den letzten drei Monaten haben sie mir so viel davon abgesaugt, dass es für mindestens hundert große Einmachgläser gereicht hätte.

Jetzt büße ich also für dreizehn Jahre als starker Raucher. Die Naht hält aber, und so beginne ich eine Woche später mit der Logopädie. Auch dafür werde ich in ein anderes Krankenhaus gebracht, und diesmal kommt Claudia mit. Sie müssen mit einer Live-Röntgenaufnahme kontrollieren, ob ich Festes und Flüssiges schlucken kann. Mit dem Wasser habe ich etwas Probleme, weil ich mich daran verschlucke, aber das sei nur eine Frage der Gewohnheit. Ich muss einfach mehr aufpassen, wenn ich schlucke, bis daraus wieder ein ganz normaler Vorgang wird. Mit fester und halbfester Nahrung (Pudding, Pürees, Weichkäse) geht alles gut, auch wenn ich in manchen Fällen drei- oder viermal schlucken muss, um den Bissen durch die Engstelle zu kriegen. Auch das eine Frage der Gewohnheit. Sowohl die Logopädin als auch Claudia sind sehr glücklich und zufrieden. Sie gestehen mir, dieses Ergebnis sei alles andere als selbstverständlich, es hätte auch passieren können, dass ich für den Rest meines Lebens auf die Ernährung über die PEG – das ist der Fachausdruck für den Magenschlauch – angewiesen wäre. Zurück in der Klinik, bringt mich die Logopädin zur Ernährungsberaterin, und gemeinsam setzen wir den Plan für meine Entwöhnung auf, beginnend mit halbfestem Essen und dann Schritt für Schritt Richtung Normalität. Während dieser ersten Annäherung werde ich aber noch weiterhin den Nahrungsbrei durch die Sonde bekommen. Würde man das abstellen, würde ich noch mehr Gewicht verlieren, und das kann ich mir nicht erlauben. Auch ich bin sehr froh, dass ich wieder essen kann. Schon viel zu lange habe ich nichts mehr geschmeckt – außer dem, was die verschiedenen Medikamente, die sie mir in die Venen schießen, im Mund hinterlassen. Meine Schwester kann es kaum erwarten, mir etwas kochen zu dürfen, schon seit Monaten reden wir über den Tag, an dem ich wieder essen kann. Vielleicht weil das eine der wenigen Freuden ist, die mir geblieben sind. Und ein weiterer Grund, am Leben festzuhalten: ein schöner Teller Pasta nach bester italienischer Tradition, womöglich gar begleitet von einem Glas Rotwein.

Der schicksalsträchtige Tag kommt schneller als erwartet. Meine Schwester und ich beschließen, dass es Spaghetti Carbonara geben soll. Wir richten einen kleinen Tisch in meinem Zimmer, mit Tischdecke und allem Drum und Dran, während wir die private Küche der Schwestern und Pfleger nutzen dürfen. Gegen sechs Uhr bekomme ich wie üblich den Nahrungsbrei verabreicht. Um acht kommt meine Schwester mit der dampfenden Pasta herein. Meine Familienmitglieder und Johanna setzen sich an den Tisch, während ich schon mit aufgerichtetem Kopfteil im Bett bereitsitze, das klassische Krankenhaustischchen auf den Knien. Die ersten Bissen sind unglaublich. Meine Geschmacksknospen drehen durch vor Genuss und hüpfen hin und her zwischen dem Salzigen des Bauchspecks, dem Süßlichen der Eier und der Schärfe des Pfeffers. Es ist, wie ein perfektes Musikstück von einem Streichquartett zu hören, innovativ und klassisch zugleich. Doch leider ruiniert eine falsche Note das ganze erhabene Konzert: Die flüssige Nahrung verträgt sich nicht mit der Pasta, und vielleicht kommt auch mein Magen nicht mehr mit echtem Essen und starken Gewürzen klar. Jedenfalls wird mir schlecht, und ich muss mich übergeben. Meine Schwester schimpft mit dem Pflegepersonal:

„Mussten Sie ihm unbedingt auch heute diese Scheißpampe verpassen?"

Eine kaum merkliche Traurigkeit dringt ins Zimmer und in die Seelen von allen, die da sind. Es sollte doch ein Abend werden, an den man sich erinnern würde, ein überwundenes Hindernis beim langen Aufstieg zum Gipfel. Aber die Mauer, die es einzureißen galt, hat sich als härter erwiesen als gedacht, und der Versuch ist gescheitert, so wie es in der nächsten Zeit noch viele Male passieren wird.

8. Extreme Lösungen

Im Klinikgarten gibt es einen kleinen runden asphaltierten Platz. Ein Teil des Platzes grenzt an eine steile Böschung am Rand der unterhalb vorbeiführenden Straße; in der Ferne sieht man eine Ecke des Sees, an dem Zürich liegt. Seit man mir erlaubt hat, mich auch außerhalb der Klinik frei zu bewegen, ist das der Ort geworden, an den ich am häufigsten fahre. Dort ist auch ein großer Baum, der Schatten spendet. Das einzige Problem sind die Fliegen, die sich dort austoben, aber auf die achte ich nicht. Ihretwegen bin ich nicht hier, auch nicht, um die Sonnenstrahlen zu bewundern, die sich in dem Stückchen See spiegeln, und auch nicht wegen der grünen, mit Bäumen bewachsenen Hügel, die die Stadt umgeben. Ich bin auch nicht hier, um über meine Lage nachzudenken, die Leute zu beneiden, die ich laufen sehe, oder mich mit den Erinnerungen an ein Leben herumzuschlagen, das nicht mehr existiert. Ich spiele mit dem Gedanken, mich dort hinunterzustürzen. Diesem Elend ein Ende zu bereiten, und nicht nur meinem, sondern auch dem meiner Familie und meiner Freundin, die mich in diesem Zustand sehen und mir bei fast jedem Aspekt meines täglichen Lebens behilflich sein müssen. Ich habe es satt, meinen Bruder zu sehen, wie er auf meinem Rolli oder auf dem Bett neben meinem einschläft, nur um der Realität zu entkommen; ich habe es satt, meine Mutter und meine Schwester hysterisch über nutzlose Kleinigkeiten streiten zu sehen; ich habe es satt, auf ihren lächelnden Gesichtern zwischen den Zeilen den Schmerz zu lesen. Bei Licht betrachtet, sind gewisse familiäre Dynamiken allerdings genau dieselben wie immer und wiederholen sich unendlich: Die Beziehung zwischen meiner Schwester Roberta und meiner Mutter ist immer so gewesen, sie schreien wie Hyänen und keilen sich wie junge Kälber, schon seit meiner Schulzeit. Ich glaube, das ist die einzige Art zu kommunizieren, die sie kennen. Immer und ausnahmslos wegen bescheuerter Anlässe, abgesehen natürlich von der verständlichen nervlichen Belastung, die sich wegen meiner Situation angestaut hat. Roberta bringt normalerweise gar nichts aus der Ruhe. Im Gegenteil, sie ist eine ruhige und sensible Person, aber sie neigt dazu, meiner Mutter in die Falle zu gehen und sich in diese ebenso heftigen wie sinnlosen Auseinandersetzungen verwickeln zu lassen.

Der Hügel ist jedoch nicht wirklich senkrecht wie eine schottische Klippe. Steil ist er zwar, läuft aber sanft aus. Alles Wiese, unterbrochen von einer kleinen Straße, die in Serpentinen nach unten führt. Und was, wenn der Rolli nicht umkippt? Wenn er mich doch nicht zerquetscht unter seinem enormen Gewicht? Dann riskiere ich, nur eine Achterbahnfahrt hinzulegen, ohne Folgen außer der einen, deprimierenden, dass ich werde erklären müssen, warum ich sie unternommen habe. Womöglich lande ich auch in dem kleinen künstlichen See am Fuße des Hügels, bei den Goldfischen. Was für eine Blamage.

Schnell fahre ich in die Klinik zurück und hoch in meine Abteilung, ich muss mit Stefan reden. Ich treffe ihn im Flur:

„Wieviel willst du dafür, wenn du mir sterben hilfst?"

„Bitte?"

„Ich will mich umbringen, jemand muss mir helfen."

„Ach so, ja, klar, ich vergaß, natürlich bin ich Krankenpfleger geworden, um meine Patienten umzubringen, nicht um ihnen zu helfen."

„Es ist mein Wunsch, du würdest mir tatsächlich helfen damit."

„Hör zu, ich kann dir höchstens beim Essen helfen, es ist nämlich Mittagszeit."

„Ich habe keinen Hunger."

„Das ist ja ganz was Neues."

„Mann, Stefan, Scheiße nochmal!"

„Wenn du's hinkriegst, dann mach's doch alleine, ich helf dir nicht."

„Dann schmeiß ich mich vom Hügel."

„Nur zu, aber was ist, wenn du dann nicht tot bist? Wenn du dir nur noch mehr wehtust?" Genau das ist das Problem. Ich kann es schon alleine versuchen, aber ich kann nicht absolut sicher sein, mein Ziel auch wirklich zu erreichen. Seit Tagen zermartere ich mir das Hirn auf der Suche nach einer sicheren Methode: Es gibt aber keine, oder jedenfalls gelingt es mir nicht, eine zu finden. Nicht einmal das steht in meiner Macht. Ich kann nicht beschließen, dass hier Schluss ist, und aus dem Bus aussteigen, ohne die Endstation abzuwarten, sondern ich bin verpflichtet, die Fahrt fortzusetzen: ein unerträglicher Gedanke. Aber vielleicht will ich ja unbewusst gar nicht, dass Schluss ist, und finde deshalb keine Lösung. Das Ganze lässt mich ungeduldig werden mit allem, was um mich kreist, mit den Ärzten, den Therapeutinnen, dem Training. Meinen Lieben gegenüber kann ich das gut verbergen, nicht aber bei allen anderen. So habe ich etwa aufgehört, das Laboräffchen für die diversen Experimente der jungen Ärzte zu spielen. Das betrifft vor allem das *Treadmill*: ein Laufband, auf dem sie mich marschieren lassen, umwickelt wie eine Salami und an verschiedene Computer mittels elektrischer Kabel angeschlossen, die mit den Muskeln und Sehnen der Beine verbunden sind. Ich habe nicht genau verstanden, wofür das gut sein soll, aber allein die Tatsache, es machen zu müssen und mich dabei im Spiegel zu sehen, finde ich furchtbar. Und wenn ich mir die gelangweilten Gesichter der jungen Wissenschaftler so anschaue, glaube ich auch nicht, dass sie dabei großartige Entdeckungen machen. Tatsächlich haben sie sich auch nicht vor Bedauern die Haare gerauft, als sie von meiner Entscheidung erfuhren. Abgestellt habe ich auch das *Standing Bed*: eine kleine Physioliege mit einem Metallsockel am Ende, auf den die Füße zu stehen kommen, während das ganze Ding senkrecht aufgerichtet wird. Es soll dazu dienen, Osteoporose entgegenzuwirken und den Blutdruck an gewisse Anstrengungen zu gewöhnen. Aber mein Blutdruck neigt dazu, sich an nichts zu gewöhnen: Ich schlafe jedes Mal dabei ein bzw. werde faktisch ohnmächtig und hänge dann da, mit offenen Mund. Ich fühle mich in meinem Zustand ohnehin schon lächerlich genug, wenn dann noch dieses ganze Theater dazukommt, wird es mir zuviel. Jedes Mal, wenn das Ding wieder dran wäre, verstecke ich mich irgendwo in der Klinik. Der beliebteste Ort dafür ist das oberste Stockwerk: Dort gibt es eine geräumige Terrasse mit Bistrotischen und Stühlen und einer Maschine für Kaffee und Cappuccino. Dort hält sich vor allem das Pflegepersonal in den Pausen auf. Die Aussicht ist wunderschön, das Geländer aber leider zu hoch, da komme ich unter keinen Umständen drüber. Zehn Stockwerke im freien Fall, das wäre eine wirklich sichere Methode. Ich bräuchte nur eine Rampe, aber wer sollte die aufstellen?

Ich habe wieder angefangen zu rauchen. Auch das ist eine sichere Methode, aber eher langfristig. Zu langfristig. Außerdem hat Stefan mir gesagt, nach dem ganzen ausgehusteten und abgesaugten Schleim hätte ich jetzt die Lunge eines Fünfjährigen: schön gesund und sauber. Das wird viel Arbeit, sie wieder dreckig zu kriegen.

Es kommt der langersehnte Tag meiner ersten freien Ausfahrt außerhalb des Klinikgeländes. Eigentlich war es eine eher zweischneidige Sehnsucht. Klar habe ich voller Spannung auf den Tag gewartet, an dem ich in der Lage sein würde, einen Nachmittag unterwegs in der Stadt Zürich zu verbringen, die mir alle als großartig beschrieben haben. Auf der anderen Seite habe ich jedoch Angst vor den Menschen. Nicht vor denen, die das Krankenhaus bevölkern: Nach mehrmonatigem Aufenthalt kenne ich dort alle, wenn auch manche nur vom Sehen, und das Gebäude ist mir vertraut bis in seine hinterste Ecke. Ich meine die

Leute draußen, die Außenwelt. Die Sorge, nach meiner äußeren Erscheinung bewertet und wie ein missgestaltetes Monster betrachtet zu werden, frisst mich auf. Meine Anspannung ist also zugleich positiv und negativ.

In der Stadt gibt es gerade eine Tätowier-Messe. Als eingefleischter Tattoo-Fan und vielfach Tätowierter habe ich beschlossen, dass das eine optimale Location für meine erste offizielle Ausfahrt sein könnte. Mit Johanna und dem Pfleger Stefan nehmen wir ein Behindertentaxi mit elektrischer Rampe und allem Drum und Dran, und machen uns auf zum Ort der Veranstaltung. Der ist ein großes Gebäude in einem Park. Der Außenbereich ist nicht extrem überfüllt, aber vollgestellt mit Tischen, an denen Essen serviert wird. Mit dem Elektro-Rolli wage ich mich ins Innere, wo es dagegen von Leuten wimmelt. Sofort verliere ich Johanna und Stefan aus den Augen. Ich steuere diverse Stände an, um den Tätowierern bei der Arbeit zuzuschauen, aber die Mauer aus Menschen, die sich dort drängen, hindert mich daran, auch nur ein kleines bisschen näher heranzukommen. Alle wirken wie Riesen, und es fehlt die Kraft, mir Raum zu schaffen. Ich fühle mich klein und hilflos gegenüber diesen tätowierten Schränken voller Ohrringe und anderem Bling-Bling. Vor nicht allzu langer Zeit waren sie noch meinesgleichen, aber jetzt wirken sie wie menschenfressende Ungeheuer, die mich mit einem Happs verspeisen könnten. Es gelingt mir, die Mitte des Saales zu erreichen, wo etwas mehr Platz ist, dort bleibe ich erst mal stehen. Nun bin ich den traurig-mitleidigen Blicken der vielen ausgeliefert, die überrascht sind, mitten in diesem Gewusel einen Behinderten anzutreffen, und den freundlichen Annäherungsversuchen einiger, die mich grüßen oder fragen, ob ich Hilfe brauche. Aber ich antworte nicht. Nicht weil ich keine Lust dazu hätte, ich bin einfach nur starr vor Angst, Platzangst, um genau zu sein: Ich stecke gerade mitten in meiner ersten Panikattacke. Nach einer Zeitspanne, die mir endlos erscheint (in Wirklichkeit sind nicht mehr als fünf Minuten vergangen), taucht Johanna auf wie eine Lotusblume aus dem Schlamm:

„Hey, wo warst du denn?"

„Bring mich hier raus!"

Mit der Hilfe von Stefan, der inzwischen auch aufgetaucht ist, begleitet sie mich nach draußen. Beim Ausgang sehe ich mich einem Grüppchen Skinheads gegenüber, im Schlepptau einen riesigen Pitbull, der mich mit seinen hellen, eisblauen Augen anstarrt und zu überlegen scheint, ob er das geheimnisvolle Objekt, das in seinem Blickfeld erschienen ist, in Stücke reißen oder einfach nur gründlich studieren soll. Prima, denke ich und wende sofort den Blick ab wie ein Kind im Angesicht der Gefahr, jetzt geht er auf mich los, dann kriegt dieser beschissene Tag wenigstens noch einen krönenden Abschluss. Aber Stefan schnappt sich den Joystick, mit dem man den Rolli steuert, und wir erreichen einen Tisch, wo ich mich langsam beruhige. Wir einigen uns darauf, dass es nicht die beste aller denkbaren Ideen war, für meinen ersten Tag außerhalb der Klinik eine derartige Veranstaltung auszuwählen. Aber genau dank dieser Erfahrung habe ich etwas wirklich Wichtiges gelernt. Sicher ist es traurig, im Krankenhaus zu sein, für einen selber, aber auch wegen des Leidens der anderen, das man gezwungenermaßen jeden Tag passiv mitbekommt. Man wartet auf die Entlassung wie auf die Morgenröte eines neuen Tages, als ob das das Ende sämtlicher Probleme wäre: die Rückkehr ins Leben. Aber zugleich ist das Krankenhaus auch eine Art Mutterschoß, eine unsichtbare Plazenta, wo man sich in Sicherheit fühlt, wo jedes Problem, oder fast jedes, gelöst werden kann, wo es Menschen gibt, die wissen, wie man sich um dich kümmern muss. Der unvermeidliche Moment der Geburt bringt Verwirrung und Angst mit sich, wahrscheinlich dasselbe, was ein Neugeborenes empfindet, lediglich verstärkt durch das Bewusstsein eines Erwachsenen.

Heute soll ich eine Wohnung besichtigen, die ich vorhabe zu mieten, um die Wochenenden dort zu verbringen. Das ist Teil des Reha-Programms: sich stufenweise wieder dem Leben draußen zuzuwenden, sich die Realitäten der Stadt, einer eigenen Wohnung und aller normalen täglichen Abläufe wieder neu vertraut zu machen. Was, wie ich nur zu bald feststellen werde, alles andere als einfach ist.

Wir rufen wieder ein Behindertentaxi. In Zürich gibt es zwei Gesellschaften, die diesen Service anbieten: eine öffentliche, bei der man das Fahrzeug ein paar Tage im Voraus bestellen muss, und deren Fahrer ehrenamtlich arbeiten, und eine private, die wie eine normale Taxigesellschaft funktioniert. Diesmal haben wir ein öffentliches Taxi vorbestellt. Es erwartet uns auf dem Parkplatz. Johanna ist bei mir und Stefan, der uns nach draußen begleitet, weil seine Schicht zu Ende und er auf dem Heimweg ist. Am hinteren Teil des Kleintransporters wurde eine Rampe angebracht, die es mir erlaubt, in das Fahrzeug zu gelangen – der öffentliche Service ist nicht mit elektrischen Hebebühnen ausgestattet. Ohne lange nachzudenken, fahre ich schnell auf die Fläche, wobei ich mich nicht damit aufhalte, die Maße der Heckklappe abzuschätzen. Als der Rolli sich aufrichtet, um mich ins Innere zu befördern, schlage ich heftig mit der Stirn gegen den oberen Rand der Öffnung. Ich breche mir nur deshalb nicht den Hals, weil ich meine Kopfstütze habe. Ich bin blockiert, mein Kopf ist festgeklemmt. Stefan brüllt mir zu, ich solle das Bedienungsgerät loslassen, woran ich bereits gedacht hatte, dann steigt er ein und fährt mich langsam wieder runter. Bei mir dreht sich alles. Johanna sitzt auf dem Boden: Sie ist starr vor Schreck. Nur wenige Sekunden später finde ich mich auf einer Krankentrage wieder, mit Halskrause und allem. Man bringt mich eilends zum MRT. Das Ergebnis ist grauenvoll: Der Knochen, den sie mir anstelle des zersplitterten Wirbels eingesetzt haben, hat sich verschoben, also müssen sie mich erneut an der Wirbelsäule operieren. Dabei ist der Schlag vor den Kopf gar nicht der Grund für die Verschiebung, ja ich muss diesem kleinen Unfall womöglich sogar dankbar sein, ohne den man das Problem wahrscheinlich gar nicht erkannt hätte. Und dann wären die Folgen wesentlich schwerwiegender gewesen. Am nächsten Tag stellen sie mir Doktor Brugel vor, einen bedeutenden Chirurgen, der in der Klinik gegenüber der meinen operiert. Er hat sich die Bilder meines MRT angeschaut und erklärt, wenn wir Glück hätten, müsse er den Knochen nur etwas zurechtfeilen, wofür zwei Stunden genügten; ansonsten werde er gezwungen sein, ihn durch eine Titanplatte zu ersetzen, was sieben Stunden dauern würde. Ganz zu schweigen davon, dass das Ereignis meine Reha um einige Monate zurückwirft: ein Desaster.

Am Tag der OP werde ich früh geweckt. Eigentlich habe ich sowieso nicht viel geschlafen, denn ich habe Angst. Sie geben mir präanästhetische Pillen zur Beruhigung. Das hätten sie gern auch schon am Abend vorher machen können, dann hätte ich wenigstens etwas Schlaf abbekommen. Wir fahren durch einen langen unterirdischen Tunnel in die andere Klinik. Den kenne ich gut, wir machen dort immer Rennen und fahren Boxauto mit den elektrischen Rollis, ich und zwei andere Tetraplegiker-Jungs, Aden und Marcus. Er ist breit genug für alle drei Rollis und mehrere hundert Meter lang. Wir stellen uns nebeneinander auf und rasen los. Es gibt kein Fairplay, praktisch alles ist erlaubt: vom Anrempeln übers Wegabschneiden bis hin zu Schlägen auf die Steuerung, um den Gegner ins Hintertreffen zu bringen. Das reinste Wunder, dass es noch keinen von uns je zerlegt hat. Auf einem Bett hier durchzufahren, ist anders. Die liegende Perspektive lässt den Tunnel kälter erscheinen. Ich sehe die Neonröhren, hintereinander angeordnet wie die Mittelstreifen auf dem Asphalt einer Autobahn, und die Rohrleitungen in verschiedenen Farben und Größen in den Ecken der Tunnelwände wirken wie die riesigen Tentakeln eines Seeungeheuers. Am Eingang zum Operationssaal steht meine ganze Familie außer Johanna, sie hat sich gestern Abend von mir verabschiedet und gesagt, dass ich sie nach der OP treffen werde. Die Pfleger sind alle riesengroß. Vielleicht kommt es von den Pillen, die man mir gegeben hat, dass sie mir wie Giganten erscheinen. Der Chirurg kommt auf mich zu:

„Wie geht es Ihnen?"

„Gut."

„Ich wecke Sie auf, wenn die OP vorbei ist, und dann sage ich Ihnen, wie lange sie gedauert hat."

„In Ordnung."

Die Lampen über dem Operationstisch strahlen eine angenehme Wärme ab, wie kleine Sonnen. Unter Vollnarkose träumt man nicht, und die Zeit existiert nicht mehr. Im Gegenteil, beim Aufwachen kommt es einem immer vor, als wäre zu wenig Zeit vergangen. Ich würde lieber gar nicht mehr aufwachen, das ist mein letzter Gedanke, bevor ich abtauche.

Ich öffne die Augen nur mit gewaltiger Anstrengung. Meine Augenlider sind schwer wie Betonblöcke. Das Licht stört mich, ich sehe alles unscharf. Ich fühle eine Hand auf meiner Schulter:

„Lorenzo, hören Sie mich?"

Ich versuche, den Blick scharf zu stellen, und erkenne Doktor Brugel.

„Die OP hat anderthalb Stunden gedauert."

Ich lächle. Sprechen kann ich nicht, aber in diesem Augenblick der Klarheit bin ich glücklich.

Ich schließe die Augen wieder.

Als ich sie wieder öffne, schreie und weine ich. Ich weiß nicht, wie lange ich das schon tue, die Zeit existiert ja nicht mehr, aber jetzt ist die Narkose vorbei, und der Schmerz zerreißt mich. Mir tut der Hals weh, die Schultern, die Arme. Um mich herum stehen Pfleger, die ich nicht kenne, und da ist auch Doktor Straun. Ich sehe ihn an und brülle:

„Ich will Morphium!"

„Ich habe Ihnen schon fünf Milligramm gegeben, mehr geht nicht."

„Es hat aber nichts genützt!"

„Warten Sie.“

Ich weiß nicht, was er gemacht hat, vielleicht hat er mir doch noch welches gegeben. Mir ist, als hätte ich aus dem Augenwinkel Johanna erkannt.

Dann ist niemand mehr bei mir. Ich habe wohl noch einmal geschlafen. Der Hals tut nicht mehr so weh, aber ich kann ihn nicht bewegen, ich trage eine Halskrause. Ich höre jemanden Französisch sprechen. Eine Krankenschwester. Mit sehr sanfter Stimme fragt sie mich, wie es mir gehe, ob ich etwas brauche.

„Ich möchte was trinken.“

„Ich darf Ihnen nichts zu trinken geben, Sie müssen noch ein paar Stunden warten.“

„Ich habe solchen Durst.“

„Wenn Sie wollen, kann ich Ihnen die Lippen ein bisschen befeuchten.“

„Ja, danke.“

Sie fährt mir mit einem kleinen Schwämmchen an einem hölzernen Stiel über die Lippen und in den Mund. Ich verspüre ein klein wenig Erleichterung, auch wenn meine Kehle trocken ist und schmerzt, sie haben mich wohl intubiert. Ich schaue mich um, so gut ich eben kann, aber das ist nicht mein Zimmer. Ich bin auf der Intensivstation. Die Schwester streichelt meinen Kopf, sie ist hübsch. Ich schlafe wieder ein.

Als ich wieder wach werde, bin ich zurück in meinem Zimmer. Ich bin nicht sicher, ob das alles nicht nur ein Traum war. Ich fasse mir an den Hals und ertaste die Metallklammern, die den Schnitt von der OP verschließen: Offensichtlich habe ich also nicht geträumt. Johanna sitzt an meinem Bett:

„Hallo mein Schatz.“

„Hallo.“

„Wie fühlst du dich?“

„Ich glaube ganz gut, mein Hals spannt ein bisschen.“

„Die OP ist gutgegangen, du warst nach zwei Stunden wieder draußen.“

„Ja, der Chirurg hat es mir gesagt, er hat mich nach dem Eingriff geweckt."

„Auf Intensiv ging es dir richtig schlecht."

„Daran kann ich mich auch erinnern, leider."

„Und dass ich dich liebe, daran erinnerst du dich auch?"

Ich schaue sie an und lächle, ihre Stimme und ihre Worte wärmen mir das Herz. Auch wenn die einzige Antwort, die mir einfällt, die ist: Bedauerlicherweise für dich, ja. Aber das denke ich bloß. Um mich aus meinem Zynismus herauszureißen, kommt die Schwester, die sich nach dem Eingriff um mich gekümmert hatte. Sie platzt ins Zimmer und redet mich auf Französisch an:

„Comment ça va? Vous avez réussi à dormir?"

„Entschuldigung, ich habe kein Wort verstanden, ich kann kein Französisch."

„Was soll das, wollen Sie mich auf den Arm nehmen?"

„Nein, ich kann es wirklich nicht."

„Wir haben auf der Intensivstation zwei Tage lang Französisch gesprochen. Ich war mir sogar fast sicher, dass Sie französische Wurzeln haben."

„Jetzt nehmen Sie aber mich auf den Arm!"

„Ich schwöre Ihnen, egal, was ich gesagt habe, Sie haben immer korrekt geantwortet und mit hervorragender Aussprache."

„Was tut man nicht alles für ein paar Milligramm Morphium."

Der Witz löst allgemeines Gelächter aus, aber sowohl ich, als auch die Schwester haben etwas gelernt. Die Anpassungsfähigkeit der menschlichen Wesen kennt keine kulturellen Grenzen. Wenn die Not groß ist, werden die Fähigkeiten unseres Gehirns automatisch erweitert oder vielmehr bloß aktiviert. Ich war darauf angewiesen, zu kommunizieren, und das habe ich getan, auf die einzige Art, die in diesem Moment möglich war. Ich frage mich, ob es mir gelingen wird, mich auch an dieses Leben anzupassen, an diesen Körper, der sich jetzt nicht mehr wie der meine anfühlt.

9. Empfindungen

Wie jeden Morgen werde ich von der üblichen Visite geweckt. Mein Zimmer bevölkert sich mit Ärzten, Schwestern, Beschäftigungs- und Physiotherapeuten, angeführt vom Chefarzt der Abteilung. Eigentlich sollte ich längst wach sein, wenn sie kommen, wäre ich nicht der Einzige in der ganzen Klinik, der sich erfolgreich gegen das Sieben-Uhr-Wecken zur Wehr gesetzt hat. Nach tagelangem Kampf und viel lautem Gezänk waren sie weise genug, aufzugeben. Jetzt lassen sie mich schlafen bis neun, das ist die Uhrzeit für die Kontrolle. Alle außer dem Chef tragen eine kleine Mappe bei sich, die die jeweils neuesten Wendungen bezüglich meiner Person enthält, und sie stellen sich im Halbkreis um mein Bett auf. Nacheinander berichten sie über meinen Gesundheitszustand, meine Fortschritte, meine Probleme. Nach Abschluss der Unterweisung folgt der rituelle Fragenkatalog:

„Wie fühlen Sie sich?", „Haben Sie heute Nacht gut geschlafen?", „Können Sie lange sitzen?" und dergleichen mehr. Aber diesmal lasse ich ihnen gar nicht erst die Zeit für ihre Fragerei, sondern falle zur allgemeinen Überraschung gleich mit der Tür ins Haus:

„Wie kann ich feststellen, wann ich Pipi und Kacka muss?"

Genau, denn hier wird alles von Zeitplänen regiert: Die Visite im vollen Ornat kommt jeden Tag um neun vorbei; die diversen Therapiesitzungen dauern jeweils fünfundvierzig Minuten; Pipi ist alle drei Stunden dran, Stuhlgang jeden zweiten Tag. Das Problem ist, dass ich nicht merke, wenn es losgeht. Seit ich angefangen habe, mich jeden Tag in den Rolli zu setzen, passiert es mir oft, dass ich mich einpisse. Wenn's dumm läuft, ist das während der Physiotherapie oder im Trainingsraum bei den Übungen zur Muskelkräftigung. Wenn ich Glück habe, merke ich es am Geruch, ansonsten sitze ich den ganzen Tag im eigenen Saft, bis mich die Schwestern wieder zurück ins Bett legen und die schöne Bescherung entdecken.

Die Antwort des Chefarztes kommt entschieden und deutlich:

„Haben Sie Geduld, Sie werden sehen, Ihr Körper wird schon einen Weg finden, um Sie darauf aufmerksam zu machen."

Das soll alles sein? Kein Beispiel, keine möglichen Anregungen, auch nichts dazu, wie lange denn mein Körper noch brauchen wird, um Kontakt mit dem Gehirn aufzunehmen? Ihr werdet doch solche Fälle schon mal gehabt haben, das ist doch euer Job. Wie kann das sein, dass es diesbezüglich keine spezifischere Antwort gibt? Mit der Zeit werde ich lernen, dass jeder Rückenmarksgeschädigte, selbst bei gleicher Art der Verletzung, sich von allen anderen unterscheidet. Jeder reagiert anders auf medizinische Therapien, und jeder Körper verändert sich in die unterschiedlichsten Richtungen.

Wie es der Zufall will, so als hätte allein das psychologische Unwohlsein einen Schalter umgelegt, beginnen bereits wenige Tage nach meiner Frage die Körper-Hirn-Übertragungen. Ich sitze in dem Aktivrollstuhl, den sie mir zugewiesen haben, nicht mehr in dem superschnellen elektrischen. Diesen muss ich selber schieben, mit der Kraft meiner Arme. So komme ich nur noch mühsam auf den Klinikfluren voran. Manchmal, nein sogar oft, finden sie mich an eine Wand gelehnt, ohnmächtig von der Anstrengung. Mein Blutdruck ist schon von ganz alleine niedrig, und nach ein paar Stunden Selberschieben verlässt er mich komplett.

Jetzt überlaufen mich plötzlich heftige Schauer; die Haare auf meinen Armen richten sich auf wie bei einer angriffslustigen Katze; die Gänsehaut breitet sich über meinen ganzen Körper aus. Es fühlt sich auch so an, als stünden mir die Haare zu Berge. Ich fange an, den Rolli mit Wucht voranzuschieben, ohne jede Anstrengung. Vor dem Zimmer des Pflegepersonals angelangt, versetze ich der Tür zwei feste Schläge. Gerda kommt heraus, eine sehr tüchtige Schweizer Krankenschwester. Aufgeregt erkläre ich ihr, was mit mir los ist. Sie greift sofort nach einem Blutdruckmesser mit Manschette und Pumpe. Ich habe hundertachtzig zu neunzig. Spitzen, die ich zuvor nie erreicht hatte. Sie schaut mich an:

„Versuchen wir, die Blase zu leeren?"

„Habe ich doch erst vor zwei Stunden."

„Haben Sie heute viel getrunken?"

„Das habe ich tatsächlich, ich habe eine scharfe Suppe gegessen, und danach hatte ich riesigen Durst."

„Kommen Sie, wir gehen in Ihr Zimmer."

Sie schiebt mich schnell dorthin und führt mir einen Blasenkatheter ein: Raus kommen sechshundert Zentiliter Pisse. Wie durch Zauberei verschwinden Schauer und Gänsehaut, und der Blutdruck wird wieder normal niedrig wie sonst. Ich bin sehr verwundert, es ist also wirklich passiert. Mein Körper hat mit großer Heftigkeit meinem Hirn zu verstehen gegeben, dass etwas nicht stimmte. Er hat einen Weg gefunden, mich darauf aufmerksam zu machen, so wie es der Chefarzt gesagt hatte.

„Erinnern Sie sich an dieses Gefühl, ab jetzt wissen Sie, was es zu bedeuten hat."

Weise Worte, liebe Gerda. Wird auch schwierig sein, es zu vergessen, wenn man bedenkt, dass es mich wahrscheinlich für den Rest meines Lebens begleiten wird. In der Tat wiederholt sich der gleiche Vorfall im Laufe der nächsten Tage, aber in unterschiedlicher Intensität, mal um die andere physiologische Notdurft anzuzeigen, mal einfach nur bei Schmerzen. In diesem zweiten Fall gilt es dann, herauszubekommen, um welche Art Schmerz es sich handeln könnte. Der ganze Körper muss minutiös kontrolliert werden, schon ein schlecht angezogener Schuh kann Probleme verursachen, man geht nach dem Ausschlussverfahren vor. Am Ende wird in den meisten Fällen der Quell des Unwohlseins festgestellt und versucht, Abhilfe zu schaffen.

Mit dem neuen Rolli komme ich alles andere als leicht voran. Es fühlt sich an, als wäre ich von einem Ferrari auf ein Tretauto umgestiegen. Die Klinik kommt mir viel größer vor als früher. Johanna wohnt in einem Zimmer des Gebäudes, in dem der größte Teil des Personals untergebracht ist; wir haben ausgemacht, dass ich sie besuchen komme, wenn die diversen Morgen-Therapien vorbei sind. Ich habe schon oft versucht, mir dieses Zimmer vorzustellen, denn sie hat es mir nie beschrieben. Ich weiß nicht warum, aber ich sehe einen grauen, trostlos sterilen Raum vor mir, der mit betrieblicher Strenge nach Schweizer Art möbliert ist: ein Krankenhausbett von der alten Sorte, weiß, mit Gitterstäben an Kopf- und Fußteil; Nachttisch, Kommode und Schrank aus Metall; gefliester Fußboden mit nichtssagendem Muster. Die einzige Beschreibung, die zu mir durchgedrungen ist, betrifft den wunderbaren Duft, der aus einem der Gemeinschaftsbäder strömt und sich über das ganze Stockwerk ausbreitet, wenn der junge sympathische jugoslawische Lagerverwalter aus meiner Abteilung unter der Dusche steht. Während ich die breite asphaltierte Straße entlangrolle, die zu dem Gebäude führt und glücklicherweise abschüssig ist, habe ich wahnsinniges Herzklopfen und spüre die klassischen Schmetterlinge im Bauch, wie vor dem ersten Date mit einem angebeteten Mädchen Der Rolli bewegt sich rasch auf sein Ziel zu, während ich versuche, das Chaos aus erotischen Gedanken zu sortieren, die mein Hirn verstopfen. Ich habe einen Haufen Ideen, aber keine Ahnung, wo ich anfangen soll, sie in die Tat umzusetzen. Wie ein Junge vor seinem ersten Mal weiß ich theoretisch über alles Bescheid, bin aber total unsicher, wenn es um die Frage geht, was ich wirklich werde umsetzen können. Es ist ein Tag wie jeder andere in Zürich: Die Ergotherapieräume entlang des Parkwegs sind voll mit Patienten beim Üben; die Angestellten sitzen an ihren Schreibtischen in den Büros und arbeiten ohne Unterlass; der Park ist gepflegt und ordentlich, so dass man ganz vergisst, sich in einer Stadt zu befinden; die frische, stechend saubere Luft dringt durch die

Nasenflügel und lässt vorübergehend den Geruch der Medikamente und Putzmittel verschwinden, der im Inneren der Abteilungen herumwabert. Ein Geruch, an den man sich nie gewöhnt. Für mich dagegen ist es ein besonderer Tag, und die mit Angst vermischte Aufregung macht mich fertig. Die Eingangstür des Gästehauses ist offen, fast als würde ich erwartet, und der Aufzug ist groß genug, um meinen Rolli aufzunehmen. Es ist das einzige Gebäude, das keinen Extra-Eingang für Behinderte hat, ich kann mich also glücklich schätzen, dass ich auf keine Hindernisse gestoßen bin. Dritter Stock, Zimmer fünfzehn. Das Zimmer, in dem Johanna auf den Ausgang der OPs gewartet hat; das Zimmer der einsamen Tränen, der kleinen Freuden, der Hoffnungen; der kleine Planet, auf den sie sich zurückziehen kann, der manchmal weit weg scheint von all dem Leiden und der Traurigkeit dieser Tage, und der sich heute in ein Liebesnest verwandeln könnte. Ein Rückzugsort ganz für uns allein. Der lange, schmale Flur ist finster und hat tausend Türen. Der dunkle Teppichboden, dessen Farbe ich wegen der schwachen Beleuchtung nicht genauer bestimmen kann, die Blümchentapete in gedämpftem Ton und die hellen Holztüren entsprechen erfreulicherweise gar nicht der trostlosen, krankenhaustypisch sterilen Vorstellung, die ich mir gemacht habe. Soweit ich weiß, sind meine Familienmitglieder die einzigen Angehörigen eines Patienten, die das Privileg haben, gleich mehrere Zimmer in diesem Gebäude zu belegen, das so nah bei der Klinik liegt. Ansonsten wird es von Personal bewohnt, das nicht in der Stadt lebt, und wenn man die Anzahl der Zimmer bedenkt, sind das viele. Ich bin vor Nummer fünfzehn angelangt, was wegen des Teppichbodens erheblich anstrengend war, und überlege, ob ich klopfen oder mich wieder davonmachen soll. Der innere Konflikt ist klar: einerseits so viel Lust auf Liebe, auf Sex, auf Empfindungen, die im Moment jedoch nur mit der Vergangenheit zu tun haben, andererseits eine riesige Angst, zu versagen, nichts zu empfinden, alle meine Erwartungen zu enttäuschen, und die ihren auch. Während ich noch abwäge, wie ich mich entscheiden soll, auch angesichts der Tatsache, dass der Weg zurück in die Klinik ansteigt – man würde mich ohnmächtig aus einer Blumenrabatte fischen –, öffnet sich die Tür von selbst:

„Hallo"

„Hallo."

„Stehst du schon lange hier draußen?"

„Nein, ich bin im Moment angekommen (...)."

„Dann willkommen in meinem Reich!"

Das Zimmer ist wirklich winzig. Direkt neben der Tür, mit zwei Seiten an der Wand befestigt, steht ein Einzelbett; rechts ein großer Wandschrank mit einem Sekretär und einem Stuhl davor; an der Wand dem Bett gegenüber ein breites Fenster und daneben ein mit Stoff bezogener Sessel im selben Grün wie der Teppichboden. Sämtliche Möbel, auch das Bett, sind aus einem hellen Holz, das angenehm fürs Auge ist. Das Gegenteil von dem, was ich mir ausgemalt hatte, und, um ehrlich zu sein, es ist gar nicht übel. Noch dazu hat Johanna es verschönert, mit einigen Fotos an der Wand und anderen, gerahmten, auf dem Sekretär und auf dem Fensterbrett. Es ist das erste Mal in langen Monaten, dass wir vollkommen allein in einem Zimmer sind, ohne das Risiko, dass plötzlich jemand reinkommen könnte. Anders als erwartet, sind meine Hemmungen durch die neue Situation größer geworden. Meine erotischen Fantasien sind verflogen und haben einer schrecklichen Verlegenheit Platz gemacht. Ich schaue mich weiter um und tue so, als würde ich das Zimmer bewundern, damit ich Johannas Blick nicht kreuze, denn ich habe keine Ahnung, was ich sagen oder machen soll. Ich lasse mich über zwei Gemälde aus, die verschiedene Ansichten der Stadt Zürich zeigen, und tue so, als fände ich sie schön: Dabei sind sie in Wirklichkeit von derselben Sorte wie die klassischen Reproduktionen der Stadtansichten von Rom, die bei jedem Arzt, der etwas auf sich hält, im Wartezimmer hängen. Dann gehe ich zu den Fotos über und kommentiere sie mit vorgefertigten Sätzen wie:

„An das hier kann ich mich erinnern", oder: „Da waren wir in ...".

Schließlich kommt es soweit, dass ich sogar die quietschgrünen Blätter des Baumes betrachte, der den Blick nach draußen komplett verdeckt. Da ist sie es, die die Initiative ergreift: Ohne ein Wort schnappt sie sich meine Hand, setzt sich rittlings auf meine Beine und umarmt mich fest. Wir fangen an, uns zu küssen, und ich schiebe ihr schüchtern eine geschlossene Hand unters T-Shirt, um ihren Busen zu berühren. Aber das lasse ich gleich wieder bleiben: Ich kann nicht erkennen, ob es ihr gefällt oder ob sie das Gefühl hat, ein Boxer würde ihr mit der Faust auf die Titten hauen. Die Verlegenheit wächst, während ich weiter nach einem Weg suche, der aber kein genaues Ziel hat. Ich taste mich vorwärts wie ein Blinder. Und dann versuche ich ihr das T-Shirt auszuziehen, indem ich es mit beiden Händen hochhebe, ich habe sie schon viel zu lange nicht mehr nackt gesehen. Sie hilft mir bei meinen ungeschickten Bewegungen und zieht es sich selbst aus, aber dann – ganz plötzlich – bedeckt sie sich wieder mit den Armen, lehnt den Kopf an meine Schulter und sagt einen Satz, mit dem sie mir etwas zu verstehen gibt, womit ich nicht im Mindesten gerechnet habe:

„Entschuldige, aber ich geniere mich ein bisschen."

Sie ist also genauso verlegen wie ich. Schließlich ist es ja auch für sie das erste Mal. Wir haben keinerlei Anhaltspunkte, und die sexuelle Übereinstimmung, die wir kannten, gehört nun der Vergangenheit an. Wie komme ich dazu, zu denken, ich wäre der Einzige, der eine neue Art zu lieben erst lernen muss? Auch für sie ist alles anders geworden, und allein die Tatsache, dass sie keine körperlichen Probleme hat, macht ihre Situation noch nicht vorteilhafter. Vielleicht ist sogar sie diejenige, die mehr in Schwierigkeiten steckt. Aber ich weigere mich, das zu begreifen, ich blicke nicht über meinen gelähmten Körper und über meine Einschränkungen hinaus. So bleiben wir schweigend umarmt, jeder von uns in seiner eigenen Verlegenheit und seinen Gedanken gefangen. Das Zimmer sehe ich jetzt mit anderen Augen, es hat das Aussehen eines alptraumhaften Bühnenbilds angenommen. Ich hasse diese Fotos, die glückliche Augenblicke aus einer Vergangenheit ohne Zukunft zeigen und die Gegenwart noch schmerzhafter werden lassen; ich hoffe, dass das Feuer dieses Hasses sogleich Bett und Möbel in Asche verwandeln und das Blut aus meinen Verletzungen die Leinwände mit den Bildern einer Stadt vollschmieren möge, die ich nie hätte kennenlernen wollen. Ich beschließe, dieses Zimmer nicht mehr zu betreten.

Seit mein Luftröhrenschnitt verschlossen wurde und ich wieder angefangen habe zu sprechen, oder besser: Töne anstatt Luft auszustoßen, ist die von Claudia montierte Freisprechanlage mir wieder nützlich geworden. Wir haben die Nummern einiger meiner Freunde eingegeben, die ich ab und zu anrufe. In diesen langen Monaten des Schweigens habe ich so viele Briefe und Hunderte von Faxnachrichten bekommen, dass ich mich nie verlassen gefühlt habe. Ich muss gestehen, dass ich auch mit großem Vergnügen die Nachrichten voller Grammatikfehler von Freunden las, die einen Haufen Diplome haben, und erst recht die Heiratsanträge per Fax oder Brief von Freundinnen, die sich bei Johanna entschuldigten und dann um meine Hand anhielten. Sie selbst hatte zuletzt wegen ihres Studiums fortgemusst, mir aber vor ihrer Abreise ein kleines Buch mit Briefen dagelassen, die sie mir während meiner Zeit im Krankenhaus geschrieben hatte: alle wunderschön und rührend. Sie wusste, wie sehr sie mir jedes Mal fehlte, wenn sie wegfuhr, und sie wollte mir jeden Tag einen weiteren Brief schreiben, so dass sie mir auch während ihrer Abwesenheit nahe sein konnte. Jetzt, da die Rückkehr nach Hause immer näher kommt, habe ich einen seltsamen Eindruck: Bei den Telefonaten scheinen mir die Leute immer distanzierter, fast so, als legten sie es darauf an, das Gespräch schnell zu beenden. Während ich selbst ein großes Bedürfnis habe, zu reden und mich noch immer als Teil der Gruppe meiner Freunde zu fühlen, zumindest derer, die ich als solche betrachte. Sie machen sich nicht klar, dass während eines so langen Krankenhausaufenthaltes die Zeit stehen bleibt, eine Pause einlegt. Ein Tag ist wie der andere. Und auch wenn die Zeit überall auf dieselbe Weise vergeht, ist es hier doch eine andere Zeit. Quasi eine Parallelwelt, eine andere Dimension. Wo das Telefon wie ein Fenster zu meiner früheren Welt ist, die sich jedoch ungeachtet meiner Abwesenheit im gleichen Tempo wie zuvor weiterdreht.

Gleichzeitig verstehe ich vielleicht nicht ihre Ängste und ihre Verlegenheit angesichts einer Lage wie der meinen. Ich habe mich verändert und mein Leben auch, für immer. Vielleicht wissen sie nicht, wie sie mit mir reden, auf welche Weise sie auf mich zugehen sollen. Deshalb halten sie ihre Anrufe so kurz. Ich habe erfahren, dass die menschlichen Reaktionen auf diese Art Problem sehr oft erbarmungslos sind: Ich habe Männer kennengelernt, deren Ehefrauen sich nicht mehr haben blicken lassen; andere wurden sogar von ihren ganzen Familien verlassen. Als ich nach Zürich kam, war das, was mich am meisten erschreckte, der Anblick der gelähmten und deformierten Hände eines Tetraplegikers. Ich habe meinem Bruder direkt in die Augen geschaut:

„Werden meine auch so?“

Er hat mir nicht geantwortet. Konnte er auch nicht, denn auch er hatte ja keine Ahnung. Wahrscheinlich war er in dem Moment sogar noch erschrockener als ich. Meine Hände sind nicht so geworden wie die, die ich gesehen hatte. Gelähmt ja, aber nicht deformiert. Aber das ist auch gar nicht mehr so wichtig. Wovor ich mich jetzt fürchte, ist, nach Hause zurückzukommen und keine Freunde mehr zu haben. Das Mitleid in ihren Blicken, die Verlogenheit in ihrem Verhalten zu lesen; sie in meiner Nähe zu haben und doch Lichtjahre entfernt. So wie ich mich selbst fühle bei allem, was mit mir geschieht: so nah und gleichzeitig doch so weit weg. So als würde ich mich von außen betrachten. Die Fantasie ist das, was mich noch vom Wahnsinn trennt. Ich habe Angst.

10. Projektionen #2

Die Garderobe ist in Wirklichkeit eine große Sport-Umkleidekabine, die für den Anlass umfunktioniert wurde. Da steht ein Tisch mit einem Büffet, das einem Galaabend zur Ehre gereichen würde, dazu jegliche Art alkoholischer Getränke, die man sich nur vorstellen kann. Außer uns von der Band sind ein paar Journalisten da und der Tour-Manager. Vor dem Konzert verwandelt sich die Garderobe in einen antiken Tempel, einen quasi unverletzlichen Ort, an dem man versucht, die Konzentration und die richtige emotionale Ausstrahlung zu erlangen, die man auf der Bühne braucht. Nur ganz wenige haben in dieser Phase Zutritt, während der Ort nach dem Konzert zu einem Tohuwabohu wird. Ich bin nervös, das bin ich immer vor Live-Auftritten. Ich rühre kein Essen an, trinke stattdessen und ziehe mir den einen oder anderen Joint rein, in der Hoffnung, dass das hilft. Es hilft nicht. Im Gegenteil, die Nervosität erreicht ihren Höhepunkt, wenn wir auf die Bühne gerufen werden. Während wir einen langen, grauen, von grellen Neonlampen erleuchteten Gang entlanggehen, fange ich an zu schwitzen. Auch meine Hände schwitzen. Mir ist so heiß, als käme ich gerade vom Joggen, ich denke, das ist eine Reaktion meiner Nerven zusammen mit dem Alkohol. Die Sporthalle ist proppenvoll. Ich höre das Stimmengewirr der Fans in ihrer freudigen Erwartung. Einen Moment lang denke ich, ich könnte noch rechtzeitig flüchten. Das denke ich jedes Mal, wenn wir live spielen, aber am Ende flüchte ich doch nie. Denn tatsächlich ist das hier doch der Traum meines Lebens, die Erfüllung aller Wünsche, das Wunder, das jeder Musiker zu erleben hofft, auch wenn nur wenigen dieses Glück tatsächlich zuteil wird. Wir stehen am Fuß der Bühne, die Beleuchtung der Sporthalle wird heruntergefahren, und die Leute beginnen aufgeregt zu schreien. Meine Beine zittern so sehr, dass ich es kaum schaffe, die wenigen Stufen hochzusteigen, die mich noch vom Schlachtfeld trennen. Eine riesige Wolke aus übelriechendem künstlichem Nebel legt sich über alles: Ich kann nichts mehr sehen und fühle mich beinahe so, als wäre ich selbst Teil davon. Aus der undurchdringlichen Suppe taucht der Gitarrentechniker auf und hängt mir mein Instrument um. Wie von Zauberhand bringt diese einfache Geste meine Angst zum Verschwinden. Meine Beine hören auf zu zittern, die Hände schwitzen nicht mehr. Sanft streicheln sie die Gitarre, als wäre sie der Körper meiner Geliebten, sie werden eins mit ihr. Meine Rechte gleitet zum Lautstärkeregler, um sie zum Leben zu erwecken, während die Linke sich bereit macht, um ihr am Griffbrett den Weg zu zeigen. Ein Gefühl der Sicherheit durchströmt meinen Körper. Als die ersten scharfen Töne durch die Luft zu wirbeln beginnen, werde ich ergriffen von etwas, was sich mit Ekstase vergleichen lässt oder gleich mit dem Nirwana. Ich bin in der perfekten Welt, in meinem natürlichen Lebensraum – woanders könnte ich nicht existieren. Der Nebel hat sich verzogen, aber ich kann immer noch nichts sehen. Wenn mich jemand fragen würde, wo ich mich gerade befinde, könnte ich nicht antworten. Ich höre nur die Musik, die aus den Verstärkern dröhnt; ich spüre, wie meine Finger sicher von einem Akkord zum nächsten fliegen und wie das Plektron präzise auf die Saiten trifft. Erst am Ende des dritten Stückes, als wir wie immer kurz innehalten, bevor das nächste folgt, wird mir wieder bewusst, dass ich Tausende von Leuten vor mir habe. Ich fokussiere die ersten paar Reihen und sehe glückliche Gesichter. Auch ich bin glücklich. Ich bin verschwitzt, aber jetzt ist es ein gesunder Schweiß: Er kommt von der Freude, von der Sorglosigkeit. Ich hüpfe hin und her und reite auf den immer erregter werdenden Tönen. Ich höre, wie sie wie durch Magie mit denen von Bass, Schlagzeug und Gesangsmelodie verschmelzen. In den Pausen zwischen den Stücken werfe ich die Plektren ins Publikum, die man mir immer in einer Reihe auf den Mikrofonständer legt, aber das ist nur Show, denn es stimmt nicht, dass sie sich abnutzen, eins reicht für das ganze Konzert. In meinem Fall ist auch der Mikrofonständer nur Show, ich singe ja nicht.

Ich spiele! Ich spiele! Ich spiele!

Ich bin in einem Trancezustand, den man gerne mit dem der *Tarantate* vergleichen kann, der von der Tarantel gestochenen Frauen, die sich zu den mantra-ähnlichen Schlägen der Tamburine in die Bewusstlosigkeit tanzen. Meins ist ein Rock 'n' Roll-Mantra, mit dem Effekt, dass sie mich am Ende des Konzerts fast raustragen müssen. Während der Minuten, die uns noch vom großen Finale trennen, während die anderen sich abtrocknen und etwas trinken, bin ich außer mir wie ein kleines Kind, dem man sein Lieblingsspielzeug weggenommen hat. Jemand macht mich darauf aufmerksam, dass wir schon zwei Stunden gespielt haben – für mich ist nur ein Augenblick vergangen. Ich würde ohne Probleme noch zwei weitere Stunden spielen. Die Rufe des Publikums holen uns wieder zurück auf die Bühne. Die Sporthalle explodiert in einem begeisterten Getöse. Die Atmosphäre beim Finale ist noch intensiver als beim ganzen Konzert. Alle Lichter sind eingeschaltet und formen einen blendenden, farbenfrohen Regenbogen, ich kann die lächelnden Gesichter erkennen und die Münder von Jungs und Mädchen, die aus vollem Hals mitsingen. Ich genieße jede einzelne Minute der letzten drei Stücke von der Playlist. Nach dem letzten Akkord packt mich ein unwiderstehlicher Impuls, ich befreie mich von meinem klingenden Anhängsel, mache ein paar Schritte und stürze mich mit einem Hechtsprung in die ersten Reihen. Ich lande auf Dutzenden von Händen, die meinen Sturz abfangen, und lasse mich weiterschieben wie eine Wolke im Wind. Hier will ich bleiben, für immer.

11. Letzte Tage im Exil

Gedankenfreiheit ist Bewegungsfreiheit.

Heute hat mir Claudia einen Stift zwischen die Finger geklemmt und befohlen:

„Schreib."

„Was denn?"

„Was du willst."

Das oben ist der erste Satz, den ich geschrieben habe, so als hätte ich ihn über Monate ausgebrütet. Er drängte aus mir heraus wie ein Fluss mit Hochwasser, fast unvermittelt. Claudia schaute mich mit weit aufgerissenen Augen an. Der überraschte Blick eines Kindes vor einem Geschenkpäckchen. Sie sagte nichts, nahm nur das Blatt und hängte es an die Wand über ihrem Schreibtisch.

Gedankenfreiheit ist Bewegungsfreiheit.

Denn es ist die Fantasie, die mich noch in diesem Leben hält. Die Möglichkeit, das zu sein, was ich will, wo ich will und vor allem wie ich will. Man könnte meinen, es sei eine Flucht aus der Wirklichkeit, und vielleicht ist es das auch. Nein, das ist es ganz sicher. Aber es hilft, die bitter schmeckende Mahlzeit der immer gleichen Tagesabläufe zu verdauen. Dieses schematisch geordnete Leben ohne Überraschungen oder unerwartete Wendungen, wenn man von den körperlichen Komplikationen absieht, an denen es niemals fehlt. Nur ab und zu gibt es einen kurzen Lichtblick wie diesen unüberlegt aufgeschriebenen Satz, den meine professionelle Umgebung anscheinend für wichtig hält, der mich persönlich aber völlig kalt lässt. Woran sollte ich im Übrigen auch denken? Die Gegenwart ist so, wie sie nun mal ist, die Vergangenheit kommt leider nicht zurück, und ich kann auch nicht nur von Erinnerungen leben, und die ungewisse Zukunft kann positive, aber auch negative Überraschungen bringen. Was bleibt, ist die Vorstellungskraft, mit der ich mir eine andere Wirklichkeit bauen kann: aus Projektionen meiner selbst, so wie ich hätte sein wollen, und aus ebenso wundersamen wie unerklärlichen Heilungen. Eine Fantasiewelt, die sich auf einer fortwährenden Suche nach der verlorenen Freiheit gründet. So frei bin ich nicht einmal in meinen Träumen. Da kann ich zwar laufen und rennen, habe aber immer irgendwelche Schwierigkeiten bei ganz selbstverständlichen Dingen: Einen Telefonhörer abzuheben ist eine Herausforderung, die Seiten eines Buches umzublättern eine übermenschliche Anstrengung, ein Glas Wasser zu trinken ein schweißtreibendes Unterfangen. Mein Unterbewusstsein weiß, dass ich körperliche Probleme habe, und die zeigen sich dann auf solche Art. Genau dieser Wunsch nach Freiheit lässt mich die Klinik hassen, diesen goldenen Käfig, in dem ich eingesperrt bin. An den Wochenenden habe ich frei. Eine Halbfreiheit, ein Freigang, den ich in der Mietwohnung verbringe, wo ich aber weiterhin Opfer der Klinik-Abläufe bin: Diese sind jetzt ein Teil von mir und meiner Existenz, wie ein ständiger Alptraum, der sich jede Nacht wiederholt. Die Wohnung ist in Wirklichkeit nur ein zweites Gefängnis, eine Verlängerung des schützenden Uterus, in einem grünen Viertel, das kennenzulernen ich überhaupt keine Lust habe. Ich bleibe drin und warte auf den Pfleger, der kommt, um meine Blase zu entleeren. Wenn ich dort nicht immerhin die Nächte mit Johanna verbringen und einigermaßen gutes Essen haben könnte, würde ich gleich in der Klinik bleiben. Die wenigen Male, wenn man mich zu einer Ausfahrt überredet, erfinde ich die ganze Zeit nur Vorwände, damit wir gleich wieder umkehren. Die Leute im Park herumrennen und spielen zu sehen, bringt mich um. Man sagt, das sei ein erster Schritt zurück ins Leben, in Richtung Freiheit. Aber der Gedanke an die Freiheit ist für mich verbunden mit meiner Stadt, meinem Zuhause, meinem ursprünglichen Leben, an das ich so bald wie möglich wieder anknüpfen will. Diese halbe Sache hier macht mich fertig.

Was die Klinik betrifft, so organisiert die Abteilung ungefähr alle zwei Monate ein Treffen zwischen dem Patienten und dem gesamten Team, das sich um ihn kümmert: Schwestern, Pfleger, Ärzte, Therapeuten. So ähnlich wie die tägliche Visite, aber spezifischer. Man analysiert Fortschritte und Probleme und setzt ein Programm auf, um sie zu lösen und neue Ergebnisse zu erhalten. Man diskutiert auch über die Dauer des weiteren Krankenhausaufenthalts und legt ein mögliches Entlassungsdatum fest. Diesmal beschäftigt sich das Treffen damit, dass ich Anzeichen von Ungeduld gegenüber dem Reha-System an den Tag lege. Es ist aufgefallen, dass ich die Übungen schwänze oder zumindest nicht mehr voll dabei bin, und ich glaube auch, dass sie meine anarchistische Einstellung bezüglich des mir auferlegten täglichen Klinikzeitplans nicht mehr ertragen können. Mittlerweile ist das zu einen antikonformistischen Kreuzzug geworden, der darauf abzielt, das System zu destabilisieren: Ich bin ein Revoluzzer. Ich habe den Eindruck, dass sie mich nach Hause schicken wollen, was mich ganz besonders glücklich macht. Alle sind sie wieder mit den üblichen Mappen bewaffnet, in denen die medizinisch-klinische Biografie meiner Person verzeichnet ist. Einer nach dem anderen tragen sie dem Chefarzt Dr. Kurt in Originalsprache – dem unverständlichen Schweizerdeutsch – meine aktuelle Situation vor. Dieser lauscht interessiert und wirft mir hin und wieder ironische Blicke zu, bei denen ich nicht deuten kann, ob sie positiv oder negativ gemeint sind. Ich habe den Chefarzt immer gemocht, er hat mir seit dem ersten Tag, an dem wir miteinander gesprochen haben, Sicherheit eingeflößt. Er hat zuverlässig gezeigt, dass er sich mit seiner Arbeit auskennt, und war ein wichtiger Bezugspunkt für mich.

„Also, Lorenzo, den Berichten entnehme ich, dass Sie in all diesen Monaten wichtige Fortschritte gemacht haben, trotz der vielfachen Komplikationen und der eher wenig regelkonformen

Aktionen, die Sie hier veranstaltet haben", und er deutet ein zufriedenes Lächeln an, fast als wäre er stolz auf mich, weil ich seinen Untergebenen das eine oder andere Kopfzerbrechen bereitet habe. „Was halten Sie davon, wenn wir ein Datum für Ihre Entlassung aus der Klinik festlegen?"

„Im Ernst? Ich darf nach Hause?"

„Ja, Sie dürfen überall hin, wohin Sie wollen."

„Das ist ja eine fantastische Nachricht!"

„Sagen wir: In ungefähr drei Wochen sind Sie frei."

„Wunderbar, vielen Dank, Doktor, danke Ihnen allen."

Das war genau das, was ich hören wollte. Schleunigst verlasse ich den Speisesaal der Abteilung, der als Versammlungsort für das Treffen gedient hat – bevor er es sich womöglich noch einmal anders überlegt. Ich eile zu meiner Familie, um ihnen die frohe Botschaft zu verkünden. Sie freuen sich sehr, vor allem Johanna, und fangen sofort damit an, die Logistik für meine Heimkehr zu organisieren. Johanna und ich umarmen uns glücklich. Auch sie hat die Nase voll von diesem Leben. Allein die Tatsache, wieder nach Hause zu kommen, ist schon wie ein Traum, nach allem, was passiert ist. Der Sonntagmorgen, an dem wir zum Skifahren aufgebrochen sind, ist zehneinhalb Monate her.

Aber schon am selben Abend ändert sich mein euphorischer Gemütszustand jäh. Die Rückkehr nach Hause war immer ein abstrakter Wunsch, eine reine Möglichkeit ohne präzise Zeitangabe gewesen. Jetzt, da die Sache konkret wird, kommen plötzlich Ängste und Nervosität auf, womit ich nicht gerechnet habe. Ich verbringe eine schlaflose Nacht mit dem Gefühl, einen Steinblock auf meinem Mageneingang liegen zu haben, der mich am Atmen hindert. Eigentlich sollte ich doch glücklich sein, und stattdessen habe ich bloß Angst, kann aber keine rationalen Gründe finden, die sie rechtfertigen würden. Ich stelle mir tausend Fragen, die ich nicht beantworten kann: Wer wird mir beim Pinkeln helfen? Wer wird mich abends ins Bett bringen? Wer mir die Kissen richten? Wer mich morgens in den Rolli wuchten? Seit

Monaten wird mir hier gebetsmühlenartig wiederholt, ich solle es vermeiden, mir bei diesen Sachen von Johanna und meiner Familie helfen lassen. Aber wer soll es denn können, wenn nicht sie, die inzwischen vom Fach sind? Um sieben Uhr benutze ich die Mund-Klingel für einen Notruf. Stefan und Gerda kommen atemlos gerannt:

„Was ist los?"

„Nichts, ich muss aufstehen, ist Doktor Kurt schon da?"

Stefan schaut mich ziemlich ungläubig an. Die tägliche Praxis meine Person betreffend war bisher die folgende: Kaffee um acht und keinerlei physische Präsenzen bis neun, die Zeit der Morgenvisite. Die plötzliche Änderung irritiert die beiden, doch sie kommen meinen Forderungen nach, so wie man es bei einem Irren tun würde. Wohl auch, weil sie Angst vor einer heftigen Verbalattacke haben. Nach nur zwanzig Minuten sitze ich gewaschen und angezogen im Rollstuhl. Stefan ist immer noch verstört und versichert sich, ob alles in Ordnung ist:

„Bist du sicher, dass du keinen Kaffee willst? Dein Blutdruck macht mir Sorgen, ich will nicht, dass du auf irgendeinem Flur zusammenklappst."

„Später, später, jetzt habe ich keine Zeit."

Ich eile zu Dr. Kurts Büro, klopfe an und fahre rein, ohne seine Zustimmung abzuwarten. Er schaut mich an wie einen Geist:

„Was machen Sie denn schon um diese Zeit im Rollstuhl? Gibt's Probleme?"

„Ja, viele."

Ich überschwemme ihn mit der hoch aufgetürmten Welle meiner Zweifel und Ängste. Während ich meine in der Nacht aufgelaufenen Fragen vortrage, fallen mir spontan direkt noch weitere ein, so als hätte jemand den Hahn aufgedreht, der sie zurückgehalten hat. Ich rede ohne Punkt und Komma, fünf Minuten lang. Am Ende komme ich ins Keuchen, als wäre ich gerannt, während der Doktor mir direkt in die Augen schaut, mit seinem typischen ironischen Lächeln:

„Fertig?"

„Ich glaube ja."

„Lorenzo, Ihre Ängste sind mehr als normal. Die treten bei allen Patienten kurz vor der Entlassung auf, und sie sind absolut logisch und erklärbar. Seit fast neun Monaten befinden Sie sich in einer geschützten und professionell vorbereiteten Umgebung, wo man jegliches Problem im Zusammenhang mit Ihrem neuen körperlichen Zustand zu beheben weiß. Wer hätte keine Angst, einen solchen Ort zu verlassen? Aber Fakt ist auch, dass Sie inzwischen einen stabilen Zustand erreicht haben. Körperlich wird es keine weiteren Schwierigkeiten mehr geben, es ist nur noch ein psychologisches Problem. Außerdem werden Sie in Ihrer Stadt eine passende Einrichtung finden, auf die Sie falls nötig zurückgreifen können. Was die tägliche Unterstützung betrifft, werden Sie sich in der ersten Zeit ganz sicher auf Ihre – glücklicherweise große – Familie verlassen müssen. Aber dann werden Sie schon alles gut organisieren, und das Gesundheitssystem in Ihrem Land wird Ihnen sicher zur Seite stehen."

„Sagen Sie das zu allen Patienten?"

„Mehr oder weniger ja, und normalerweise funktioniert es. Aber wir werden auch noch einmal darüber reden können."

Er verabschiedet mich, auch weil seine obligatorische Runde durch die Krankenzimmer gleich beginnt. Tatsächlich scheinen seine Worte eine gewisse Wirkung entfaltet zu haben: Die nervöse Energie, die mich bis zu diesem Moment angetrieben hatte, verschwindet und macht dem gewohnten niedrigen Blutdruck Platz. Wenn ich nicht sofort einen Kaffee kriege, werde ich bestimmt ohnmächtig. Mit viel Anstrengung schaffe ich es bis in die Nähe der Mini-Küche des Personals, aus der Stefan auftaucht und die Situation sogleich erfasst:

„Kaffee?"

„Bevor es zu spät ist!"

Das Koffein und ein Stück Hefekuchen bringen mich wieder in Form, auch wenn die schlaflose Nacht mich in den typischen

Zustand nur scheinbarer Wachheit versetzt hat, in dem man sich nach einer schlaflosen Nacht eben befindet.

„Darf ich fragen, was du Doktor Kurt so Wichtiges mitzuteilen hattest?"

„Du wirst dich wundern, aber ich mache mir Sorgen, weil ich von hier weg muss."

„Das ist ein großer Schritt, aber jetzt ist der Zeitpunkt da, an dem du ihn machen musst. Keine Sorge, wir werden dir alles in den Koffer packen, was du brauchst."

„Da habe ich gar keine Zweifel, aber könntest du dich da nicht auch mit dazupacken?"

„Das wäre gar nicht schlecht, aber ich glaube, ich kann mich eher hier nützlich machen."

Ich beschließe, die Visite sausen zu lassen, und fahre runter zur Ergotherapie, um Claudia zu suchen. Vor der Abteilung, versammelt wie auf dem Dorfplatz, sehe ich die „Kollegen", mit denen ich diese Krankenhausmonate geteilt habe. Tatsächlich habe ich mich mit keinem von ihnen wirklich angefreundet. Abgesehen von meinem Charakter, der nicht so leicht neue Freundschaften schließt, glaube ich, dass es eine unsichtbare Barriere zwischen Behinderten gibt, die sich nicht so einfach überwinden lässt. Oder sogar mehr als eine. Da wäre der absolute Unterschied zwischen Tetra- und Paraplegikern: Die Ersteren, zu denen ich gehöre, verfügen in den meisten Fällen nicht mehr über ihre Hände und die Trizeps-Muskeln am Arm – und auch nicht über ihren restlichen Körper – und müssen erst bestimmte Techniken lernen, um auch die allereinfachsten Bewegungen auszuführen. Jedenfalls können sie nur mit sehr viel Anstrengung wenigstens ein Minimum an Unabhängigkeit erlangen; die anderen, bei denen Hände, Arme und – mehr oder weniger – der Oberkörper funktionieren, müssen sich weniger anstrengen, um fast völlig unabhängig zu sein. Deshalb kann sich ein Tetra niemals an einem Para ein Beispiel nehmen, und allein das genügt schon, um Distanz zu erzeugen. Und dann gibt es da eine Grundregel:

Jeder Rückenmarksgeschädigte, auch wenn die Schädigung die gleiche ist, ist anders als der andere. Das bringt einen grundsätzlichen und stark ausgeprägten Individualismus mit sich. Ich wollte während meines gesamten Krankenhausaufenthalts nie das Zimmer mit jemand anderem teilen. Ich wollte meine Probleme nicht teilen, und auch nicht meine Schmerzen und meine Gedanken. Heute kann ich nicht sagen, ob das gut war oder schlecht, aber so war es nun mal. Ich glaube, vieles hängt davon ab, was für ein Leben man vor dem Unfall geführt hat. Vielleicht habe ich niemanden gefunden, der in der Lage war, mich zu verstehen, vielleicht werde ich niemals jemanden finden, oder vielleicht habe ich auch gar keine Lust darauf. Aber das soll nicht heißen, dass es nicht auch witzige Momente und Situationen in der Gruppe gegeben hätte: die berühmten Wettfahrten mit Zusammenstößen bis kurz vorm Umkippen mit den superschnellen elektrischen Rollis auf den langen unterirdischen Fluren der Klinik; die makabren Scherze, die wir untereinander machten. Der beliebteste bestand darin, uns gegenseitig Reißzwecken in die gefühllosen Beine zu rammen; die nächtlichen Telefonstreiche, die wir den unsympathischsten Patienten spielten, indem wir Not-Visiten ankündigten, die nie stattfinden würden, wobei uns einige Pfleger als Komplizen dienten; bis hin zur systematischen Jagd auf die Pfleger über die Flure der Abteilung – eine Zeitlang vergewisserten sie sich, bevor sie sich aus einem Zimmer wagten, immer erst, ob wir ihnen nicht irgendwo auflauerten. Meine bevorzugte Zielscheibe war Stefan. Ich erinnere mich, dass ich ihn einmal bei meiner Rückkehr von den morgendlichen Therapien dabei beobachtete, wie er in mein Zimmer ging, das nicht mehr die Nr. 1 war, sondern die Nr. 9 – weit weg vom Personalzimmer. Ich lauerte ihm hinter einer Wand auf, ein klassischer Hinterhalt. In dem Augenblick, als er aus dem Zimmer kam, tauchte ich hinter ihm auf:

„He, du langhaariger Gammler, was machst du denn in meinem Zimmer?"

„Scheiße!", als er meine Absicht begriffen hatte, versuchte er verzweifelt, wegzurennen. Ich bei voller Geschwindigkeit hinterher, um ihn zu erwischen, bevor er das rettende Kollegenzimmer mit einem Schlag gegen den Türpfosten erreichte. Statt einer Antwort ließ er die Tür einen Spalt offen, der gerade ausreichte, um mir richtig schön den Mittelfinger zu zeigen.

Ich begrüße also kurz die Jungs und fahre in die Abteilung. Claudia sitzt an ihrem Bürotisch. Von allen Leuten, die mich in diesen Monaten begleitet haben, fühle ich mich ihr am nächsten, sie kennt mich am besten. Ich habe das seltsame Gefühl, ich würde sie verraten, wenn ich gehe. Fast fühle ich mich schuldig, vielleicht weil ich tief im Innersten weiß, dass ich noch sehr viel zu lernen habe. Die Angst, noch nicht soweit zu sein, das ist eine der vielen ihrer Art, die seit heute Nacht auf mein Gehirn einprasseln:

„Hast du Zeit für deinen Lieblings-Tetra?"

„In neun Monaten habe ich nie erlebt, dass du pünktlich warst, heute bist du eine Stunde zu früh. Was ist los?"

„Das kann ich in vier Worten zusammenfassen: Angst, von hier wegzugehen."

„Ach was, Angst, komm mal mit."

Ich folge ihr wie ein treues Hündchen in den Raum, wo wir uns sonst zur Therapie treffen. Sie setzt sich mir gegenüber, nimmt meine Hände und fängt mit dem Stretching an. Drei endlose Minuten lang schweigen wir. Ein so dickes, fettes Schweigen, dass man es in Scheiben schneiden könnte. Ich bin gut darin, Situationen mit einem dummen Spruch aufzulösen, aber jetzt kriege ich kein Wort raus. Ich warte, dass sie anfängt zu reden:

„Du hast doch nie Angst. Ich hab doch gesehen, wie du furchtbar schwierige Situationen mit ganz viel Mut durchgestanden hast. Was ist wirklich das Problem?"

Kein Psychologe hätte mich derart an die Wand stellen können. Ich antworte nicht, während sie mich mit ihren großen blauen Augen mustert:

„Du solltest glücklich sein, du darfst nach Hause und deine Freunde wiedersehen. Du hast doch hart dafür gearbeitet."

„Ich bin noch nicht bereit."

„Es geht nicht darum, bereit zu sein. Für alle kommt der Moment, sich ihr Leben zurückzuholen. Hier ist nur eine Durchgangsstation, du hast alle Mittel in der Hand, um mit deiner Lage klarzukommen, du hast Menschen, die dir helfen."

„Aber ich weiß doch gar nicht, in was für ein Leben ich zurückkehre."

„In das, das du schon kennst, du musst dich nur daran gewöhnen, es jetzt anders zu leben."

Genau das ist der Punkt, meine liebe Claudia, ich will kein anderes Leben. Ich will unbedingt da wieder anfangen, wo ich aufgehört habe, egal in was für einem Zustand.

Ich will rauchen, trinken und mir die Nächte mit meinen Freunden um die Ohren schlagen; ich will lachen und mich wieder als Teil von etwas fühlen, was mir entglitten ist. Wie ein Vampir auf der Jagd nach Blut habe ich das Bedürfnis, die Empfindungen wiederzufinden, die mir genommen wurden, damit ich mich wieder lebendig fühlen kann. Vielleicht ist meine einzige wirkliche Angst die, in irgendeiner Ecke abgestellt zu werden, raus aus der Welt. Ich habe das Recht, mir mein Leben zurückzuholen und die Freiheit, die mir gestohlen wurde. Aber ich bin mir alles andere als sicher, ob mir dieses Recht zugestanden wird.

12. Ein Schritt zurück

Meine Leidenschaft für die Musik hat sehr früh angefangen. In meiner Kindheit sorgten meine Geschwister dafür, dass ich mit den Klängen von Beatles und Stones aufwuchs: mein Bruder mit seinem herausragenden Gitarrenspiel und meine Schwester Valentina, indem sie mich zu allen erdenklichen Konzerten mitschleppte. An das erste erinnere ich mich genau: Pino Daniele, in den Sommerferien auf Sardinien. Da war ich zehn. Zuerst saß ich neben ihm im Garderobenzelt, er war ein langhaariger Freak, der Rotwein trank und rauchte. Dann durfte ich an der Absperrung direkt vor der Bühne stehen. Die Platte hieß Bella 'mbriana, und die Band bestand aus großen Musikern: James Senese, Tony Esposito, Tullio De Piscopo, Rino Zurzolo und Joe Amoruso. Ich weiß auch noch, dass ich nach dem Konzert im Restaurant über meinem Teller eingeschlafen bin, erschöpft von dem denkwürdigen Erlebnis. Meine Leidenschaft für die Gitarre kam allerdings erst viel später, ungefähr mit achtzehn, nachdem in jüngeren Jahren ein paar Versuche schiefgegangen waren, wofür ich allerdings nichts konnte. Beim ersten war ich etwa vier: Mein Bruder spielte einen Blues auf der Gitarre, und ich schnappte mir ohne jede Vorwarnung eine Mundharmonika und begleitete ihn, dass alle mit den Ohren schlackerten. Mein Vater brachte es fertig, dieses Ereignis auf eine Musikkassette aufzunehmen, die er ganz stolz und aufgeregt allen vorspielte und dabei rief:

„Er ist ein kleiner Mozart, mein Sohn ist ein Genie!"

Dieses Ereignis blieb einzigartig in der Geschichte: Seit damals habe ich nie wieder eine Mundharmonika in die Hand genommen. Das zweite geschah, glaube ich, so um die acht, neun Jahre herum: Nachdem mein Vater mit angesehen hatte, wie ich in nur fünf Minuten ein Papp-Schlagzeug zerlegte, das ich in dem Jahr zu Weihnachten bekommen hatte, beschloss er, dass ich Schlagzeuger werden sollte. Snare und Hi Hat – der erste Schritt zum Ruhm. Nach einer Woche mit permanentem und unerträglichem Krach fiel meinem genialen Vater wieder ein, dass er den Beruf des Schriftstellers ausübte und sein Zimmer an meines grenzte. Er kam zu mir rein und beschlagnahmte mit aller Freundlichkeit mein Instrument:

„Glaub mir, Lorenzino, hör, was dir dein Vater sagt: Die Sache mit dem Schlagzeug, das ist nichts für dich."

Er ließ mir keine Zeit zu protestieren und entschwand in Lichtgeschwindigkeit, und mit ihm mein nunmehr zweites ehemaliges Musikinstrument.

Meine Annäherung an die Gitarre kam erst mit der Zeit. Während ich als begieriger Hörer der unterschiedlichsten Musikrichtungen aufwuchs, stand eine in meinem Zimmer herum, aber nur zur Dekoration: eine alte Gibson, die meinem Bruder gehörte. Eines Tages, zurück von einem meiner üblichen jugendlichen Streifzüge – es war immer ein schwieriges Unterfangen gewesen, mich im Haus zu halten –, komme ich rein, und sie ist weg. Ich platze bei meinem Bruder ins Zimmer, der damals schon im Ausland lebte und nur vorübergehend in der Stadt war – und da ist sie, in seinen Händen:

„Was machst du denn mit meiner Gitarre?"

„Um genau zu sein, ist es meine, und du spielst ja sowieso nie."

„Aber ich habe beschlossen, heute damit anzufangen."

Seit diesem Moment habe ich nicht mehr aufgehört zu spielen, und das meine ich ganz wörtlich. Es kam auch vor, dass ich acht Stunden am Tag mit dem Instrument verbrachte, Akkorde und Skalen übte und versuchte, meine Lieblingslieder nachzuspielen, was anfangs, wie man dem angewiderten Gesichtsausdruck meiner ersten unglückseligen Zuhörer entnehmen konnte, nicht wirklich dem Original nahekam. Ich glaube, mein Bruder hatte einen psychologischen Schlachtplan ausgeheckt, der darin bestand, die Gitarre absichtlich die ganze Zeit in meinem Zimmer zu lassen. Aber erst als er dachte, damit gescheitert zu sein, und sie mir wieder wegnahm, vollbrachte er genau damit die Initialzündung für meine Leidenschaft.

Die Tatsache, dass ich all diese Stunden mit Üben verbrachte, heißt aber nicht, dass ich aufgehört hätte, am Leben teilzunehmen. Das berühmte Motto *Sex, Drugs & Rock 'n' Roll* hatte ich durchaus verinnerlicht. Ich lebte von Exzessen und überschritt in einem fort die Grenzen, die die Gesellschaft und ein gewisses Wertesystem uns auferlegen. Ich lebte in den Tag hinein, ohne Zukunftspläne, was vielleicht allzu einfach und nach Bohème klingt, aber im Lichte dessen, was mir passiert ist, denke ich, es war das Beste, was ich tun konnte. Für mich waren Regeln nur dazu da, übertreten zu werden. Und vielleicht haben genau diese Übertretungen dazu gedient, dass ich zu meiner jetzigen Sicht aufs Leben gelangen konnte. Ich würde niemandem dazu raten, meinem damaligen Weg zu folgen, wir haben doch alle ein lebendiges Feuer in uns, das uns dazu bringt, das Leben auf unterschiedliche Art anzugehen, aber meine Flamme loderte damals extrem hoch und verlangte, ständig mit allem genährt zu werden, was nur irgendwie brennbar war. Um ehrlich zu sein, jetzt, da ich mich „gereinigt" habe – nicht als Folge meines aktuellen Zustands, sondern freiwillig –, geht es mir besser, körperlich und mental. Für mich war die Musik eine ernste Sache. Ich wollte Musiker werden und davon leben. Ich erinnere mich an den präzisen Moment, in dem diese Entscheidung gereift ist. Ich hatte endlich meinen Schulabschluss gemacht (ich verzichte mit Freuden auf die Beschreibung meiner enttäuschenden Schulkarriere), einen Sommer lang an diversen Stränden im Freien übernachtet (wovon ich aus Gründen des Anstands ebenfalls nicht näher berichten werde) und dann beschlossen, mich an der Uni für Politikwissenschaften einzuschreiben. Dafür gab es keinen besonderen Grund. Vielleicht hatte die einzig wirkliche Motivation mit dem Aufschub meines Militärdienstes zu tun. Als ich die endlos lange Schlange zur Abgabe der Papiere für die Einschreibung hinter mich gebracht hatte, blieb ich stehen, um nachzudenken, und stellte mir eine ganz einfache Frage: Was willst du eigentlich machen im Leben? Da nahm ich die Quittung über die Studiengebühr und die Kopien der vorgelegten Papiere und warf das Ganze in den nächsten Mülleimer, jedoch nicht ohne vorher den Antrag auf Aufschub meiner Einberufung eingereicht zu haben. Allerdings gab es da ein kleines Detail, das ich nicht mitbekommen hatte: Ich hätte wenigstens einen einzigen Schein machen müssen, damit der Antrag bewilligt wurde. So kam eines Morgens ein paar Monate später meine Schwester ins Zimmer und weckte mich, indem sie die Postkarte mit der Einberufung vor meinem Gesicht schwenkte:

„Jetzt schau mal, was da gekommen ist!"

Nachdem ich ein Jahr damit verschwendet hatte, die armen Deppen in Uniform nach Kräften zu verarschen, hatte der Grad meines Ekels gegenüber meinem Land die Grenzen des Erträglichen überschritten. Zusammen mit meinem besten Freund zog ich nach New York, um Musik zu studieren und meine Englischkenntnisse zu perfektionieren. Ein wirklich wichtiges Jahr für meine musikalische Ausbildung und mein inneres Wachstum, jedoch gezeichnet von einem tragischen Ereignis, das mich definitiv verändert hat: dem Tod meines Vaters. Es war Anfang Dezember. Ich war vor etwas mehr als einem Monat im Big Apple gelandet. Das Telefon klingelte, es war meine Schwester Valentina:

„Papa geht es schlecht, du musst sofort zurückkommen."

Am nächsten Tag saß ich in einem Flugzeug der TWA und hatte nicht wirklich eine Ahnung, was auf mich zukam. Mein Vater litt an Leberzirrhose. Damals, Anfang der Neunzigerjahre, machte man noch keine Lebertransplantationen. Es gab keine Therapie, aber genau die Tatsache, dass man mit ihr leben musste, hatte die Krankheit zu einem Teil des Alltags werden lassen. Etwas ganz Normales, dem ich nicht die nötige Bedeutung beigemessen hatte. Als ich weggegangen war, ging es Papa gut, aber nun hatte sich sein Zustand in nur einem Monat dramatisch verschlechtert. An manchen Tagen frage ich mich, ob meine Abreise womöglich ihren Anteil an seinem finalen Zusammenbruch hatte. Als ich ankam, lag er im Krankenhaus. Er war noch klar im Kopf und machte Witze mit den Ärzten. Aber was mich in dieser Phase wirklich zutiefst beunruhigte, war, dass er nicht mehr schreiben konnte. Einer der Ärzte hatte ihn um eine Widmung in einem seiner Bücher gebeten, und was dabei herauskam, war faktisch unleserlich. Er, ein großer Schriftsteller, der nicht mehr schreiben konnte. Wie musste er sich fühlen? Nur wenige Jahre später würde ich ihn nur allzu gut verstehen.

Obwohl die Ärzte dagegen waren, brachten wir ihn nach Hause, damit er in seinem Schlafzimmer sterben konnte, umgeben von seiner Familie. Ich war mir dessen noch nicht bewusst, aber sein Tod würde in meinem Leben einen Abgrund aufreißen, der sich bis heute noch nicht wieder richtig geschlossen hat. Ich erinnere mich noch an den Tag, an dem ich voller Begeisterung in sein Zimmer geplatzt war:

„Papa, ich will Schauspieler werden!" Ich war fünfzehn.

„Sohnemann, schlag dir das aus dem Kopf, das ist doch ein Hundeleben. Selbst wenn es gut läuft, kannst du dich erst mal auf zehn Jahre Hungerleiden einstellen. Das lass mal lieber sein und denk nochmal in Ruhe nach."

Drei Jahre später wiederholte sich die Szene genau gleich, nur mit einem anderen Beruf:

„Papa, ich will Musiker werden!"

„Na gut, Musiker, das klingt schon besser, glaub bloß nicht, dass das einfach wird, aber meinen Segen hast du."

Ein positives Urteil seinerseits war eine absolute Rarität. An einem der vielen Tage, die ich mit Üben in meinem Zimmer verbrachte, kam er einen Moment zu mir rein:

„Weißt du eigentlich, dass du wirklich gut spielst?"

Ich bin mir immer noch nicht sicher, ob das wirklich passiert ist, aber ich weiß noch, dass ich mindestens zwei Stunden lang mit offenem Mund dasaß und mir genau diese Frage stellte.

Wir hatten keine einfache Beziehung. Vielleicht war das vor allem meine Schuld. Ich war sehr verschlossen, was mein Seelenleben betraf, und ich hatte nicht die leiseste Ahnung, wen ich da vor mir hatte. Auch deshalb fehlt er mir bis heute so sehr, es gäbe so vieles, was ich mit ihm teilen könnte.

Stand die Tür meiner Rebellion gegen das System davor bereits sperrangelweit offen, so hatte der Tod meines Vaters sie endgültig in Stücke geschlagen.

New York war an sich schon eine gefährliche Stadt, aber ich tat alles, um die Gefahr ins Unendliche zu potenzieren. Ich ging in Stadtviertel und Lokale, von denen mir abgeraten wurde. Grund war immer die Musik. Ich stand auf Hardcore, eine Variante von Heavy-Metal, die typisch für New York war. Ich war oft in einem Lokal in Brooklyn, das *L'Amour* hieß, in dem man aber nach sowas wie Liebe lange suchen konnte. Dafür waren Prügeleien an der Tagesordnung. Einmal war ich mit dem Taxi gekommen. Als ich bezahlen wollte, drehte sich der Fahrer besorgt zu mir um:

„Bist du wirklich sicher, dass du hier aussteigen willst?"

Es kam nur darauf an, nicht ortsfremd oder deplatziert zu wirken. Sicherer Gang und nur so viel soziale Interaktion wie unbedingt notwendig. Was im Übrigen keine große Kunst war, weil achtzig Prozent der Anwesenden sowieso nur in ihren Bart brummelten, statt zu reden. Ich glaube, während meines Jahres in Amerika bin ich auf mehr Konzerten gewesen als den ganzen Rest meines Lebens. Schließlich spielen alle früher oder später mal im Big Apple. Ich hatte auch das Glück, eine Menge Musiker zu treffen, von denen ich viel gelernt habe. Allen voran meinen Meister Glenn Alexander, mit dem mich außer der Schüler-Lehrer-Beziehung auch ein Ereignis verbindet, das Jahre nach unserer letzten Begegnung stattfand. Ich war auf dem Flohmarkt von Porta Portese in Rom und wühlte mich durch Plattenkisten, als ich ausgerechnet auf eine Solo-CD von ihm stieß, die ich natürlich bis heute aufgehoben habe.

New York war eine totale musikalische Full Immersion. Ich studierte, übte und ging auf Konzerte. Als nach einigen Monaten das Sümmchen, das ich mir mitgebracht hatte, aufgebraucht war, fand ich Arbeit als Bedienung in einem italienischen Restaurant in der Upper East Side, wo viele Reiche verkehrten. Es gab also sehr viel Trinkgeld, und ich verdiente gut. Genug, um weiter die Schule und die Wohnung zu bezahlen. Aber die Arbeit war anstrengend, und ich hatte nur einen vollständig freien Tag, an dem ich versuchte, mich auszuruhen. Ich kam also nicht mehr mit der nötigen Regelmäßigkeit zum Üben. Einen anderen Job zu finden, war unmöglich, weil ich keine offiziellen Papiere hatte. So beschloss ich nach ein paar Monaten, dass meine erste lange Auslandserfahrung hiermit beendet war. Allerdings nicht ohne erst noch eine Coast-to-Coast-Reise mit dem Auto von Los Angeles nach New York mitzunehmen.

Zurück in Italien, fing ich mit der Prozedur an, die jeder Musiker in seiner Karriere durchmachen muss: Bands gründen. Ich spielte als Bassist in einer Metal-Band von guten Freunden mit. Wir mieteten eine Garage, wo wir Stücke komponierten und beim Proben unsere armen Instrumente mit halsbrecherischen Metronomwerten malträtierten. Nachdem wir eine CD und ein Demoband aufgenommen hatten, ging es auch schon mit den ersten Konzerten los. Ich war mit einem anderen Freund zusammengezogen, der auch Musiker und Sänger war. Es dauerte nicht langte, bis aus unserer Wohnung eine Kommune wurde. Im Schnitt hatten wir jeden Abend um die zehn Gäste, fast alles Musiker. Wir hörten Musik, redeten über Musik, spielten Musik, gingen in Konzerte und schliefen wenig. Wir waren Stammgäste in einem kleinen Club im Zentrum von Rom: *Il Locale*. Dort konnte ich miterleben, wie die komplette römische

Cantautori[2]-Szene der Neunziger entstand, größer wurde und sich etablierte. Der perfekte Ort, was die Lage betraf, aber auch die Modalitäten. Jeder, der wollte, konnte sich sein Instrument schnappen, auf die kleine Bühne gehen und spielen. Dabei kam es zu wirklich denkwürdigen improvisierten Jam-Sessions, zusätzlich zum offiziellen Konzertprogramm. Ich lebte also weiter für die Musik, die ich unter allen Umständen zum Beruf machen wollte. Der einzige Mensch außer mir selbst, der je daran glaubte, dass ich das eines Tages wirklich schaffen würde, war mein Vater gewesen. Der Rest meiner Familie war eher etwas skeptisch, vor allem meine Schwester Valentina. Alle sechs Monate startete sie einen Anruf von dieser Sorte:

„Hallo was machst du so?"

„Ich übe."

„Komm schon, es reicht jetzt mit der Musik, es ist zu schwierig, du musst eine Arbeit finden."

„Ich weiß schon, dass es schwierig ist, aber es ist das, was ich machen will."

„Du musst dir im Klaren sein, dass so eine Karriere fast unmöglich ist, ich sage das nur in deinem Interesse."

„Vale, machen wir's so: Ich probier's noch ein bisschen, und wenn's nicht klappt, versprech ich dir, dass ich's lasse."

Ich hatte jedoch nicht die geringste Absicht, mir eine Arbeit zu suchen, die nicht darin bestand, Gitarre zu spielen. Um meine Ruhe zu haben, versprach ich ihr immer wieder, dass ich zur Besinnung kommen würde. Was aber, glaube ich, bis heute nicht passiert ist. Wenn ich ehrlich sein soll, hatte sie jedoch nicht ganz unrecht. Der Traum eines jeden Musikers ist es, ein Rockstar zu werden (oder ein Popstar, Jazzstar, Hip-Hop-Star, je nach Geschmack), Platten zu verkaufen und auf Tournee zu gehen. Dass das wirklich jemand schafft, ist nicht nur selten, sondern eher die Ausnahme. Es reicht nicht, gut zu sein, man

---

2 Liedermacher, Singer/Songwriter (A.d.Ü.)

braucht auch die nötige Dosis Glück und günstige Sterne. Alles kann einfach nur von der Laune des Chefs der Produktionsfirma in dem Moment abhängen, wenn er deine Stücke hört. Wenn ich eine Import-Export-Firma oder ein Restaurant eröffnet hätte, wäre ich jetzt wahrscheinlich Millionär. Aber dafür frustriert, weil ich meinen Träumen nicht gefolgt wäre.

Als ich eingesehen hatte, dass Heavy Metal zu sehr Nischengenre war, um mir jemals die Verwirklichung meiner Träume zu ermöglichen, und dass die anderen Bandmitglieder nicht die gleichen Ziele hatten wie ich, verließ ich die Gruppe. Das fiel zusammen mit meinem zweiten längeren Auslandsaufenthalt. Neues Ziel: Indien. Mit von der Partie waren Simone und Johanna, mit der ich schon seit ein paar Monaten zusammenlebte. Ich hatte sie in einem Pub kennengelernt, und nach knapp drei Wochen war sie bei mir eingezogen. Erst in die durchgeknallte Kommune und dann, auf ihr Bitten, in eine andere Wohnung. Die Situation begann auszuarten, und sie hatte verständlicherweise die Schnauze voll.

Dreieinhalb Monate unterwegs durch Südindien, mit dem Motorrad. Ein *Easy Rider* der Neunzigerjahre. Vielleicht die schönste Reise meines Lebens auf einen der faszinierendsten Kontinente, die ich das Glück hatte, besuchen zu können. Eine Reise frei von Plänen und Sorgen. Eine Abfolge von Bildern, Klängen und Düften, die mein Körper und meine Seele in sich aufnahmen, ohne je genug davon zu bekommen. Eine Freiheit und Sorglosigkeit, die ich bald für immer verlieren sollte.

Mit der Rückkehr nach Rom begann ein neues musikalisches Abenteuer. So als wäre das eine Konstante immer nach meinen Reisen, wurde ich Mitglied einer neuen Band. Zwei Freunde, ein Bassist und ein Schlagzeuger, hatten mich gefragt, ob ich bei ihnen mitmachen wollte. Die Stücke waren schon vorhanden, und ich musste sie schnell auswendig lernen, weil wir schon eine Woche später als Vorgruppe der H-Blockx auftreten sollten: einer deutschen Gruppe, die damals sehr angesagt war. Nachdem ich die Woche eingeschlossen im Proberaum verbracht hatte, fand ich mich auf der Bühne eines bedeutenden Rock-Clubs wieder, der vollgestopft war bis zum Rand. Ein Abend, den ich nie vergessen werde. Keiner kannte uns, aber das Publikum war völlig aus dem Häuschen. Nach dem Konzert gab es einen Haufen Komplimente für unser Können, vor allem seitens der anwesenden Vertreter von Plattenfirmen. Das war der Anlass, in den kommenden Monaten ein Demotape aufzunehmen und überall zu verteilen. Wie durch Magie kontaktierte uns ein Produzent, und wir trafen Vereinbarungen für Aufnahmen in seinem Studio. Ich konnte es nicht glauben. Ein Lebenstraum war auf dem Weg, Wirklichkeit zu werden.

Von einer Leidenschaft würde die Musik nun zu meiner Arbeit werden, und getragen von ihren Flügeln würde ich wichtige Ziele erreichen. Und dann zerschellten meine Träume an einem kalten Januarmorgen am Pfeiler einer Sesselbahn. Es war einer dieser Morgen, an denen du müde bist, weil du nur wenig geschlafen hast, und gerne in dein Federbett eingekuschelt einfach liegenbleiben würdest. Einer dieser Morgen, die alles dafür tun, um dich vor einer Attacke des Unvorhersehbaren zu warnen, aber du bist nicht imstande, ihre Botschaft zu entschlüsseln. Einer dieser Morgen, an die du dein ganzes Leben lang zurückdenkst, und von denen dir nur verschwommene Bilder bleiben, Augenblicke, Gerüche.

Ich kann mich gut an die Nacht davor erinnern. Nach einem Abend, der nicht anders gewesen war als viele andere – zu Hause mit ein paar Freunden, ein Glas Wein, Musik und unkomplizierte Unterhaltungen, die mit Leichtigkeit verflogen. Aber die Nacht war anders, unruhig. Ich konnte nicht schlafen. Ich probierte es mit Tropfen, die jedoch das Gegenteil des Erhofften bewirkten: Ich wurde nur noch nervöser davon. Ich wälzte mich im Bett herum, stand immer wieder auf und tappte durch die Wohnung, ohne mich auf den Grund fokussieren zu können, warum ich mich so fühlte. Johanna nahm mich in den Arm und versuchte mich mit ihrer Wärme zu entspannen, aber vergeblich. Schließlich schlief ich ein, als es draußen schon dämmerte. Wenig später klingelte das Telefon. Ein penetrantes Klingeln, dem ich nicht entrinnen konnte. Ich wollte nicht rangehen, ich wusste ja, dass es der Freund war, mit dem wir verabredet waren und der mich wecken wollte. Ich wartete, dass der Anrufbeantworter ansprang, der Schutzschild für meinen Schlaf, dank dessen ich unter der warmen Decke liegenbleiben konnte, neben der weichen, duftenden Haut meiner Liebsten. Aber er sprang nicht an, und das Klingeln schien immer lauter zu werden, bis ich dachte, mein Hirn würde explodieren, wenn ich jetzt nicht ranging. Also tat ich es schließlich, ließ mich trotz meines anfänglichen Widerstands überreden, und wir standen auf. Heute, wenn ich daran zurückdenke, bin ich überzeugt, dass irgendeine tiefliegende Schicht meines Bewusstseins bereits ahnte, was mich erwartete, und alles tat, um mich zu warnen, mich anflehte, zu bleiben, aber ich hatte nicht die nötige Sensibilität, um die Botschaft aufzunehmen. Vielleicht passiert das ja bei allen, aber keiner merkt es. Und so kommt es, dass du an einem Sonntagmorgen aufwachst, aber es ist ein anderes Aufwachen als sonst: Weder ist es der Hund, der seine Schnauze auf deine Brust legt oder dir das Gesicht leckt, noch bist du mit den Beinen deiner Liebsten so verschlungen, dass auch der geübteste Seemann den Knoten nicht lösen könnte (dieses Aufwachen, das in Sex übergeht), noch ist es so, dass du weitere fünf Minuten im Bett liegenbleibst, aus denen dann zehn werden und dann eine halbe Stunde, und am Ende stehst du überhaupt nicht auf. Dieses Mal nämlich führt dich das Aufwachen in eine Sackgasse, in die du einbiegen musst, ob du willst oder nicht.

13. Die Geburt

Nach neun Monaten Tragzeit ist nun der Tag der Geburt gekommen. Der Mutterschoß, von dem ich während dieser ganzen Zeit beschützt und versorgt wurde, hat entschieden, dass es für mich soweit ist, mich der Welt auszusetzen und meinen neuen Lebensweg zu gestalten, ganz allein.

Keine Ärzte, Schwestern, Therapeutinnen und Psychologen mehr, die bereitstehen, um auch das winzigste meiner Probleme zu lösen. Den Psychologen hatte ich ohnehin schon lange abgehakt. Und zwar, seit ich festgestellt hatte, dass selbst zwei Minuten Plaudern auf dem Klinikflur – wenn ich dort durch einen unglücklichen Zufall auf ihn stieß – sich auf meiner monatlichen Abrechnung wiederfanden, ganz egal, ob wir über meine psychische Verfassung geredet hatten oder nicht. Also, kein Heer mehr da, um dem Vorposten Rückhalt zu geben.

Melancholisch begebe ich mich von einer Abteilung zur nächsten, um die üblichen Verabschiedungen vorzunehmen, verstecke meine Melancholie aber hinter einem breiten Lächeln. Ich fange mit dem Trainingsraum an, wo die tägliche Therapieroutine weiterläuft, ohne sich um meinen bevorstehenden Abgang zu kümmern. Warum sollte sie auch? Im Grunde ist ja auch das Routine: Man kommt hierher und durchläuft ein Reha-Programm, nach dessen Abschluss man eben wieder geht. Es ist eine Durchgangsstation, je nach Fall für kurze oder längere Zeit. Heute ist es besonders voll hier, alle großen Therapieliegen sind belegt, ebenso die beiden *Standing Beds* und die verschiedenen elektrischen Trainingsgeräte. Daraus schließe ich, dass weitere Jungs Opfer von Unfällen geworden sind, welche ihnen das Leben auf den Kopf gestellt haben. Jedes Mal, wenn ich einen neuen Patienten zur Klinik hereinkommen sehe, mit verunsichertem, ungläubigem, stumpfem oder verlegenem Blick – vor allem wenn es sich um einen jungen Menschen handelt –, empfinde ich ein intensives Bedauern. Vielleicht weil ich schon weiß, was ihn erwartet, er aber noch nicht.

Kielo kümmert sich gerade um einen jungen Schweizer, der seit zwei Monaten hier ist. Auch er Tetraplegiker, als Folge eines Sprungs ins Meer, ein recht häufiger Unfall. Ich rolle auf sie zu:

„Hallo."

„Hey, geht's bald los?"

„Scheint so, ja."

„Versprich mir, dass du dir gleich, wenn du angekommen bist, einen guten Physiotherapeuten suchst, du musst mit den Übungen weitermachen. Mindestens dreimal die Woche."

„Ja, Kielo, das hast du mir bestimmt schon hundertmal gesagt."

Während wir reden, kann ich nicht ausblenden, wie intensiv mich mein Schicksalsgenosse ansieht. In seinem Blick lese ich etwas, das für mich neu ist, und das ich vermutlich auch kein weiteres Mal mehr erleben werde. So etwas wie Neid. Wer sollte schon einen Behinderten um seine Lage beneiden, wenn nicht ein anderer Behinderter? Er wäre gerade gern an meiner Stelle: im Begriff, den goldenen Käfig zu verlassen. Einen Augenblick lang genieße ich diesen Moment, fühle mich beinahe cool, so wie wenn du den Militärdienst abgeschlossen hast und die Rekruten dich respektvoll ansehen: Für sie ist der Countdown ihrer Diensttage noch sehr lang, und sie würden alles dafür geben, an deiner Stelle zu sein. Er hier ist noch nicht so weit, um zu verstehen, wie es läuft: Er kann sich nicht vorstellen, dass vielmehr ich ihn beneide, der von Kielos erfahrenen Händen weiter behandelt wird.

„Damit sind es jetzt hundertundeinmal, so kann ich wenigstens sicher sein, dass die Botschaft in deinen Nervenzentren angekommen ist." Sie lässt die Beine des Patienten los und umarmt mich. „Gute Reise und viel Glück."

„Danke für alles, Kielo."

Ich steuere den Ausgang an, aber als ich bei der elektrischen Schiebetür angekommen bin, drehe ich mich um und blicke ein letztes Mal zurück. Da ist ein offensichtlicher Widerspruch, der mich berührt: So viele Behinderte in einem riesigen Raum und alle sehen sie mehr oder weniger gleich aus, vereint im selben Moment durch dasselbe Training. Dabei ist doch jede Liege von den anderen getrennt – durch eine Mauer aus unsichtbaren Steinen, aus all den Gedanken, Fantasien und unterbrochenen Lebenswegen, die jeden einzelnen so anders und so einsam macht. So wie auch ich mich einsam fühle, als wäre ich nur noch eine längst verblichene Erinnerung, die diese vier Wände bewahren. Ich rolle hinaus, während mir der junge Schweizer immer noch mit seinem intensiven Blick folgt.

Weiter geht es mit meiner Runde. Ich komme bei der Ergotherapie vorbei, halte aber nicht an. Von Claudia will ich mich als Letztes verabschieden. Zuerst fahre ich also hoch in meine Abteilung. Auf dem Flur treffe ich die Stationsschwester, die hier alles managt. Wir verabschieden uns kühl. Sie wünscht mir eine gute Rückkehr nach Hause, was mehr schlecht als recht ihren Stoßseufzer verdeckt: Endlich sind wir dich los. Wir haben nie ein gutes Verhältnis gehabt, oder um es ganz klar zu sagen: Es handelte sich vielmehr um einen langen Psycho-Krieg. Als ich noch im Bett liegen musste, hatte ich zum Glück nur wenig mit ihr zu tun, und das in großen zeitlichen Abständen. Auch meine verminderte Aufmerksamkeit in den ersten Monaten trug dazu bei, dass ich nicht begriff, wen ich da vor mir hatte. Dann traf ich sie einmal, als ich schon im Rolli saß und eine Runde durch die Abteilung drehte, im Speisesaal. Mein Bruder war auch dabei. Nach einer Reihe banaler Höflichkeiten, bei denen sie sich selbst für ihre tadellose Leitung und Personalführung beweihräucherte – wobei das Personal sie hasste –, und anbot, mir behilflich zu sein bei was auch immer ich benötigte (das alles sagte sie zu meinem Bruder), griff sie nach einem kleinen Blumentopf mit einer künstlichen Pflanze, auf deren Blättern kleine Schoko-Marienkäfer saßen, silbrig verpackt und auf papierne Insektenbeine aufgeklebt. Den hielt sie mir vor die Nase und verkündete mit piepsender Falsettstimme, als redete sie mit einem Kleinkind:

„Schau mal hier, die Marienkäfer."

Ich blieb stumm und musterte sie, um festzustellen, ob sie mich verarschen wollte oder mich mit einem Patienten mit Hirnproblemen verwechselt hatte. Mein Bruder nutzte meine momentane Verwirrung, um den Rolli zu wenden und mich schnell rauszubringen, während ich sie aus Leibeskräften beschimpfte und dabei riskierte, wieder ohnmächtig zu werden. Damit begann mein Kreuzzug gegen jegliche Regel, die mir von ihrer „tadellosen Leitung" auferlegt wurde, mit gelegentlicher freundlicher Unterstützung durch ein paar erschöpfte Pfleger. Nur eine Episode von vielen: die Nacht, in der Johanna und ich dank deren logistischer Organisation zum ersten Mal seit Monaten zusammen in meinem Zimmer geschlafen hatten. Das war kreuzverboten und machte sie fuchsteufelswild, zu meiner größten Freude.

Ich stecke den Kopf ins Personalzimmer und verabschiede mich von den Anwesenden: Ich suche Stefan. Ich finde ihn in meinem Zimmer, gemeinsam mit Johanna damit beschäftigt, meine Koffer mit allem erdenklichen Krankenhauskram vollzustopfen, der mir in den ersten häuslichen Tagen nützlich sein könnte:

„Da bist du ja. Hier hast du eine komplette Klinikausrüstung für mindestens zwei Monate."

„Fehlst nur noch du."

„Ich glaube, für mich ist kein Platz mehr im Koffer."

„Ich kann sicher noch einen besorgen, in der passenden Größe."

„Du lässt nicht locker, hm? Ich komme dich bald besuchen, versprochen."

„Ich hab auch was für dich", und Johanna reicht mir ein Geschenkpäckchen. Es ist ein Buch mit Tattoos. Ich habe auch eine kleine Widmung auf die erste Seite geschrieben:

Für meinen Freund Stefan,
in großer Zuneigung. Danke für alles.
Bis bald
Lorenzo

Stefan packt es aus und liest:

„Bevor ich noch anfange zu heulen, geh ich jetzt besser", er umarmt mich fest, „ich danke dir, mein Freund, und mach dir keine Sorgen, es wird alles gut, du wirst schon sehen."

Er verabschiedet sich auch von Johanna, und weg ist er. Nach Claudia ist er derjenige, der mir am meisten ans Herz gewachsen ist, und ich bin sicher, dass wir uns wiedersehen werden.

Einen Augenblick betrachten wir stumm den Haufen Gepäck. Ausgeräumt wirkt das Zimmer noch größer als sonst. Ohne die Poster, die Fotos, die CDs, die Anlage und den ganzen Krempel, den ich mit der Zeit angehäuft habe, wirkt es auch sehr kalt. Ein einfaches Krankenhauszimmer eben.

„Ganz schön viel Zeug, oder?"

„Ja, ich zieh ja schließlich aus einer Einzimmerwohnung aus."

„Bist du nervös?"

„Schon ein bisschen, ja."

„Wir schaffen das schon", sie kommt zu mir und streichelt mich sanft. „Hast du dich von allen verabschiedet?"

„Claudia fehlt noch, zu ihr gehe ich jetzt."

„Ich trage schon mal die Einzimmerwohnung runter. Wir sehen uns unten beim Ausgang, das Taxi kommt in einer Stunde."

„Okay."

Zum letzten Mal verlasse ich die Abteilung, aber nicht ohne mich auch von Dr. Kurt zu verabschieden. Ich klopfe an seine Bürotür und öffne sie.

„Sie sind ja immer noch hier?"

„Ich kann doch nicht gehen, ohne Ihnen Auf Wiedersehen zu sagen."

„Keine Angst mehr?"

„Doch, mir geht's scheußlich." Er fängt an zu lachen und kommt zu mir an die Tür.

„Die Klinikakte und den Entlassungsbrief habe ich Ihrem Bruder gegeben. Viel Glück, Lorenzo."

„Danke."

Ich habe Dr. Kurts Ratschläge immer befolgt. Er ist der Einzige, der mit keiner Diagnose, mit keiner Therapie je falsch lag. Ich habe seine Professionalität und seine Ironie geliebt, und wie er beides bei der Arbeit mit den Patienten sehr gut miteinander zu kombinieren wusste.

Während ich mit dem Aufzug runter in die Ergotherapie fahre, spüre ich, wie die Angst, die mich seit heute Morgen begleitet, immer stärker wird, ich habe einen fiesen Kloß im Hals. Claudia sitzt an ihrem Schreibtisch, mit dem Rücken zur Bürotür. Sie schaut aus dem Fenster vor ihr. Ich bewege mich lautlos auf sie zu, mit der Absicht, sie vor Schreck vom Stuhl aufspringen zu lassen. Aber sie erwischt mich kalt:

„Ist da jemand gekommen, um mir Auf Wiedersehen zu sagen?"

„Gehören Augen im Hinterkopf hier in der Klinik zur Grundausstattung?"

„Ich hab dich einfach in der Spiegelung im Fenster gesehen. Geht's jetzt los?"

„Mein Taxi kommt in einer Stunde; hier", ich halte ihr zwei gefaltete Blätter hin.

„Was ist das?"

„Meine erste Erzählung, aber lies sie erst, wenn ich weg bin."

Vor Monaten hat Claudia mir einen Laptop gebracht. Ich hatte nie viel mit Computern am Hut. Es interessierte mich einfach nicht besonders. Nachdem ich ihr den berühmten Satz auf ein

Stück Papier geschrieben hatte, hatte sie sich überlegt, ich könnte doch meine Gedanken aufschreiben, wenn ich Lust dazu hatte, alles, was mir so in den Sinn kam. Das Ding lag dann tagelang auf dem Tisch in meinem Zimmer und setzte langsam Staub an. Aber eines Morgens hatte ich mich neben einen kleinen Brunnen im Klinikgarten in die Sonne gesetzt: Im Wasser planschte glücklich eine Wildente mit ihren Küken, alle hübsch in einer Reihe, wie in einem klassischen Dokumentarfilm. Was sie da verloren hatten, war mir ein Rätsel. Während ich mich über die kleine Szene freute, kam mir eine surreale Situation in den Sinn, in der Mama Ente aus dem Wasser hüpfte und anfing, mit mir zu plaudern. Daraus hatte ich eine Erzählung gemacht. Aber beim bloßen Gedanken daran, sie jemandem zum Lesen zu geben, bekam ich direkt Schweißausbrüche, so peinlich war das. Am Ende hatte ich dann aber beschlossen, sie Claudia am Tag meiner Abreise zu schenken.

„Ich hab auch was für dich." Sie kramt in ihrer Tasche und zieht ein Lederband mit einem Anhänger heraus. Das mit dem umgedrehten Fragezeichen, das mir am Tag meiner ersten Sitzung im Rolli aufgefallen war.

„Aber das ist doch dein Anhänger!"

„Nein, es ist der gleiche wie meiner, damit du mich nicht vergisst."

„Wie könnte ich dich denn vergessen?"

Wir umarmen uns mit Tränen in den Augen. Eine lange, stumme Umarmung. Sie war eine wichtige Lehrerin für mich, sie hat mir die ersten Schritte beigebracht in diesem neuen Teil meines Lebens. Ich weiß nicht, wann und ob überhaupt wir uns wiedersehen, aber ich weiß, dass ich mich immer mit ihr verbunden fühlen werde. Eine dieser Freundschaften, die über die Zeit unverändert bestehen bleiben, auch wenn man sich nie mehr wiedersieht.

„Du hast meine Nummern, wenn du irgendwas brauchst, hol dein Telefon raus und ruf mich an."

„Mach ich."

Ich fahre raus in den Garten zu meinem kleinen Platz. Da, wo ich mich mitsamt dem elektrischen Rolli runterstürzen wollte. Es ist kalt wie am Tag meiner Ankunft, und es gibt keine Fliegen. Vor zwei Monaten habe ich einen Wissenschaftler kennengelernt, Professor Schwab, einen bedeutenden Forscher, der anscheinend eine Methode entwickelt hat, um bei Patienten wie mir eine Neubildung des Rückenmarks zu stimulieren. Einen Pionier auf diesem Gebiet, den Zauberer, der uns mutmaßlich wieder zum Gehen verhelfen wird. Es geht das Gerücht, dass er es mit Versuchstieren schon geschafft haben soll. Sein Labor liegt nur ein paar hundert Meter von der Klinik entfernt. Es gelingt mir, einen Termin zu bekommen. Er empfängt mich in seinem Büro: Er ist noch jung, noch keine fünfzig, denke ich, groß, dunkle Haare, Brille, weißer Kittel. Der perfekte Prototyp eines Wissenschaftlers, würde ich sagen. Er begrüßt mich freundlich und fragt, was ich wissen möchte. Alles, bis ins kleinste Detail, Professor, antworte ich. Da betet er mir minutiös Theorie und Praxis seiner Forschungen herunter und benutzt dabei unverständliche Fachausdrücke, so dass ich nicht viel verstehe. Kurz gesagt, er hat das Protein gefunden, welches das Wachstum des Rückenmarks verhindert, sobald die körperliche Entwicklung mit dem Erwachsenenalter abgeschlossen ist. Wenn man dieses Protein blockiere, würde das Rückenmark sein Wachstum fortsetzen. Was sich mir ins Bewusstsein einbrennt: Seiner Einschätzung nach wird er in fünf Jahren imstande sein, diese Methode auch am Menschen anzuwenden. Bevor ich mich verabschiede, bitte ich um die Erlaubnis, ihn ab und zu anrufen zu dürfen, um zu erfahren, wie seine Forschungen vorankommen. Ich verlasse sein Büro leichten Herzens, dank dieser Nachricht. In fünf Jahren werde ich keinen Rollstuhl mehr brauchen, um mich fortzubewegen, und meine Hände werden wieder die Saiten meiner Gitarre streicheln können. Ich ahne noch nicht, wie verheerend sich diese Worte im Hinblick auf meine seelische Rehabilitation auswirken werden.

Obwohl sich mittlerweile neue Perspektiven für meine Hoffnung eröffnet haben, ist meine persönliche Suche nach einer Methode, meiner unbeweglichen Situation ein Ende zu setzen, noch nicht beendet. Ich habe das Schwimmbecken der Klinik in Betracht gezogen, aber der um einen halben Meter erhöhte Rand macht jeden Versuch zunichte. Und jetzt bin ich hier, oben auf dem Hügel, wo mein Selbstmordplan entstanden ist. Aber es handelt sich jetzt eher um einen Abschiedsgruß an meinen Lieblingsort als um einen echten Versuch in letzter Minute. Auch deshalb, weil ich rasch die Erfolgsaussichten abwäge: Waren die Chancen schon mit dem schweren elektrischen Rollstuhl prozentual gering, so gehen sie mit dem handbetriebenen – der um ein Beträchtliches leichter ist – vollends gegen Null. Also gönne ich mir nur einen letzten Blick auf das Stückchen See und auf die Stadt, die man von hier oben bewundern kann, und steuere auf den Klinikeingang zu, zur allerletzten Verabschiedung. Ich durchquere den breiten Flur zwischen den Empfangsschaltern für die Patienten auf der einen und der Cafeteria auf der anderen Seite. Dabei fühle ich mich wie ein Laufsportler kurz vor dem Endspurt. Aber das, was ich gleich durchschneiden werde, ist nicht das Zielband, sondern vielmehr die Nabelschnur, die mich bis zu diesem Moment ernährt hat. Und ich weiß nicht mal, ob mir am Ende dieses verrückten langen Laufes ein Preis winkt. Johanna wartet vor der Rezeption auf mich. Zusammen sind wir an einem kalten Wintertag durch die Eingangstür dieser Klinik gekommen, und jetzt gehen wir in umgekehrter Richtung an einem kalten Herbstmorgen wieder hinaus. Das Taxi ist vollbeladen mit Gepäck, es fehlt noch das letzte Gepäckstück auf Rädern. Als wir gerade losfahren wollen, kommt der junge Schweizer, der bei Kielo in der Therapie war, durch die Schiebetüren heraus und bedeutet uns, das Fenster runterzukurbeln. Auf seinen Knien liegt ein Geschenkpäckchen. Johanna steigt aus, nimmt es und packt es aus. Es ist ein Aschenbecher mit einem Bild von der Stadt Zürich.

„Zur Erinnerung an unsere Zigarettenpausen", sagt er lächelnd.

Dazu haben wir uns immer auf der Terrasse im obersten Stock getroffen. Seine Geste rührt mich, mir war nicht klar, dass sich in den wenigen Monaten, die wir hier gleichzeitig verbracht haben, eine Bindung entwickelt hatte. Vielleicht hat unsere sehr ähnliche Lage das begünstigt. Ich bedanke mich von Herzen und schaue zu, wie er wieder reinfährt. Die Türen schließen sich hinter ihm, und ich kann darauf die großen Druckbuchstaben lesen: GRÜEZI, die klassische Begrüßung auf Schweizerdeutsch. Jedes Mal, wenn ich rausfuhr, tröstete es mich, dass ich sie wiedersehen und darüber witzeln würde. Hat man je ein italienisches Krankenhaus gesehen, bei dem CIAO auf der Eingangstür steht? Jetzt, da ich sie zum letzten Mal sehe, tritt ein Gefühl von Leere an die Stelle der Angst. Leb wohl, Zürich.

14. Wieder zu Hause

Wir fliegen mit Alitalia. Kein Privatjet und kein Rotes Kreuz diesmal. Am Flughafen warten mein Bruder und Manlio, ein Pilot der Fluggesellschaft und Freund meiner Familie, der unbedingt da sein wollte, um uns zu helfen. Dank seiner Anwesenheit laufen die Check-In-Prozeduren und Hilfestellungen tadellos. Ich kann mir nur ausmalen, was für Probleme wir gehabt hätten, die zahlreichen Gepäckstücke aufzugeben, wären wir allein gewesen. Die erste großartige Neuheit: Ich, in früheren Zeiten stets Opfer penibelster Durchsuchungen, werde jetzt keines Blickes mehr gewürdigt. Die zweite, noch großartigere: Sie lassen mich als Ersten an Bord, keine endlosen Schlangen mehr. Vor der Einstiegstür heben mich zwei Helfer auf einen Mini-Rolli, mit dem ich durch die engen Gänge zwischen den Sitzreihen passe. Als wir meinen Platz erreicht haben, wuchten sie mich auf den Sitz. Vom Check-In zum Platz in glatten zwanzig Minuten: ein neuer Rekord. Die Flugangst gehört noch immer unvermeidlich zu meiner DNA. Klar, ein Flugzeugabsturz wäre eine supersichere Methode, meiner Existenz ein Ende zu setzen, aber ich will trotzdem nicht, dass das passiert, aus einer Reihe von Gründen: Die Erfahrung eines abstürzenden Flugzeugs zu erleben – unmenschliche Schreie, Handgepäckklappen, die sich öffnen und ihren Inhalt ausspucken, nutzlose Sauerstoffmasken, die vor deinem Gesicht herumbaumeln, während dein Magen sich auf der Höhe deiner Mandeln befindet – versetzt mich in Angst und Schrecken; meinen Tod mit zweihundert vollständig Unbekannten zu teilen, stößt mich ab, ich will der absolute Protagonist meines eigenen Abgangs sein; außerdem erwarte ich, selbst entscheiden zu können, wie, wo und wann der vor sich gehen soll, sonst gilt es nicht.

In diesem Sinne ist Manlio eine große Hilfe. Vielleicht hat man ihm vorher von meiner angeborenen Angst erzählt, jedenfalls liefert er mir während des gesamten Fluges, inklusive Start und Landung, technische Beschreibungen auch noch des leisesten, fast nicht mehr wahrnehmbaren Geräusches am Flugzeug. Am Ende ertappe ich mich bei dem zynischen Wunsch, es möge eines geben, das ihn verblüffte, nur um ihn einmal in Schwierigkeiten zu erleben. Als wir uns der Landebahn nähern, kann ich die Strände von Fregene erkennen, und obwohl die aus ästhetischer Sicht nicht unbedingt das Nonplusultra sind, empfinde ich bei ihrem Anblick eine gewisse Rührung. Diesmal bin ich der Letzte, der aussteigen darf, denn ich muss abwarten, bis sich das Flugzeug leert und die Helfer kommen. Während wir warten, spricht Manlio einen Satz aus, mit dem man wirklich nicht rechnen konnte:

„Ich verstehe nicht, warum man es den Leuten erlaubt, zu fliegen. Es ist überhaupt nicht so sicher wie alle sagen."

Ich schaue ihn an, um rauszufinden, ob das ein Witz sein soll. Es ist aber kein Witz, in seinen Worten liegt nicht mal ein Hauch von Ironie. Ich lasse sie verklingen, ohne weiter darauf einzugehen. Auf jeden Fall ist das eine Information, auf die ich gerne verzichtet hätte. Hiermit ziehe ich mich in aller Form aus den Himmeln dieser Welt zurück.

Nachdem die Übergangsprozeduren vom Sitz zum Mini-Rolli und von diesem zum Standard-Rollstuhl in umgekehrter Reihenfolge vollführt wurden, machen wir uns auf den Weg zum Gepäckband. Franco und Manlio kümmern sich um die Abholung, während Johanna und ich uns Richtung Ausgang bewegen. Ein Krankenwagen, den uns der Verein einer Freundin meiner Mutter freundlicherweise zur Verfügung gestellt hat, wartet schon, um uns nach Hause zu bringen. Zwei Helfer vom Roten Kreuz nehmen mich in Empfang und hieven mich an Bord. Ich habe ein Déjà-vu:

Im Krankenwagen wurde ich zum Flughafen gebracht, und im Krankenwagen fährt man mich jetzt nach Hause, aber diesmal ohne unsympathische Doktoren im Schlepptau. Der Wagen rast mit völlig grundlosem Sirenengeheul über die Autobahn Rom-Fiumicino. Weder bin ich ein frisches Unfallopfer, noch gibt es eine sonst irgendwie geartete Dringlichkeit, vielleicht haben sie es einfach nur eilig, das Paket abzuliefern und dann heimzufahren. Ich bin immer gern schnell Auto gefahren, aber jetzt habe ich Angst. Ich würde sie gerne bitten, langsamer zu fahren, aber die Worte sitzen wie gefangen in meinem Kopf, vernebelt von den Gedanken, die mir seit Tagen den Geist eintrüben.

Das große graue Tor vor dem Mehrfamilienhaus, in dem ich geboren und aufgewachsen bin, steht weit offen, damit der Krankenwagen hindurchfahren und mich vor unserem Eingang absetzen kann. Der Gemeinschaftsgarten ist sehr groß und zeichnet sich durch das Vorhandensein eines prächtigen Schwimmbeckens aus, umgeben von einem intensiv grünen englischen Rasen und mächtigen Pinien. Am Beckenrand entlang führt ein breiter asphaltierter Weg, geschützt von einer dichten Hecke, zu den Eingängen der drei Wohngebäude. Die Wohnung meiner Eltern ist im Erdgeschoss und hat zusätzlich einen eigenen schönen Garten. Wir haben alle gemeinsam entschieden, dass, bis Johanna und ich eine Bleibe nur für uns allein gefunden haben, hier der beste Platz ist, wo wir unterkommen können. Ja, denn Johanna und ich hatten ja früher in meiner Wohnung zusammengelebt. Die jedoch kommt in meiner neuen Situation nicht mehr infrage, sowohl wegen ihrer Größe, als auch wegen der Lage: Sie ist zwar auch im Erdgeschoss, aber um zum Hauseingang zu gelangen, muss man eine lange Treppe hinuntersteigen. Ich erinnere mich an den Tag, als wir sie zum ersten Mal betraten: Es war wie ein Zeitsprung von ungefähr dreißig Jahren. Die Einrichtungsgegenstände waren typisch für die Sechziger: weiße Sessel auf braunem Teppichboden, ein runder Esstisch, ein großes Bücherregal mit diversen Ausgaben der Werke meines Vaters und eine Eckbar mit alkoholischen Getränken jeder Art. Es war die Junggesellenbude meines Vaters gewesen, und so sah sie auch aus. Mit ein paar kleinen Veränderungen wurde sie bald zu unserem Nest. Ich liebte diese Wohnung, und ich liebte es, mit Johanna darin zu leben. Die gemeinsamen Abendessen, die Filmabende, die Wannenbäder im Schein Dutzender Kerzen sind heute verblichene Erinnerungen an ein längst vergangenes Leben. Neun Monate, die wie neun Jahre erscheinen, Erinnerungen, die schmerzen wie Peitschenhiebe.

Meine Mutter und meine Schwester Roberta erwarten mich vor dem Hauseingang. Bei meinem Anblick brechen sie in Freudenschreie aus, was mich in Verlegenheit bringt. Während man mich aus dem Krankenwagen lädt, sehe ich mich um, ob niemand vom Balkon herunterschaut. Aber keiner der Hausbewohner scheint die beiden gehört zu haben. Als wir durch die Tür meiner „neuen" Wohnung treten, kommt mir als Erstes mein Hund entgegen: eine Bracke-Hündin namens Alcatraz. Ihr vollständiger Name lautet eigentlich „Flucht aus dem Alcatraz", denn ich habe sie aus dem Zwinger geholt, aber sie laut bei diesem Namen zu rufen, wäre nicht nur unpraktisch, sondern lächerlich. Sie kommt zu mir, wedelt mit dem Schwanz und bewegt ihren Körper in einer Art Hunde-Breakdance, der sie mehr wie eine Raupe aussehen lässt als wie einen Hund. Dann leckt sie mir die Hand und lässt sich von meiner geschlossenen Faust streicheln. Denn sie hat mich sofort wiedererkannt und freut sich riesig, mich nach so langer Zeit wiederzusehen. Sie legt sich vor dem Rollstuhl auf den Boden und schaut mich an mit dem Blick von jemandem, der weiß, dass etwas nicht stimmt. Aber zugleich gibt sie mir auch zu verstehen, dass sie bereit ist, mir beizustehen, was auch immer passiert ist. Ich weiß nicht, ob das nur meiner blühenden Fantasie entspringt, aber diese Begegnung rührt mich. Ich wusste, dass ich einen intelligenten und sensiblen Hund besitze, aber nicht in diesem Maße.

Das Wohnzimmer wirkt verändert, aber nur deshalb, weil ich es so lange nicht mehr gesehen habe. In Wirklichkeit ist darin gar nichts Neues: Bilder, Möbel, Sofas und Teppiche sind dieselben und am gleichen Platz wie immer. Aber eine Neuheit gibt es doch: ein weißes Bett an einer Wand, für das ich sofort eine Erklärung verlange:

„Und das da?“

„Das ist ein elektrisch verstellbares Bett, das die Krankenkasse uns zur Verfügung gestellt hat, und weil dein Zimmer noch ein bisschen nach frischer Farbe stinkt, haben wir gedacht, du könntest ein paar Nächte hier schlafen.“

Ich nicke ohne weiteren Kommentar. Aber es so da stehen zu sehen, einsam und deplatziert im Vergleich zur übrigen Einrichtung, macht mich traurig – fast so, als wäre ich in ein weiteres Krankenhaus gebracht worden. Mein altes Zimmer hat sich nicht sehr verändert: Nur die Tür zum Bad, die zuvor direkt nebenan im Flur war, ist jetzt eine Verbindungstür, weshalb die Möbel und das Bett anders angeordnet sind, auch damit der Rollstuhl überall durchpasst. Der Farbgeruch kommt aus dem Bad, das entsprechend meinen jetzigen Bedürfnissen erneuert wurde. Das Waschbecken ist jetzt so hoch, dass ich mit meinen Beinen darunterpasse, und das WC ist so weit von der Wand entfernt, dass der Toilettenstuhl genügend Platz darüber findet. Dieses Ding mit dem Loch in der Sitzfläche, das man auch zum Duschen verwendet, heißt auf Italienisch *comoda* – warum, bleibt ein Geheimnis, denn es ist alles andere als bequem. Weiße Kacheln mit Deko-Muster und blaue Ablagen dienen der zusätzlichen Verschönerung des Badezimmers. Ganz stolz führen sie es mir vor. Ich versuche, mich mit einem Lächeln erkenntlich zu zeigen, aber die Wahrheit ist: Es ist mir völlig wurst. Ich bin noch ganz durcheinander von dem harten Tag voller Abschiede, plus Wohnortwechsel, Reise und Rückkehr ins „normale“ Leben, da bleibt kein Raum für weitere Gedanken. Inzwischen ist Franco vom Flughafen gekommen, und auch Valentina ist zu uns gestoßen. Zur Feier des Tages hat meine Mutter Pasta al Ragù gekocht, danach paniertes Schnitzel, ein Familienklassiker. Kurz vor dem Abendessen kommen die beiden privaten Pfleger, die sich um mich kümmern werden, bis die Krankenkasse mir die staatliche ambulante Pflege zugewiesen hat, die mir von Rechts wegen gratis zusteht. Die Szene, die aus dieser ersten Begegnung hervorgeht, erinnert mich an eine Karikatur in einem der Bücher über das Behindertsein, die ich in Zürich gelesen habe. Da ging es um den Totalverlust von Privatsphäre, dem ein Behinderter fast zwangsläufig unterworfen ist. Etwas, was ganz automatisch geschieht, ohne besonderen Grund. Die Karikatur zeigte einen nackten Paraplegiker auf dem Bett, der damit beschäftigt ist, sich einen Katheter in den Pimmel zu schieben, unter der aufmerksamen Beobachtung einer Gruppe von Leuten, die in der offenen Zimmertür Position bezogen haben. So ähnlich geht es mir jetzt auch: Während ich die Pfleger über die Prozeduren bezüglich meines Intimbereichs, der Hygiene und der diversen Umlagerungen in Kenntnis setze, bleibt meine Familie wie selbstverständlich dabei und hört interessiert zu. Es ist praktisch so, als würde ich mich zu meiner Schwester ins Bad hocken, während sie duscht, sich einen Tampon reinschiebt oder sich auf die Kloschüssel setzt. Alles in allem glauben alle das Recht zu haben, deine Privatsphäre zu verletzen, und ich werde noch Gelegenheit haben, festzustellen, dass es viel Zeit und eine gewaltige Willensanstrengung braucht, sich diese wieder zurückzuerobern. Wo wir schon gerade dabei sind, proben wir auch gleich, mich mittels des Rutschbretts ins Bett zu verfrachten. Der Vorgang gelingt perfekt, aber wir stellen fest, dass das Bett zwei große Nachteile hat: Es ist völlig instabil und biegt sich nach vorne und zur Seite wie ein Rohr im Wind; und es ist zu kurz, oder ich bin zu lang, jedenfalls ragen meine Füße und ein Teil der Fesseln über die Matratze hinaus. Diese Entdeckung ändert den Plan. Nach kurzer Beratung verfügen wir, dass Johanna und ich, solange mein Zimmer noch nicht wieder benutzbar ist und wir kein Bett gefunden haben, das diesen Namen verdient, im Zimmer meiner Mutter schlafen werden. Was uns ganz besonders glücklich macht.

Nachdem wir die Pfleger entlassen haben, versammeln wir uns im Esszimmer, um die gute Küche meiner Mutter zu genießen. Seltsamerweise habe ich sehr viel Appetit. Die Tatsache, dass ich nicht alleine im Wohnzimmer schlafen muss, hat meine Laune gehoben. Der Nebel aus Sorgen und Ängsten hat sich zumindest für den Moment verzogen. Dass wir alle zusammen an einem Tisch essen, ist ein Ereignis, das schon lange nicht mehr stattgefunden hat. Wenn mein Vater uns so sehen könnte, würde es ihn glücklich machen, denn das war eines der Dinge, die ihm am wichtigsten waren. In den Augen aller kann ich das Glück lesen, mich wieder zu Hause zu haben, aber auch die Trauer, mich im Rollstuhl zu sehen. Obwohl sie an diesen Anblick ja mittlerweile gewöhnt sind, gelingt es ihnen doch nicht, dieses Gefühl zu verbergen. Ich glaube, das liegt an der veränderten Umgebung: Handelte es sich vorher um einen sterilen und erzwungenen Ort wie das Krankenhaus, so ist der Kontrast jetzt vor dem familiären Hintergrund klarer, realer geworden. Wir beginnen alle, wenn auch auf unterschiedlichen Ebenen, die wahre Tragweite dessen zu begreifen, was geschehen ist. Aber das ist in der Tat erst der Anfang.

Nach dem Essen überfällt mich das Gewicht des langen Tages wie ein Löwe seine Beute. Das Adrenalin, das mich seit heute Morgen wach und wachsam hat sein lassen – seltsamerweise hatte ich anders als sonst keinen Blutdruckabfall –, verflüchtigt sich und macht einer unbeschreiblichen Müdigkeit Platz. Der Augenblick ist gekommen, mich auf meinem neuen Lager auszustrecken und zuzulassen, dass dieser Tag in der Dunkelheit des Schlafes ein friedliches Ende findet. Meine treue Anti-Dekubitus-Weltraummatratze wird auf das Bett gebreitet, ich rolle hinterher. Der Anfang eines Buches, in dem ich letztens geblättert habe, geschrieben von einem französischen Tetraplegiker, bringt unseren körperlichen Zustand einfach und direkt auf den Punkt. Ich glaube, die Stelle ging so:

„Im Rollstuhl habe ich es unbequem, im Bett habe ich es sehr bequem: Ich bin Tetraplegiker."

In ihrer Pointiertheit finde ich diese Beschreibung absolut zutreffend. Das Bett ist der bequemste Ort, den ich kenne. Zwar noch weiter einschränkend bezüglich meiner ohnehin schon spärlichen Unabhängigkeit, aber auf jeden Fall bequem. Meine Familienmitglieder drapieren die Kissen so, wie sie es in Zürich gelernt haben, und decken mich mit einem weichen Federbett zu. Bruder und Schwestern verabschieden sich und kündigen sich für morgen wieder an. Während Johanna sich fertigmacht, um sich zu mir zu legen, studiere ich meine neue Location. Eigentlich ist dies das Zimmer meines Vaters. Meine Eltern schliefen in getrennten Zimmern. Es ist so geblieben wie es war, als er noch lebte: Nussbaummöbel, Wandschränke, ein großer Spiegel gegenüber dem Bett, ein kleiner Schreibtisch, beige Tapete und brauner Deckenanstrich. Wie zum Beweis, dass er kein Licht mochte. Ich fühle mich fremd, ohne Anknüpfungspunkte. Wenn man viele Stunden im Bett verbringt, bekommt das Zimmer andere Dimensionen: Gesichter erscheinen an der Decke, man nimmt Details von Bildern wahr, die man normalerweise nicht beachtet, und sieht versteckte imaginäre Insekten. In Zürich schweifte mein Blick zwischen dem Porträt eines Mannes mit Sechzigerjahre-Hut, einem kaputten Vorhangring und einer Hornisse vor dem Fenster hin und her, und das alles zusammen gab mir eine gewisse Sicherheit. Vor allem nachts, wenn ich alleine war, fühlte ich mich dadurch ständig in Gesellschaft. Aber jetzt ist ja Johanna da. Auch wenn wir dort die Wochenenden gemeinsam in der Mietwohnung verbrachten, ist es ein ganz neues Gefühl, sie jetzt ohne das programmgemäß dräuende Auftauchen von Pflegepersonal einfach zu mir ins Bett steigen zu sehen.

„Wie fühlst du dich?"

„Müde."

„Freust du dich, dass du hier bist?"

„Keine Ahnung, um ehrlich zu sein, weiß ich noch gar nicht, wo ich bin."

„Du bist zu Hause, nein: Wir sind zu Hause."

Wir küssen uns und bleiben umarmt liegen, während ihr Geruch und ihr Streicheln mich in den Schlaf wiegen und alles sich im Schwarz auflöst.

15. Erwachen

Ich öffne die Augen.

Dünne Lichtstrahlen dringen durch die halb geöffneten Fensterläden und fangen die in der Luft schwebenden Staubteilchen auf. Sie werden durch die Reflektion im Spiegel an der Wand verdoppelt, so dass Teile des Zimmers hell sind. Ich blinzele, um meinen Blick zu fokussieren und stelle fest, dass ich nicht geträumt habe: Ich bin wirklich zu Hause. Mir ist zu warm, die Daunendecke, die auf mir liegt, ist kochend heiß. Mit Mühe schaffe ich es, meinen Oberkörper aufzudecken. Aber die hohe Temperatur hat noch einen weiteren Grund: Mein Körper ist in die Spezialmatratze eingesunken. Ich habe das Gefühl, in einer weichen Hängematte zu liegen, vielleicht weil die eigentliche Matratze darunter alt und durchgelegen ist. Das ist keine bequeme Lage. Trotzdem habe ich die ganze Nacht durchgeschlafen, ohne von hereinkommendem Pflegepersonal geweckt zu werden, das passiert zum ersten Mal seit neun Monaten, eine durchaus erfreuliche Neuheit. Ich bin alleine im Bett, Johanna ist schon aufgestanden. Da ich nicht mehr in Zürich bin, ist die Sprechanlage mit dem Mundstück nicht mehr vorhanden, und ich kann nicht rufen. So bin ich einen Moment lang unschlüssig, was zu tun ist. Meine Stimme arbeitet auf seltsame Weise: Wegen eines Stimmbandes, das nicht vibriert, klingt sie zwar fast normal, wenn ich spreche, bleibt aber komplett weg, wenn ich schreie. Faktisch ist es also wahrscheinlicher, dass man mich hört, wenn ich normal spreche. Trotzdem versuche ich es mit lautem Rufen, aber es kommt keinerlei Ton heraus. Darüber muss ich lachen, ganz für mich allein. Da taucht Johanna auf:

„Was gibt's zu lachen?"

„Meine Nicht-Stimme bringt mich zum Lachen, du bist schon wach?"

„Es ist ein Uhr, Schatz."

„Echt? Wie lange hab ich denn geschlafen?"

„Dreizehn Stunden."

„Das ist ja schon ewig nicht mehr vorgekommen, aber trotzdem wäre ich lieber mit dir zusammen aufgewacht."

„Du hast so tief geschlafen, da hab ich mich nicht getraut, dich zu wecken. Kaffee?"

„Aber hallo!"

Während ich aufs Frühstück warte, kommt mir eine weitere Karikatur aus einem Buch über Behinderte in den Sinn. Und zwar die mit dem Typ im Rolli auf dem Weg zu dem Gipfel, der, wie ich schon erzählt habe, das Ende der Reha darstellen soll. Das heißt also, ich hätte hiermit den Gipfel erobert. Und was passiert jetzt? Was macht man denn, wenn man endlich hier oben ist? Wenn ich ehrlich sein soll, kommt es mir so vor, als hätte ich überhaupt nichts erobert. Im Gegenteil, ich bin noch mitten im Aufstieg, und das nicht mal besonders schnell. Das Beunruhigendste aber ist, dass mein Bewertungsmaßstab für das reale Leben mittlerweile in Comiczeichnungen besteht. Ein fortdauernder visueller Widerspruch.

Abgesehen davon, dass ich mich fühle wie eine Wurst in der Pelle, gibt es noch ein weiteres Problem. Das Bett, auf dem ich liege, hat keinen Mechanismus zum Aufrichten des Kopfteils. Deshalb muss Johanna, damit ich meinen Kaffee trinken kann, mir erst eine Stützvorrichtung aus Kissen im Rücken aufbauen. Eine einzige Nacht hat also gereicht, um uns klarzumachen, wie wichtig ein stabiles elektrisch verstellbares Bett mit passender Matratze ist; das muss als Erstes her.

Nachdem ich Kaffee und Medikamente ohne Essen geschluckt habe, was meiner gewohnten Praxis entspricht, erhalte ich Hilfe beim Waschen und Anziehen. In Zürich haben sie mich zweimal die Woche auf eine wasserdichte Liege gelegt, um mich zu duschen.

Auch wenn das für mich eine sehr mühselige Prozedur war, gab es immer auch einen Moment der totalen Entspannung. Heißes Wasser und zwei Krankenschwestern, die meinen Körper wuschen und meinen Kopf massierten, wie es die beste Shampooneuse nicht schöner hingekriegt hätte. An den übrigen Tagen wurde die Hygiene im Bett vorgenommen, mit Wännchen und Schwämmchen, so wie es notgedrungen nun auch hier zu Hause gehen muss, bis das Bad fertig ist. Der aktive und von Blutdruckschwankungen freie gestrige Tag ist heute bereits eine ferne Erinnerung. Kaum sitze ich im Rolli, wird mir auch schon schwindelig. Um eine spontane Ohnmacht zu verhindern, klappt Johanna die Lehne nach hinten, während meine Schwester Roberta, die gerade im richtigen Moment aufgetaucht ist, meine Beine anhebt. Dieser Vorgang erlaubt es dem Blut, leichter zum Hirn zu fließen, wodurch sich der Blutdruck stabilisiert. Damit hört die Welt tatsächlich auf, sich zu drehen, und man kann buchstäblich spüren, wie das Blut ins Fließen kommt, so als würde neben dem Ohr ein Wasserhahn aufgedreht. Der einzige Weg, das Problem der Schwindelanfälle einzudämmen, sind Effortil-Tropfen, ein Medikament, das den Blutdruck erhöht und keine Nebenwirkungen hat: Man kann es ruhig überdosieren und es vielleicht sogar schon vor dem Aufstehen nehmen. Außerdem ist auch die seit Langem bestehende stumme Übereinkunft von Hirn und Magen, nur einmal am Tag zu essen, nicht hilfreich. Wie ich allmählich lerne, ist das korrekte Funktionieren des Körpers an eine Reihe von Dingen gekoppelt: Es genügt, eines davon nicht zu berücksichtigen, um alle anderen in Mitleidenschaft zu ziehen. Leider haben Rationalität und Logik wenig Platz in meiner neuen Lebenslage.

Das Wohnzimmer hat nochmals seine Physiognomie geändert. Das unbrauchbare Bett ist verschwunden, an seiner Stelle ist das ursprüngliche schwarze Sofa zurückgekehrt, und mitten im Raum ist ein quadratischer Gartentisch aufgetaucht. Welcher sich direkt als äußerst nützlich erweist, um die Gegenstände darauf abzulegen, die ich jeweils unmittelbar benötige. Obenauf die komplette Patientenakte aus Zürich mit einer Menge Röntgenaufnahmen und Last-Minute-MRTs. Mein Blick fällt auf ein Blatt, auf dem kurz und bündig mein Krankheitsbild zusammengefasst ist:

- Halswirbel-Fraktur C4-C6
- Schädigung des Rückenmarks mit vollständiger Tetraplegie auf Höhe des C5
- Zustand nach operativer Stabilisierung der Wirbelkörperfraktur mit Einsetzen eines Knochenteilstücks aus dem rechten Ilium
- Halo-Fixateur-Anlage für die Dauer von drei Monaten
- Operative Anlage eines Tracheostomas, nach drei Monaten Verschluss des Tracheostomas
- Anlage einer PEG
- Luxation der linken Schulter mit Hill-Sachs-Läsion, diagnostisch bestätigt durch Röntgenaufnahme, dauerhafte Mobilitätseinschränkung
- Fraktur des rechten Handgelenks mit Luxation des Mondbeins, operativer Eingriff am angrenzenden Karpalknochen sowie Dekompression des Karpaltunnels mit dauerhafter Mobilitätseinschränkung der rechten Hand
- Neurogene Dysfunktion im Darm- und Urogenitalbereich
- Autonome Dysreflexie
- Zustand nach multiplen Pneumonien und Zystitiden
- Zustand nach MRSA-Infektion (Methicillin-resistenter Staphylococcus aureus)

Während ich die makabre Liste der entstandenen Schädigungen durchgehe, kommen mir die Tränen. Ich halte den Kopf gesenkt und den Blick auf das Blatt geheftet, damit es keiner merkt. Ich bin ja vollständig auf dem Laufenden über meinen körperlichen Zustand und die verschiedenen aufgeführten Läsionen, aber Unwohlsein, Bedauern, Traurigkeit und Angst sind jetzt auf einmal so stark, als würde ich sie zum ersten Mal empfinden. Vielleicht weil ich das alles jetzt schwarz auf weiß lese – was bisher noch nicht vorgekommen ist –, wird die Situation dadurch erst offiziell; oder vielleicht hat sich auch mein Hirn in all den Monaten selbst geschützt, indem es die schlimmsten Informationen zurückhielt, um sie mir nach und nach in kleinen Portionen zu verabreichen oder viel einfacher: Ich begreife erst jetzt, was geschehen ist, da ich wieder zurück im realen Leben bin und nicht mehr im Limbus des Krankenhauses.

Da reißt mich das krächzende Geräusch der Gegensprechanlage aus diesem Moment der Mutlosigkeit. Dieser Laut wird zum zentralen Soundtrack für die Prozession von Freunden und Verwandten, die den Nachmittag und die folgenden Tage im Wesentlichen bestimmen wird. Ich bin aufgeregt und ängstlich. Das fühlt sich ganz ähnlich an wie bei der ersten Verabredung mit einem besonders attraktiven Mädchen: Du bist glücklich, sie zu sehen, hast aber auch Angst, etwas falsch zu machen oder ihren Erwartungen nicht zu entsprechen. Endlich kann ich sie alle physisch wiedersehen und nicht mehr nur über Kabel Kontakt zu ihnen haben, wie bei diesen sterilen, kühlen Telefonaten, bei denen ich mich beinahe vergessen fühlte. Aber ich weiß ja nicht, wie sie reagieren werden, wenn sie mich so sehen; ob die Beziehung noch so sein wird wie vorher; was ich in ihren Blicken lesen werde: Mitleid, Traurigkeit, Erbarmen.

Als Erste erscheinen Marcello und Simone, zwei der ganz wenigen, die mich auch in Zürich besucht haben, langjährige Freunde. Marcello und ich haben mehrere Jahre in derselben Heavy-Metal-Band gespielt. Er war einer der Ersten in Rom, die ein Handy besaßen, denn er arbeitete als Buchmacher bei Pferderennen. Es war praktisch das Telefon von uns allen, aber nur er bezahlte die Rechnung. Auch wenn er uns jede nur denkbare Art von Beschimpfungen an den Kopf warf, sobald wir ihn baten, nur ganz kurz mal jemanden anrufen zu dürfen, gab er am Ende immer nach. Natürlich waren die Anrufe dann nie kurz. Seitdem telefonierten er und ich jeden Tag miteinander, auch mehrmals täglich. Mit Simone habe ich nicht zusammengespielt, er ist nämlich gar kein Musiker, aber die Beziehung war genauso eng. Auch mit ihm redete ich jeden Tag, vor allem über Fußball. Die beiden gehören also zu meinem engsten Freundeskreis: Wir sind zusammen aus und zusammen ins Konzert gegangen und auch zusammen in Urlaub gefahren.

Kaum sind sie in der Wohnung, ist das Geschrei schon groß:

„Der Drecksack ist wieder da!“

Sie umarmen mich so stürmisch, dass ich fast aus dem Stuhl falle. Sie sind glücklich, mich zu sehen, und ich bin es auch. Und das reicht völlig, um alle Besorgnis beiseite zu wischen. Simone ist der aufgeregtere von beiden:

„Endlich bist du wieder da, wie geht's dir?“

„Gut.“

„Jetzt können wir wieder um die Häuser ziehen.“

„Lass mich doch erst mal ein bisschen ankommen.“

„Nein, nix da, wir gehen raus, keine faulen Ausreden!“

Ich habe mir noch gar nicht überlegt, wie es sein wird, wieder auszugehen, und jetzt habe ich auch keine Lust, darüber nachzudenken. Ich will lieber einfach diesen Tag des Wiedersehens genießen, der so anders ist als die ganze Routine, an die ich mich die letzten Monate habe gewöhnen müssen. Dabei ist doch gerade das, was mir jetzt so anders vorkommt, die eigentliche Normalität des Lebens. Das endgültige Ende meines Aufenthaltes in einer Zwischenwelt aus Krankheit und Leiden. Die Rückkehr zu den vergessenen menschlichen Gewohnheiten, die ich für lange Monate in die Schublade der nicht realisierbaren Träume hatte verräumen müssen. Welche sich manchmal für eine kleine Kostprobe an Farben, Bildern, Gerüchen öffnete, um mich daran zu erinnern, dass sie noch da waren, dass sie existierten und auf meine Rückkehr warteten. Eines Morgens wurde die Tür zu meinem Krankenhauszimmer heftig aufgerissen: Mein Tätowierer Gabriele in Begleitung von Andrea und Alessio, zwei guten Freunden, kam mich ohne Ankündigung besuchen. Sie hatten zehn Stunden Zugfahrt auf sich genommen, um einen Tag mit mir zu verbringen. Meine Überraschung war so groß, dass ich am Anfang dachte, es handele sich um eine medikamentenbedingte Halluzination.

„Kaum waren wir reingegangen, kam direkt eine Krankenschwester um die Ecke, die anfing zu lachen und uns gesagt hat, wo du liegst. Wieso hat die gleich gewusst, dass wir Freunde von dir sind?"

„Tattoos, Ohrringe, lange Haare: Das passt hier nur zu einem."

„Die haben schon kapiert, was du für einer bist und mit wem du so abhängst, oder?"

„Anscheinend vor allem, mit wem ich abhänge ..."

Am Abend rannten sie dann zum Bahnhof, um die nächsten zehn Stunden im Zug nach Hause zu sitzen. Die Schublade mit den Träumen hatte sich wieder geschlossen, aber in der Atmosphäre hing noch immer der Duft des Lebens, das mich nicht vergessen hatte.

Die Gegensprechanlage hat den ganzen Nachmittag weitergekrächzt. Verwandte und Freunde, auch ganz unerwartete, gaben sich die Klinke in die Hand, als hätte unsere Wohnung sich in eine Art Pilgerstätte à la Padre Pio[3] verwandelt. Obwohl ich dreizehn Stunden geschlafen habe, bin ich am Abend fix und fertig. Ich bin immer noch ganz auf die Klinikzeitrechnung eingestellt, wo ich nach acht Uhr nie mehr im Stuhl saß. Erschöpft strecke ich mich auf dem Bett aus, unter den Augen von einem Dutzend Freunden, die mir in mein Zimmer gefolgt sind – wie um ein weiteres Mal zu unterstreichen, wie sehr die Privatsphäre bei einem Behinderten zu einem dehnbaren Begriff wird. Wir wechseln noch ein paar Worte, und viele melden sich schon mal an, um am nächsten Tag gleich wieder die Wohnung zu stürmen. Da ist Sonntag und Fußball, den wollen sie mit mir zusammen gucken. Ich nehme den Vorschlag gerne an, und wir verabschieden uns.

---

3 Padre Pio von Pietrelcina (1887-1968), 2002 heiliggesprochen, war ein italienischer Priester, dem Heilkräfte zugeschrieben wurden. (A.d.Ü.)

Die Kuhle in meinem Bett ist verschwunden. Während ich mit dem Trubel meiner vielen Besucher beschäftigt war, haben Johanna und Roberta Holzplatten unter die Matratze gelegt. Ich kann sagen, ich liege jetzt wirklich bequem. Und ich kann sagen, dass ich einen sorgenfreien Tag verbracht habe. Das fröhliche Chaos hat meine Ängste gelöst. Ich habe keinerlei Art von mitleidigem oder mitfühlendem Verhalten wahrgenommen, und vielleicht habe ich auch gar nicht darauf gelauert. Stattdessen habe ich mich mit positiver Energie aufgeladen, was auch meinen Appetit angeregt hat. Der Kissenhaufen wird wieder in meinem Rücken aufgetürmt, und zusammen mit Johanna verschlinge ich einen Riesenteller Pasta. Wenn ich es mir recht überlege, habe ich sie den ganzen Tag gar nicht gesehen.

„Wo warst du denn eigentlich heute?"

„Ich war nicht aus dem Haus."

„Ich hab dich kein einziges Mal gesehen."

„Du warst so sehr mit deinen Freunden beschäftigt, dass du mich keines Blickes gewürdigt hast."

„Entschuldige, das hab ich gar nicht gemerkt."

„Du brauchst dich nicht zu entschuldigen, es war schön zu sehen, wie froh du warst. Tatsächlich hab ich den ganzen Wirbel genutzt, um die Koffer auszupacken und die Sachen wegzuräumen."

Ich habe wirklich Glück, dass ein Mensch wie Johanna bei mir ist. Mir wird das nur stellenweise klar, wenn ich gerade mal nicht von meiner Situation absorbiert bin. Ihre Anwesenheit kommt mir selbstverständlich vor, aber das ist sie nicht. Ich würde ihr das gerne zeigen, schaffe es aber nicht immer – im Grunde so gut wie nie. Eine dunkle Kraft hindert mich daran, der ich mich noch nicht entgegenzustellen weiß.

Satt und entspannt kuschele ich mich in die Daunendecke. Die Premiere war erfolgreich, das Publikum begeistert, nun fällt der Vorhang unter fortgesetztem Applaus.

Ich schließe die Augen.

16. Eine intensive Woche

Der Sonntag ist entspannt und wie im Flug zwischen Besuchern und Fußballgucken vergangen, quasi eine Fotokopie des vorigen Tages, wenn man von zwei Unstimmigkeiten absieht. Die erste betrifft meine Mutter: Damit ich das Spiel gucken kann, wurde ich gemütlich in dem Ohrensessel platziert, der in unserem Wohnzimmer steht. Bewaffnet mit Stricknadeln und Wollknäueln setzte sie sich ebenso gemütlich auf einen Stuhl neben mich:

„Ich bin hier, wenn du irgendwas brauchst, sag Bescheid."

Da materialisierte sich vor meinen Augen ein furchterregendes Bild: das Klischee des Behinderten mit Wolldecke auf den Knien, bei allem und jedem betüdelt (erstickt wäre das passendere Wort) von Mama Glucke und der Tante noch dazu. Ein Bild, das leider viele Italiener vor sich sehen, wenn sie an einen Menschen mit Behinderung denken. Mein schlimmster Albtraum. Zu meiner Mutter habe ich nichts gesagt, aber das ist ein Punkt, den ich baldigst mit ihr klären muss.

Die zweite Unstimmigkeit betrifft meinen Körper: Neben dem niedrigen Blutdruck habe ich wieder starke Schmerzen in den Schultern, dieselben, gegen die ich in Zürich immer die Vilan-Spritzen bekommen habe. Das Problem ist, dass hier in Italien bei der Behandlung von Schmerzen nicht dieselbe Politik verfolgt wird: Man kann nicht einfach in die Apotheke gehen und Morphium oder irgendeines seiner Derivate kaufen, dazu braucht man erst ein spezielles Rezept vom Arzt. Bedauerlicherweise ist nämlich das Leiden Bestandteil der katholischen Kultur: Hat Jesus nicht am Kreuz gelitten? Also nix Morphium. Überdies kann man sonntags keinen Hausarzt kontaktieren. Wir mussten also den ärztlichen Notdienst anrufen. Die schickten einen Arzt, der mir eine Voltaren-Spritze verabreichte. Von dieser wurden zwar meine Schmerzen nicht weniger, aber dafür bekam ich ein walnussgroßes Hämatom und dazu eine heftige Übelkeit: na toll.

Die ganze erste Woche ist wie im Flug vergangen, allerdings weniger entspannt als der Sonntag. Jetzt hat ganz offiziell die Organisation meines Lebens begonnen: von der Suche nach einem Physiotherapeuten bis zu der nach einem Bett; vom langen Dienstweg zur Beschaffung meines Behindertenausweises bis zum bürokratischen Hürdenlauf, um in den Genuss der kostenlosen ambulanten Pflege zu gelangen. Eine Reihe von Ereignissen, von denen ich mich treiben ließ, ohne Widerstand zu leisten, wie ein steuerloses Schiff, das von den Wellen hin- und hergeworfen wird. Als passive Hauptperson der Geschehnisse, die glücklicherweise von meiner Familie gekonnt gesteuert wurden. Aber eins nach dem anderen – wenn auch ohne genaue zeitliche Reihenfolge, die einzuhalten ich ohnehin nicht imstande wäre.

Die staatliche Krankenversicherung bezahlt in meinem Fall drei Sitzungen Physiotherapie à fünfundvierzig Minuten pro Woche: nicht genug, um einigermaßen in Form zu bleiben. Um diese überschaubare Leistung zu erhalten, muss man sich überdies auf eine Warteliste von unbestimmter Länge eintragen. Ich kann es mir aber nicht leisten, zu warten, will ich doch nicht die harte Arbeit zerstören, die in der Schweiz geleistet wurde – Kielo würde mich umbringen. Also bin ich gezwungen, mich an die Privaten zu wenden. Ich habe einen ganzen Nachmittag damit verbracht, vom Bett aus Physiotherapeuten zu suchen. Nur zwei habe ich tatsächlich auch getroffen: eine Frau und einen Mann. Die Frau, rote Haare und blaue Augen, wurde uns von einer Freundin meiner Schwester Roberta vermittelt. Ich berichte ihr in groben Zügen über das, was in der Klinik gemacht wurde, und was ich brauche, während sie meine Beine massiert, um meinen

Zustand einzuschätzen, denke ich mal. Wir reden nicht viel, aber ihre Bewegungen scheinen einigermaßen routiniert zu sein. Außerdem ist sie sehr hübsch, das schadet ja nie. Als sie geht, lässt sie mir ihre Nummer da:

„Wenn Sie beginnen wollen, rufen Sie mich an, dann machen wir einen Termin."

Wenige Minuten später kommt der Mann, vermittelt von einer guten Freundin meines Bruders. Er stellt sich vor:

„Hallo, ich bin Osvaldo."

Ich würde ihn eher Osvaldone nennen, Osvaldo den Großen. Ein Riese, fast zwei Meter groß und ziemlich gut im Futter, mit einem dichten Bart: ein Bär in Lebensgröße. Er schnappt sich einen Stuhl und lässt sich neben meinem Bett nieder. Der Stuhl verschwindet unter seiner Körperfülle. Es sieht aus, als säße ein normal großer Erwachsener auf einem Kinderstühlchen. Er möchte, dass ich ihm alles ganz genau erzähle: welche Art Unfall ich hatte, welches Läsionsniveau ich habe, was ich früher gearbeitet habe. Er hört mir sehr aufmerksam zu und nimmt mehrmals vorweg, was ich sagen will, was zeigt, dass er sehr viel Ahnung hat.

„Kann ich Ihre Beine mobilisieren, um zu verstehen, in welchem Zustand sie sind?"

„Klar, machen Sie nur."

Er erinnert mich an Kielo bei unserer ersten Begegnung, auch sie hat mich um Erlaubnis gefragt. Nach ein paar Kontraktionen entspannen sich meine Beine und lassen das großartige Muskelstretching erkennen:

„Wer sind Sie denn, Nurejew höchstpersönlich?"

„In der Klinik nannten sie mich die ‚russische Ballerina'."

„Zu Recht! Das Stretching ist absolut wichtig, es macht Ihnen vieles leichter, und wenn man Sie eines schönen Tages wieder auf die Füße stellt, sind Sie gleich gut vorbereitet."

Ich fand den Riesenkerl sowieso schon gut, aber nach diesen Worten geht seine Beliebtheitsquote durch die Decke. Doch die eigentliche Überraschung kommt erst noch. Nachdem er den muskulären Zustand meiner Arme, die Beweglichkeit meiner Handgelenke sowie meine Hände begutachtet hat, fragt er mich doch glatt:

„Wollen Sie aufstehen?“

„Wie – aufstehen?“

„Aufstehen, auf die Füße. Sie umarmen mich, und ich kümmere mich um den Rest, vertrauen Sie mir?“

„Ich hab aber große Probleme mit dem Blutdruck, vielleicht werde ich ohnmächtig.“

„Wenn Ihnen schwindlig wird, lege ich Sie wieder hin.“

„Also gut, probieren wir's.“

Um ehrlich zu sein, bin ich alles andere als überzeugt, aber die Neugier ist stärker. Erst setzt er mich auf den Bettrand, und ich soll mich so gut es geht mit den Armen an ihm festhalten; dann zieht er mich hoch, indem er meinen Hintern stützt. Ganz langsam dreht er mich herum und lehnt mich mit dem Rücken gegen den Wandschrank neben dem Bett. Er stützt seine Knie gegen meine, und auf einmal stehe ich auf den Füßen – mir ist überhaupt nicht schwindelig.

„Sie sind ja größer als ich!“

„Wie groß sind Sie denn?“

„Einsneunzig.“

„Aber so groß bin ich nicht!“

„Doch, sind Sie!“

Wir bleiben so, ein paar Minuten lang. Dann setzt er mich ganz sanft wieder aufs Bett und legt mich hin.

„Diese Übung ist gut für die Knochen und für den Kreislauf, die müssen Sie oft machen.“

„Das heißt also, wir werden sie oft machen.“

Die hübsche Physiotherapeutin ist also schon passé: Ich habe meine Entscheidung getroffen. Wir machen drei Sitzungen pro Woche aus, à zwei Stunden. Die Zukunft wird mir bestätigen, dass ich keinen besseren Treffer hätte landen können.

Der Behindertenausweis ist das Dokument, das dir Zugang zu allen staatlichen Leistungen verschafft, zum Gesundheitsdienst, zu den Steuervergünstigungen, kurz: zu allem, was nötig ist. Ohne dieses Stück Papier, auf dem schwarz auf weiß der Prozentsatz deiner Behinderung und deine Pathologie verzeichnet sind, bist du nicht behindert.

Nicht einmal der deutlichste Augenschein kann etwas ausrichten.

„Hallo, ich möchte meine Rente beantragen."

„Ihren Behindertenausweis, bitte."

„Den habe ich nicht dabei."

„Ohne den können wir den Antrag nicht stellen."

„Entschuldigung ... Sie sehen mich doch?"

„Das spielt keine Rolle, ich brauche den Ausweis."

Um das Dokument zu beantragen, ist eine ärztliche Untersuchung vorgeschrieben, am frühen Morgen und an einem Ort, wo man unmöglich parken kann. Die Ärzte kommen nicht ins Haus (warum sollten sie auch?), sondern man muss unbedingt vor Ort aufschlagen. Ich werde also auf den Beifahrersitz im Auto meines Bruders verfrachtet. Eine Prozedur, die in der Klinik erlernt, aber kaum je ausgeführt wurde. Eigentlich sollte man das Rutschbrett wie fürs Bett verwenden, aber mein Bruder beschließt, sich auf seine Muskeln zu verlassen. Er schafft es ohne große Anstrengung, schließlich bin ich mittlerweile ein Leichtgewicht. Die Anstrengung liegt ganz bei mir: Ich muss mich an seinen Schultern festhalten, und schon verlässt mich mein Blutdruck, der wegen des frühen Aufstehens und des eiligen Aufbruchs ohnehin schon niedrig war, gleich ganz: Mir wird schwindelig, und ich sehe aus wie eine Leiche. Wenn ich mich in diesem Zustand untersuchen lasse, kriege ich wahrscheinlich direkt zweihundert Prozent Invaliditätsgrad mit Spezialvermerk. Wir halten vor einer Bar, um einen zweiten Kaffee zu trinken. Obwohl ich keine Lust drauf habe, zwingen sie mich, ein Croissant runterzuwürgen, das immerhin den erhofften Effekt zeitigt. Meine Farbe kehrt zurück, und ich bin bereit für die Untersuchung. Wir erreichen das Krankenhaus und parken davor in zweiter Reihe. Meine Schwester geht hinein, um sich zu informieren, und kommt nach fünf Minuten strahlend zurück:

„Du brauchst nicht aussteigen, die Ärzte kommen gleich zu dir raus."

„Die untersuchen mich im Auto?"

„Sie müssen dich nur gesehen haben."

Das ist eine gute Nachricht, denn so bleibt mir ein drittes Frühstück erspart. Während ich warte, habe ich Zeit, mir die Tatsache bewusst zu machen, dass ich zum ersten Mal Rom wiedersehe. Nicht dass die Anfahrt lang gewesen wäre, das vorgeschriebene Krankenhaus ist nur zehn Minuten von zu Hause entfernt, aber die bekannten Straßen wiederzusehen, längst vergessene Brücken, die gewaltige Riesenkuppel des Petersdoms, den Verkehr, die Ampeln, all das hat mich nicht so eingeschüchtert wie ich dachte. Vielleicht weil ich mich im geräumigen Inneren des Autos ausreichend geschützt fühlte. Meine Stadt hat ja immer ihre ganz besondere Faszination, und mein Blick ist im Moment der eines Touristen. Tourist in der eigenen Stadt: Alles erscheint mir ganz neu und viel größer.

Da kommen die Ärzte. Sie sind zu zweit, ein Mann und eine Frau. Sie öffnen die Tür und begrüßen mich. Die Frau schaut mich an, berührt meine Beine und fasst mich an den Handgelenken. Ihre geöffneten Hände gleiten über meine, die geschlossen sind:

„Können Sie sie öffnen?"

„Nein."

Das sind die einzigen Worte, die an mich gerichtet werden; alles andere besprechen sie mit meinem Bruder. Dreißig Sekunden haben ausgereicht, um meinen Invaliditätsgrad festzustellen. Drei Stunden – Anziehen und Fertigmachen, ins Auto bugsieren, zweimal Frühstück plus die Anfahrt – für dreißig Sekunden Untersuchung. Dieses Missverhältnis macht mich fassungslos, aber ich kann nicht sagen, ob es richtig oder falsch ist, ich habe ja keinen Vergleich. Was ich jetzt aber weiß, ist, dass die Hände den Ausschlag geben, um festzustellen, dass ich behindert bin. Immer die Hände, es zählen allein die Hände. Vielleicht noch mehr als die Tatsache, dass ich im Rollstuhl sitze. Und das tut weh. Es tut so weh, dass ich meine Hände fast nicht mehr anschauen kann.

Der Motor springt wieder an, und wir fahren zurück nach Hause. Jetzt verschwimmt mir Rom vor den Augen, die Geräusche höre ich wie durch Watte, die Straßen sind bedeutungslos. Meine Gedanken sind wieder bei den Nächten, die ich mit der Gitarre im Arm auf dem Sofa in meiner Wohnung verbracht habe, mit den Tönen, die um mich herumschwirrten, während die Welt da draußen nicht mehr existierte.

Um an die ambulante Pflege zu gelangen, muss ein beachtlicher Amtsweg durchlaufen werden. Vor allem anderen ist der Behindertenausweis vonnöten, ohne den man – ich sagte es bereits – gar nichts ist. Dann braucht man einen Antrag des behandelnden Arztes. Nachdem man die Unterlagen an das für den Stadtteil zuständige Pflegezentrum versandt hat, wird man auf eine Warteliste gesetzt. In meinem Fall ist die glücklicherweise kurz. Der privat bezahlte Pfleger der sich bislang um mich kümmert, macht seine Sache gut. Er glänzt aber weder durch Sympathie, noch durch Geduld, und vor allem ist er sehr teuer. Die staatliche ambulante Pflege ist selbstverständlich kostenlos. Wenn die Wartezeit vorüber ist, wird ein Tag vereinbart, an dem die Visite in vollem Ornat stattfinden soll; von deren Ausgang hängt dann der Pflegeplan ab.

Sie kommen zu viert: zwei Ärztinnen, die Leiterin des Pflegedienstes und eine Pflegerin. Ich fühle mich an die täglichen Visiten in Zürich im Alberto-Sordi[4]-Stil erinnert. Ich warte auf

4 Alberto Sordi (1920-2003) ist ein bekannter römischer Filmschauspieler. Der Autor spielt hier vermutlich auf die Filmkomödie *Il medico della mutua* (1968) an. (A.d.Ü.)

dem Bett liegend. Sie untersuchen mich gründlich, und wir sprechen über meine täglichen Bedürfnisse: das Waschen, technische Bezeichnung: „Körperpflege im Bett", die manuell unterstützte Darmentleerung und nach Bedarf die Behandlung von Druckgeschwüren. Alles geht glatt und ohne Zwischenfälle über die Bühne, bis die Leiterin des Pflegedienstes den Satz sagt, mit dem keiner gerechnet hätte:

„Die Pflege wird für sechs Monate bewilligt, dann sehen wir weiter."

„Wie – sechs Monate?", ich kriege meinen Satz nicht fertig, da fährt schon meine Mutter wie eine Furie dazwischen:

„Was sagen Sie da? Was für sechs Monate?"

„Ja, nach sechs Monaten muss die Situation wieder neu bewertet werden."

„Was gibt es da neu zu bewerten, die Situation wird sich nie mehr verändern! Ich bin selbst Ärztin, was glauben Sie denn, mit wem Sie es hier zu tun haben?"

„Hören Sie, ich versichere Ihnen, dass ..."

„Sie versichern mir also, ja? Dann machen wir es doch so: Ich hole jetzt ein Aufnahmegerät, und Sie versichern mir noch einmal alles, was Sie eben gesagt haben. Damit gehe ich zu den Carabinieri und erstatte Anzeige, und dann werden wir schon sehen, wer recht hat."

Die anderen Ärztinnen versuchen meine Mutter zu beruhigen und bringen die Leiterin des Pflegedienstes zum Schweigen. In Wirklichkeit ist es so, dass man nur weitere Unterlagen braucht, um die Neubewertung zu umgehen; diese ist nur dann erforderlich, wenn etwas Neues eintritt: eine spezielle Medikation, eine Behandlung zu festgelegten Zeiten, eine neue Pathologie. Sagen wir so, die beiden strafen die Leiterin des Pflegedienstes Lügen, so entgegenkommend wie es nur geht.

Ich bin noch völlig überrascht von der Reaktion meiner Mutter. Sie hat sich wie eine Löwin benommen, die ihr Junges verteidigt. Ich bin froh, dass sie es getan hat, bin mir aber bewusst, dass ich eigentlich selbst für meine Rechte hätte kämpfen müssen. Aber dazu habe ich noch nicht die Kraft. Ich schäme mich dafür, aber ich schaffe es einfach nicht. Ich sitze unbeweglich und wie eingeschlossen in einer Kiste und kann weder sagen, wie und wann ich sie öffnen werde, noch, ob überhaupt ich es sein werde, der sie öffnet. Ich verabschiede mich von der Gruppe, die das Zimmer verlässt. Jetzt bin ich allein und schaue zur Decke auf der Suche nach Gesellschaft, aber meine imaginären Freunde sind in Zürich geblieben, und neue habe ich noch nicht gefunden.

Was das Bett anbelangt, so haben wir nach einem Familienrat beschlossen, eins zu kaufen. Aber nicht irgendeins, sondern genau das gleiche, das ich in Zürich hatte. Alle werden mich unterstützen und sich an den Kosten beteiligen. Wir fangen an zu recherchieren und finden heraus, dass es in Rom nur eine einzige Firma gibt, die diese Betten importiert. Der Preis ist tatsächlich exorbitant, man würde ein kleines Auto dafür kriegen, und tatsächlich nennt man es auch den Ferrari unter den elektrischen Betten. Es hat vier Motoren, die Kopfteil, Fußteil sowie das horizontale und vertikale Hochfahren steuern. Es hat auch die *Standing-Bed*-Funktion, die ich in Zürich so gehasst und vor der ich mich immer versteckt habe, so gut ich konnte. Aber in Anbetracht der gewaltigen Ausgabe und der vollständigen Abwesenheit von Versteckmöglichkeiten werde ich wohl dazu gezwungen sein. Vielleicht wäre es doch besser, ein kleines Auto anzuschaffen?

17. Perspektiven

Alles ist größer als ich.

Vielleicht ist diese Feststellung aber nicht ganz richtig. Was die tatsächliche Größe angeht, ist hier alles kleiner und weniger geräumig als in Zürich. Die breiten Flure und riesigen Türen des Krankenhauses sind nur noch eine entfernte Erinnerung, an deren Stelle der enge Flur im Schlafzimmerbereich unserer Wohnung getreten ist – mit seinen schmalen, nahe beieinander liegenden Türen, die das Manövrieren im Rolli erschweren.

Alles ist höher als ich.

Das ist die Wahrheit, die Höhe der Welt bringt mich aus der Fassung. Ich bin nicht mehr fähig zu unterscheiden, ob ein Mensch groß oder klein ist, aber das ist nur das Geringste: Möbel, Regale, Zimmerdecken, Schreibtische überragen mich allesamt. Meine neue Perspektive hat sie in Riesen verwandelt, die über mir dräuen. Ich lebe unter der Schwere ihrer mächtigen Schatten. Der einzige Ort, an dem ich wenigstens den Anschein von Unabhängigkeit empfinden kann, ist der weiße Gartentisch mitten im Wohnzimmer. Gegenüber ragt das Plattenregal meines Vaters in die Höhe, es hat sich in einen Wolkenkratzer verwandelt, dessen Dach ich nur mit Mühe erkennen kann. Die Wohnung ist ein Labyrinth, das durch die seit zwanzig Jahren unveränderte Anordnung der Möbel noch verwirrender wird. Auch eine Erdgeschosswohnung ist nicht automatisch barrierefrei. Immerhin gibt es keine Treppen, das ist gewiss ein Vorteil, aber dafür viele andere Schwierigkeiten, die es zu überwinden gilt. Einigermaßen leicht gelingt es mir, aus meinem Zimmer durch den engen Flur ins Wohnzimmer zu fahren. Bis ich dann von der riesigen Kommode – dem Möbel, wo man Schlüssel, Post und Papiere ablegt – blockiert werde, deren eine Tür immer nach außen offen steht und neben der sich auch noch der ebenso riesige und extrem schwere Ohrensessel befindet. Der Platz zwischen den beiden Möbelstücken ist winzig, und der Rolli passt nicht durch. Ich muss immer jemanden bitten, den Sessel wegzurücken, damit ich meine Basis-Position erreichen kann. Man hat mir ein Telefon mit großen Tasten gekauft, das ich selbstständig benutzen kann, aber wie soll ich das anstellen, wenn da ein quadratischer Pouf im Weg steht, der mir jegliche Annäherung an das Gerät unmöglich macht? Meine körperliche Anpassung an die neue Lage verläuft im Gleichschritt mit der psychologischen Anpassung der Menschen um mich herum. Das vollzieht sich nicht so automatisch, wie man meinen könnte, und vielleicht auch nicht so, wie es sollte – jedenfalls nicht in meiner Familie. Seit vierzig Jahren ist die Wohnung meiner Eltern auf eine bestimmte Art eingerichtet. Meine Mutter ist daran gewöhnt, alles so zu lassen. Das ist kein böser Wille und auch keine Faulheit, einfach nur Gewohnheit. Und mehr als je zuvor wird mir klar, wie hart es ist, gegen Gewohnheiten anzukämpfen, sogar angesichts einer echten Notlage. Es ist nicht so, dass ich mich nicht darüber ärgern würde, aber ich versuche auch die Hintergründe zu verstehen. Manchmal denke ich, meine Mutter macht das mit Absicht, um sich hinterher nützlich machen zu können; vielleicht empfindet sie Genugtuung und womöglich auch inneren Frieden bei ihren Hilfeleistungen, wenn sie schon nichts tun kann, um mich zu heilen. Andere Male aber denke ich, es handele sich um reinen Egoismus, um Blindheit gegenüber dem Anderen. Und dann schreie ich sie an, erkläre, tue alles Mögliche, um ihr klarzumachen, dass ich Platz zum Leben brauche, dass ich es hasse, immer um Hilfe bitten zu müssen, und dass die Umgebung an meine neuen Erfordernisse anzupassen ist. Sie scheint dann zwar zu verstehen, was ich meine, aber am nächsten Tag finde ich wieder alles genauso vor: unveränderlich vollgestellt. Ganz zu schweigen von dem so gut wie unmöglichen Zugang zur Küche, den ein Wandtisch mit drei Stühlen versperrt. Und dann denke ich, es sei alles meine Schuld, weil ich es nicht schaffe, mein Unbehagen, meine Bedürfnisse zu kommunizieren. Und ich verschließe mich. Ich weiß nicht, ob es mir mehr wehtut, unnötig Energie und Worte zu verschwenden oder zu schweigen, aber ich rede lieber gar nicht mehr darüber und hoffe, eines Tages ins Wohnzimmer zu kommen und alles so vorzufinden, dass ich durchfahren kann. Leider passiert einfach nichts, wenn man sich nicht bis ins Letzte ins Zeug legt, aber diese Lektion habe ich bisher noch nicht gelernt.

Das neue Superbett ist gekommen, und mein Zimmer stinkt nicht mehr nach Farbe. So haben Johanna und ich es glücklich in Besitz genommen. Das andere, instabile Bett hat sich doch noch als nützlich erwiesen: Sie haben es mit zwei Seiten an der Wand befestigt, mein Nachbar hat die wackligen Teile verstärkt. Mit Hilfe der elektrischen Steuerung haben wir beide Betten auf dieselbe Ebene gebracht, so dass wie durch Zauberei vor unseren Augen ein breites Doppelbett entstand. Aber auch in meinem Zimmer – das eigentlich den Inbegriff der Barrierefreiheit, eine Art Paradies für Behinderte darstellen sollte – komme ich an so gut wie gar nichts heran. Das riesige rote Bücherregal, das eine ganze Wand einnimmt, hat im mittleren Teil ein Brett, auf dem ich früher alles Mögliche ablegte, das aber jetzt zu hoch für mich ist. Direkt darunter verbergen sich hinter zwei verzapften Türen zwei Reihen hölzerner Schubladen mit halbmondförmigem Eingriff, die ich nicht öffnen kann. Gegenüber dem Bett, neben der Tür zum Bad, befindet sich das einzige niedrige Möbelstück; auf dem haben wir den Fernseher platziert. Aber der Rolli ist zu groß, und es gibt keine Möglichkeit, den nötigen Platz zu schaffen, damit ich den Fernseher auch benutzen könnte. Der einzige Ort, der tatsächlich auf mich zugeschnitten ist und wo ich die volle Handlungsfreiheit habe, ist das Bad. Genau, das Bad. Mit seinem Waschbecken, unter dem meine Beine problemlos Platz haben;

mit dem langen und biegsamen Wasserhahn; mit einem Bord, auf dem ich die diversen Hilfsmittel in Reichweite vorfinde, die für das winzige bisschen Unabhängigkeit erschaffen wurden, das mir noch bleibt: eine Bürste mit verbreitertem Griff aus weichem Gummi; kreisförmige Schlingen mit Klettverschluss, die man zwischen Handrücken und Handfläche befestigt. Jede Schlinge geht durch ein kleines Plastikröhrchen jeweils unterschiedlicher Größe, auf das das man die Zahnbürste, den Rasierapparat oder was immer man sonst an Gegenständen benutzen möchte, aufstecken kann. Lauter Verrichtungen, die eigentlich den Grad meiner Selbstachtung steigern sollten, aber den gegenteiligen Effekt auf mich ausüben: Sie deprimieren mich. Ich hasse es, Zeit zu verlieren bei all dieser Aufsteckerei, beim Ausdrücken der Zahnpastatube und vor allem, wenn ich mich über und über mit Rasierschaum bekleckere. Ich bräuchte jedes Mal eine Putzkolonne, um den ganzen Wahnsinn zu beseitigen, den ich hinterlasse. Es ist eine fingierte Unabhängigkeit, die nichts anderes tut, als die Abhängigkeit noch weiter zu vergrößern. Und dann das Glanzstück: die Dusche. Ohne Vorhang, ohne Duschwanne, der Duschkopf an einem extra langen Schlauch, mit dem man überall hinkommt, und lauter nutzlose Griffstangen an der Wand. Die Dusche, die ich nie benutze. Weil sie mich irrsinnig anstrengt, meinen Blutdruck auf Null bringt und mich zu Eis erstarren lässt. Was früher der totale Genuss war, ist zu einer Quälerei, einer Folter geworden. Das gleiche gilt für den Stuhlgang, das Kauern auf dem Toilettenaufsatz über dem WC, mindestens eine Stunde lang. Warten, bis die Glyzerinzäpfchen wirken, um dann doch fast immer auf die manuelle Unterstützung des Pflegers zurückgreifen zu müssen. Die Darmentleerung treibt mir schlagartig den Blutdruck nach oben, welcher nach Beendigung der Prozedur ebenso schnell wieder runtergeht. Von all dem ist die geringe Energie meines Körpers dann so erschöpft, dass die Wärmeregulierung entgleist und ich vor Kälte zittere. Danach bin ich gezwungen, zwei Stunden im Bett unter zwei

Daunendecken zu verbringen, um wieder eine normale Körpertemperatur zu erreichen. Zwei Stunden, aus denen in der Regel gleich vier werden, weil ich weiß, dass ohnehin bald Osvaldo zur Behandlung kommt. Warum sollte ich erst aufstehen, wenn ich mich dann sowieso wieder hinlegen muss? So lande ich in einer zerstörerischen Schleife und verbringe den Tag unter Daunendecken versteckt, wobei ich jeglichen menschlichen Kontakt zurückweise. Eingewickelt in mein eigenes Drama.

Ich hasse also dieses Bad und alles, was damit zu tun hat. Ich hasse es, weil es den konkreten Beweis für meinen Zustand darstellt, für die Unumkehrbarkeit dessen, was geschehen ist. Der einzige Ort in der Wohnung, der meine neue Sprache spricht: eine Sprache, die zu lernen ich aber in keiner Weise beabsichtige. Die Realität, die ich ablehne, vor der ich flüchte wie vor den Übungen in der Klinik. Was soll ich überhaupt mit diesem verdammten Bad? Das war rausgeschmissenes Geld, ich werde sowieso nicht für lange gelähmt bleiben. Professor Schwab hat es doch klar gesagt: Noch fünf Jahre, dann werden sie damit anfangen, Rückenmarksschädigungen heilen zu können. Ich rufe den armen Mann inzwischen einmal in der Woche an:

„Ich grüße Sie, Herr Professor, wie steht's mit der Forschung?"

Ich denke, ihm ist mittlerweile klargeworden, dass es ein Fehler war, mir seine Durchwahl zu geben. So nimmt in letzter Zeit nur noch seine Assistentin ab. Die ist immer sehr freundlich, weiß aber nicht mehr, was sie mir noch sagen könnte. Sie rät mir, weniger oft anzurufen, denn die Forschung sei komplex und benötige Zeit. Dieser Rat ist absolut logisch, das Problem ist nur, dass ich die Logik seit geraumer Zeit aus den Augen verloren habe. Ich hatte seine Worte damals ernst genommen. Die Perspektive eines Lebens im Rollstuhl passt nicht zu meinen Plänen, sie ist eine Option außerhalb meiner Gedankenwelt. Ich will meine Ketten sprengen und raus aus diesem Käfig, und dass ich so sehr darauf beharre, verursacht den ersten richtigen Streit mit Johanna. Der erste zornige Ausbruch dessen, was sich in mir angestaut hat, überfällt unvermeidlich die Menschen, die mich auf meinen Weg begleiten. Schauplatz der Auseinandersetzung: das Bad. Ich sitze *unbequem* auf dem angeblich so „bequemen“ Toilettenstuhl, und das seit fast einer Stunde. Der private Pfleger hingegen hockt bequem im Garten und zieht sich eine Zeitschrift rein, während er darauf wartet, dass mein Darm Lebenszeichen von sich gibt. Ich kann ihn nicht ausstehen. Obwohl wir ihn gut bezahlen, wird er oft ungehalten, wenn er gezwungen ist, seine Leistungen auszudehnen. Als ob ich Spaß daran hätte, unerwartete körperliche Probleme an den Tag zu legen. Wer weiß, wie vielen anderen Patienten dieser Gierhals noch das Geld abknöpft, ich würde zu gerne wissen, was er verdient, wahrscheinlich mehr als der Geschäftsführer eines multinationalen Konzerns. Leider kann ich ihn nicht loswerden, denn ich muss warten, bis die ambulante Pflege genehmigt wird. Müdigkeit und Kälte machen sich allmählich über meinen Körper her. Ich habe wohl einen weiteren Tag unter der Bettdecke vor mir. Johanna kommt rein. Die Badtür bleibt offen stehen. Sie schaut mich an:

„Du bist so blass, geht's dir gut?“

„Mir ist kalt wie immer, ich bin müde wie immer.“

„So kann's nicht weitergehen, Lorenzo“, ihr Ton klingt hart.

„Wie kann's nicht weitergehen?“

„Mit dir: wie du jedes Mal, wenn du auf die Toilette gehst, fix und fertig bist und den Tag schon abhakst, bevor er überhaupt angefangen hat. Wir müssen eine andere Methode finden.“

„Ich mach es so, wie sie's mir in der Schweiz beigebracht haben. Warum, seit wann gibt's andere Methoden?“, jetzt wird auch mein Ton härter.

„Weiß ich nicht. Aber wir könnten doch was ausprobieren: einen speziellen Tee oder irgendein Abführmittel, damit du nicht mehr so lange brauchst. Dann wirst du vielleicht auch nicht mehr so müde, oder?“

„Hör zu, deine Sucherei nach neuen Methoden juckt mich einen Scheiß!“, jetzt schreie ich sie an.

„Klar, ist ja auch ganz prima, sich drei Tage Lebenszeit pro Woche zu ruinieren", schreit sie zurück.

„Lebenszeit? Das nennst du Leben? Willst du vielleicht endlich mal verstehen, dass ich drauf scheiße, auf dieses Leben? Ich will mich an gar nichts gewöhnen, und ich will keine neuen Methoden. Ich warte nur auf den Tag, an dem sie mich wieder auf die Füße stellen!"

„Hab ich längst verstanden, besser als du denkst", sie schaut mich mit glänzenden Augen an, geht raus und schlägt die Tür zu.

Jetzt kommt der Pfleger rein. Er prüft, ob die Sitzung Ergebnisse gezeitigt hat:

„Ihr solltet euch öfter streiten. Wenn man sich anschaut, was dabei rausgekommen ist, dann ist das auf jeden Fall eine gute Methode."

„Spar dir deine blöden Witze, mach deinen Job und bring mich wieder ins Bett."

Er antwortet nicht. Aber nur, weil er weiß: Wenn er es täte, ginge ihm eine einträgliche Arbeit durch die Lappen. Unter meiner Festung aus Daunen denke ich nochmals über den Streit nach. Diese Augen voller Zorn und Schmerz sollten mir eigentlich eine Botschaft übermitteln. Ich sollte begreifen, dass dieser Blick versucht, den abgesoffenen Motor meiner Willenskraft wieder in Gang zu bringen. Hinter Johannas mühsam zurückgehaltenen Tränen verbirgt sich ihre fieberhafte Suche nach einem Funken, der den Brennstoff meines Temperaments wieder entzünden könnte. Der die starke, resolute, eigensinnige und selbstsichere Persönlichkeit wieder zum Vorschein bringen könnte, in die sie sich einmal verliebt hat, und an die sie sich noch immer per Doppelknoten gebunden fühlt. Hinter diesen zurückgehaltenen Tränen verbirgt sich das stürmische Meer ihres Schmerzes, ein unbekanntes Gewässer, in dem sie auf Sicht navigiert, auf der verzweifelten Suche nach einem Landeplatz, wo sie Schutz und Ruhe finden kann. Im Grunde ist sie es, die mit ihren erst dreiundzwanzig Jahren beschlossen hat, dass ihre Schultern stark genug sind, das Gewicht dieser Situation zu tragen; sie ist es, die bei mir bleibt, mir beisteht und in Momenten der Verzweiflung meine Tränen trocknet; sie ist es, die mehr als jeder andere mein innerstes Leiden kennt, welches sich in den Worten versteckt, die auszusprechen mir nicht gelingt. Das, was ich früher mit den Tönen meines Instruments ausdrücken konnte, und was jetzt wie in einer Falle in meinem Herzen sitzt, in meinem Kopf, in meiner wehrlosen fleischlichen Hülle. Und was früher oder später explodieren und in tausend Stücke zerbersten wird.

Aber Johannas Botschaft kommt bei mir nicht an, denn meine Antennen empfangen keine Kommunikation von außen. Ich bin wie ein Blinder, dem man zu erklären versucht, was Farben sind. Zu sehr damit beschäftigt, Heilungsversprechungen hinterherzujagen, jeglichen Kontakt mit der Realität zurückzuweisen und in der Erinnerung an ein Dasein zu leben, das es nicht mehr gibt. Die Welt dreht sich nur noch um mich, da ist kein Platz mehr für jemand anderen. Ich tue so, als lebte ich, als ginge es voran, dabei weiß ich gar nicht, in welche Richtung; ich komme nicht vom Fleck, wie beim Lauftraining auf der Stelle. Nicht einmal die bedingungslose Liebe, die mir zuteilwird, kann mich aufrütteln. Dabei sollte ich doch eigentlich die Lektion aus Zürich gelernt haben: all diese Jungs, die Hals über Kopf von ihren Freundinnen oder Ehefrauen verlassen wurden und sich ganz alleine in einer Situation echter Not wiederfinden, vernichtet von katastrophalen Ereignissen, umgeben von unbekannten Gesichtern und fremdgesteuert wie Marionetten. Ein unerträgliches Sich-Überlagern immer neuer Bühnenbilder, die jedoch keine künstliche Theaterwelt darstellen, sondern eine Realität, die so hart ist, wie man sie sich nicht vorstellen kann. Ich hätte das nicht ausgehalten. Ich würde es auch jetzt nicht aushalten, verlassen zu werden, aber mein Blick ist nicht imstande, das ganze Szenario zu erfassen, er reicht nicht über meinen bewegungslosen Körper hinaus, und so bleibt er an Ort und Stelle, um den Wunsch nach einem Wunder zu verteidigen, das niemals geschehen wird. Statt mich zu bemühen, die Situation zu entschärfen, bin ich ein Meister darin, alles nur noch schwieriger zu machen. Nach einem Streit, wenn man das Feuer der Auseinandersetzung wieder unter Kontrolle hat, müsste man versuchen, Dinge zu klären, mit der nötigen Ruhe über alles reden und womöglich einen Schritt zurücktreten, wenn man eine zu drastische Haltung eingenommen hat. Aber das tue ich nicht, und sie auch nicht. Ich komme nicht raus aus meinem Schneckenhaus, und sie hat nicht die nötige Kraft, um es aufzubrechen. Wir gehen ins Bett, zwischen uns eine dicke, unsichtbare Wand aus Gefühlen, Ängsten, Egoismus, Schüchternheit, Respekt und Verzweiflung. Sie auf der einen Seite, ich auf der anderen, schweigend. Und das wird auch in Zukunft immer wieder passieren.

Ich bin von Frauen umgeben: Johanna und meine Mutter, mit denen ich zusammenwohne, sind mir logischerweise am nächsten; meine Schwestern wechseln sich ab und versuchen meine Pflege mit ihren sonstigen Beschäftigungen unter einen Hut zu bringen. Wer sich hingegen seit einiger Zeit heraushält, ist mein Bruder. Seit dem Tag des Unfalls hat er das Unmögliche möglich gemacht, um mir zu helfen, indem er alle seine Kontakte mobilisiert hat und durch ganz Europa gereist ist, um die passendste Klinik zu finden. Auch während meiner Krankenhausaufenthalte hat er sich immer nur für kurze Zeit entfernt. Aber seit ich wieder in Rom bin, hat er seine Anwesenheit Tag um Tag zurückgefahren und sie schließlich auf die Sonntage reduziert – weil wir da zusammen Fußball schauen – und auf den einen oder anderen sporadischen Ausflug ins Kino. Es stimmt zwar, dass ich permanent Dutzende von Freunden um mich habe, aber in den vergangenen Monaten war doch er mein männlicher Bezugspunkt. Ich glaube, ich habe ihn unbewusst zur Vaterfigur erkoren. Denn meinen Vater, den ich verloren habe, würde ich – auch wenn ich es nicht zeige – jetzt so verzweifelt dringend brauchen. Er hat mir in all den Jahren so gefehlt. Wenn ich an ihn denke, bin ich froh, dass er meinen Unfall nicht mehr erlebt hat, denn ich weiß, es hätte ihn umgebracht, mich leiden zu sehen, aber die Wahrheit ist, dass er mir trotzdem noch immer fehlt. Mehr denn je suche ich jetzt nach ihm, und mein Bruder ist die Person, die ihm am nächsten kommt. Ich gebe mir einen gewaltigen Ruck, um den Mut aufzubringen – all den Mut, den ich verloren habe, und von dem ich nicht weiß, wo er hingekommen ist –, um ihn anzurufen, weil ich versuchen will, ihm zu erklären, wie ich mich fühle:

„Hi Franco."

„Hi, Bruderherz, wie geht's denn?"

„Ganz gut, und dir?"

„Gut. Gucken wir am Sonntag zusammen Fußball?"

„Ja. Und übrigens, ich wollte dich fragen, ob du nicht öfter kommen könntest, weil ...", aber er lässt mich den Satz nicht zu Ende sprechen und unterbricht mich barsch:

„Hör zu, Lo, ich habe mein Leben. Ich kann nicht dauernd den Service für dich machen."

Der Satz trifft mich wie ein Blitzschlag. Der ganze Text, den ich mir genau zurechtgelegt hatte, bleibt zwischen meinen Stimmbändern stecken. Ich fühle, wie sich mir der Hals zuschnürt, mir bleibt die Luft weg. Ich kriege nur noch mit einem heiseren bisschen Reststimme eine Handvoll Worte raus:

„Okay, wir sehen uns am Sonntag. Ciao."

Mein Magen zieht sich zusammen, und mir wird übel. Ich schleudere das Telefon aufs Sofa, als wäre es ein glühendes Stück Eisen, das mir die Hand verbrennt. Ich betrachte es voller Abscheu, es hat sich plötzlich in die Büchse der Pandora verwandelt, aus der sämtliche Übel entweichen, und ich fühle mich schuldig, weil ich sie geöffnet habe. Ich kann nicht beurteilen, ob er nur zu seinem Schutz eine Barriere zwischen uns errichten will oder ob er sich gerade gewaltsam von mir abwendet. Es hat ja tatsächlich jeder von uns sein eigenes Leben, das trotz allem weitergeht. Und ich habe nicht das Recht, die Existenz der anderen auf den Kopf zu stellen, nur weil meine eigene so drastisch ausgebremst wurde. Aber er hat nun mal, ob er will oder nicht, einen behinderten Bruder, der unvermeidlich zu seinem Leben dazugehört. Das sind neue Gefühlsdynamiken, unerwartet und ungewollt. Was ich weiß, ist nur, dass ich mühsam versucht habe, aus meinem Schneckenhaus heraus eine Tür zu öffnen, und dass mir diese Tür sofort vor der Nase zugeschlagen wurde. Zum ersten Mal habe ich versucht, einen Dialog in Gang zu bringen, aber mein Gegenüber war nicht gesprächsbereit. So ist die Wand meines Rückzugsortes noch dicker geworden, und mein Gefährte, das Schweigen, hat gleich noch eine zweite eingezogen, noch undurchdringlicher als die erste. Dabei weiß ich nicht einmal, wie weit ich die Tür tatsächlich geöffnet und welcher Anteil meines Selbst sich herausgewagt hätte. Vielleicht habe ich auch nur die Antwort erhalten, die ich im Grunde haben wollte, da sie mir erlaubt, in meiner Vorhölle zu bleiben. Regloser denn je.

Johanna kommt ins Wohnzimmer und sieht mich an. Mittlerweile genügt ihr ein flüchtiger Blick, um in meinem Innersten zu lesen:

„Hey, ist was passiert? Alles gut bei dir?"

„Ja, alles gut."

Ich lächle sie an. Ein falsches Lächeln, auf das sie nicht eine Sekunde lang reinfällt. Aber sie ist sensibel genug, um nicht weiter zu bohren. Ich war noch nie so weit davon entfernt, mich gut zu fühlen, meine Lebensperspektiven sind in einen undurchdringlichen Nebel abgetaucht. Auch ich, genau wie Johanna, navigiere auf Sicht.

18. Erste Kneipentour mit Freunden

Ich habe viele Freunde. Immer gehabt. Als ich in Zürich im Krankenhaus lag, wurden meine Geschwister zu ihrem Erstaunen in jeder beliebigen Kneipe im Zentrum Roms von Menschen bestürmt, die sie erkannt hatten. Alle wollten wissen, wie es mir ging, und ließen mir Grüße ausrichten. Meine Schwester Valentina sagte immer:

„Du kennst ja Gott und die Welt, und alle liegen dir zu Füßen. Jetzt kannst du ernten, was du gesät hast."

Das stimmt, ich denke schon, dass ich immer zu allen loyal und großzügig gewesen bin, naja, zu fast allen. Ein Engel war ich sicher nicht, aber echt und ehrlich, im Guten wie im Schlechten. Allerdings ist es leicht, mit einer Gestalt gut Freund zu sein, die tausend Kilometer entfernt in einem Bett liegt; herausfordernder wird es erst, wenn diese Gestalt keine Fata Morgana mehr ist, sondern ein Mensch aus Fleisch und Blut mit massenweise Schwierigkeiten aufgrund einer sichtbaren und konkreten physischen Andersartigkeit. Viele sind dann abgetaucht, andere haben mich mit einer Zuneigung überrascht, die ich nicht von ihnen erwartet hätte, und die echten Freunde sind einfach geblieben. Vor allem einer: Simone, der schon gleich am ersten Tag mit mir losziehen wollte. Er verbringt einen Großteil der Woche bei mir zu Hause, und wenn er nicht kommt, ruft er mich an, und wir ergehen uns in langen Diskussionen über Sport. Er ist der Einzige, der lernen wollte, wie man jetzt ganz praktisch mit mir umgehen muss: vom Pinkeln bis zum Einsteigen ins Auto. Und das alles, um mich dazu zu kriegen, endlich wieder einmal mit meinen Freunden um die Häuser zu ziehen, in die Kneipen, in denen ich früher fast täglich unterwegs war. Nachdem er mir immer mehr Druck gemacht hat, ist der schicksalsträchtige Tag endlich da. Und mit ihm dasselbe zweischneidige Gefühl, das ich in Zürich hatte: Auch wenn unsere Wohnung kein Behindertenparadies ist, hat sie doch den Platz der Klinik eingenommen als der Ort, an dem ich mich geschützt fühle, mein neuer Mutterschoß. Zugleich habe ich aber auch Lust, meine anderen Orte wiederzusehen; die, an denen ich mich richtig wohlgefühlt habe, Herr über die ganze Stadt. Wir steuern den Campo dei Fiori an, den Treffpunkt par excellence. Simone und Marcello laden mich bequem ins Auto, und dank der Sondererlaubnis für Behinderte können wir an der Piazza Farnese parken. Ich versuche die Angst zu überspielen, die während der Fahrt in mir aufgestiegen ist. Simone ist voller positiver Energie und freut sich, dass er mich herumkutschieren darf:

„Bist du bereit?"

„Denke schon."

„Mach dir keinen Kopf, wir sind ja auch noch da."

Wir steigen aus, sie setzen mich in den Rolli, und los geht's. Die Piazza ist voller Leute, wie immer. Bevor wir den Menschenauflauf erreichen, gehen wir an der ersten Kneipe vorbei, wo draußen an allen Tischen Leute sitzen und Aperitif trinken. Wir sind hier nicht in Zürich, wo man daran gewöhnt ist, Behinderte im Rollstuhl in der Stadt rumfahren zu sehen: Ein Platzregen aus Blicken prasselt auf mich nieder. Rasche, aber durchdringende Blicke, die sofort die Richtung wechseln, sobald sie sich mit den meinen kreuzen. Feige Blicke. Es gelingt mir, nicht allzu sehr darauf zu achten, denn vor allem ist es der Menschenauflauf, der mir Sorgen macht. Auch ist der kopfsteingepflasterte, holprige Untergrund sehr unangenehm. Simone bemerkt es, reißt die Hinterräder hoch und bahnt uns einen Weg, indem er brüllt:

„Können wir mal durch? Können wir bitte durch?"

Die Leute machen Platz, und ich werde von der Menge verschluckt. Mir bleibt die Luft weg. Ich sehe gar nichts, außer unteren Rückenhälften und Beinen, die sich in Bewegung setzen, wenn ich gefahren komme. Ich schaue nicht nach oben, weil ich fürchte, ohnmächtig zu werden. Aber das Leiden dauert nicht lange, denn kurz vor „unserer" Kneipe wird die Menge etwas lichter. Mit den Bewegungen eines erfahrenen Betreuers platziert mich Simone an einem der Tischchen, die schon von unseren Freunden belegt sind.

„Da ist er ja!", schreien alle im Chor, nach kurzem Zögern, weil ich so völlig unerwartet aus dem Nichts aufgetaucht bin. Dabei haben sie mich doch erwartet. Sie drängeln um die Wette, um mich zu umarmen. Ein paar von ihnen habe ich schon bei mir zu Hause getroffen, andere sehe ich zum ersten Mal seit meiner Rückkehr. Simone verschafft sich Gehör:

„Langsam, ihr macht ihn mir ja kaputt!"

Es freut mich, wieder in der alten Kneipe auf der Piazza zu sein, aber ich bin noch immer ganz benommen von der Anfahrt mitten durch den Wahnsinn. Ich brauche Wasser und muss erst mal tief durchatmen. Ich bitte darum, und ein Glas wird gebracht. Simone schaut mich an:

„Jetzt wird hier mal wirklich hart gesoffen, Schluss mit Wasser."

„Lass mich doch erst mal wieder Luft kriegen, danach trink ich alles, was du willst."

Während ich mit Hochgenuss das eiskalte Wasser runterkippe, schweift mein Blick zwischen den Anwesenden hin und her. Alle haben ein Lächeln auf dem Gesicht, nur ein paar Mädels verbergen dahinter eine gewisse Traurigkeit. Das lese ich in ihren Blicken. Vielleicht weil es das erste Mal ist, dass sie mich so sehen: Ich bin mager und blass, und mein Outfit ist nicht das tollste, ich trage immer Trainingsanzüge und Fleecejacken, die lassen sich leicht anziehen und machen mir keine Hautprobleme am Hintern und am Rücken. Ich habe Trainingsanzüge immer gehasst, aber es sieht so aus, als könnte man als Behinderter nichts anderes mehr tragen, sie sind eben praktisch. Vielleicht ist es aber auch die Begegnung mit dem Rolli. Es ist mir ein bisschen peinlich. Das passiert mir oft, vor allem, wenn ich die Techniken, die ich jenseits der Alpen erlernt habe, in der Öffentlichkeit anwenden muss. Zum Beispiel das Gewicht vom Hintern weg verlagern, damit ich keine Dekubituswunden bekomme: Manchmal muss ich mich selbst daran erinnern, den Oberkörper nach vorn zu beugen bis auf die Knie und ein paar Minuten in dieser Position zu verharren. Denn ich bin ja nicht mehr mit Empfindungsvermögen ausgestattet und kriege deshalb nicht mit, wenn ich mir wehtue. Simone platzt in meine Gedanken und streckt mir ein Glas Rotwein hin:

„Trink!"

Ich bin keinen Alkohol mehr gewöhnt, aber das ist mir wurst. Ich kippe zwei große Schlucke runter, warte eine Sekunde, dann einen weiteren hinterher. Der Rotweinschwall schwemmt Gedanken und Ängste fort und befördert mich rasch in einen halbbesoffenen Zustand, der mir hilft, Kontakt aufzunehmen, ohne mir belastende Gedanken zu machen. Ich glaube, das hilft auch den anderen, denen es leichter fällt, sich mir zu nähern, weil sie mich entspannt lächeln sehen. Also ist das der Schlüssel: Gelassenheit zeigen, damit sich mein Gegenüber wohlfühlt; Traurigkeit, Schwierigkeiten und Depressionen tarnen, um die kommunikative Blockade einzureißen, die davon offenbar ausgelöst werden kann. Dabei hätten gerade diese Seelenzustände den größten, wenn auch unbewussten Kommunikationsbedarf, denn sie suchen nach Trost, nicht nach Verschlossenheit. Auf mein Gegenüber haben sie jedoch eher eine gegenteilige Wirkung: Sie schrecken von einer Kontaktaufnahme ab. Eigentlich müsste mir dieses Szenario nur allzu klar sein, habe ich doch in dieser Hinsicht bereits einen Moment der Erleuchtung erlebt. Vor einiger Zeit hatten Valentina und ihr Lebenspartner ein Fest organisiert, um ihre neue Wohnung einzuweihen: ein schwer zugängliches Dachgeschoss mit zwei riesigen Terrassen. Mich dort hinaufzubringen, war nicht einfach. Und dann saß ich alleine mitten im Wohnzimmer, niemand wagte es, sich mir zu nähern, obwohl fast alle Freunde meiner Schwester mich gut kennen. Sie suchten sich vielmehr andere Wege, um auf die Terrassen und in die übrigen Zimmer zu gelangen, nur um nicht an mir vorbeizumüssen. Okay, ich schaute nicht gerade aus wie der Inbegriff der Fröhlichkeit, aber ich war bereit, mit jedem zu reden, der wollte. Während sich dieses Theater ständig wiederholte, kam meine Schwester zu mir rüber und sagte:

„Sie fragen mich, ob du sprechen kannst."

„Und du, was hast du gesagt?"

„Dass sie dich selber fragen sollen."

Aber trotz dieses Hinweises haben an dem Abend nur wenige das Wort an mich gerichtet.

Leider handelt es sich hierbei um die Art logischer Überlegungen, die mein Hirn nur für einen kurzen Moment behalten kann, bevor sie sich im Nichts auflösen. Dieses Mal trägt auch der Alkohol erschwerend dazu bei, dass sie sich verlieren. Denn ich trinke weiter. Ab und zu spüre ich, wie sich die Arme von irgendjemandem, der mich gerade erkennt, um meine Schultern schließen, dazu Küsse auf meiner Haut. Auch die Besitzer der umliegenden Kneipen kommen, um mir Hallo zu sagen. Ich fühle mich gut, wie ein fester Bestandteil von irgendetwas, bis – was ja eigentlich nicht anders zu erwarten war – ein regelrechter Peitschenhieb mich wieder in die reale Welt zurückholt. Alessandro, ein Typ, den ich seit vielen Jahren kenne, aber mit dem ich mich nie wirklich angefreundet habe, setzt sich vor mich hin:

„Du bist ja echt ein armes Schwein."

Ich schaue ihm in die Augen, dann verweilt mein Blick für kurze Zeit auf dem Mund, aus dem diese Worte rauskamen. Die passendste Erwiderung wäre: Geht's noch? Du bist selber ein armes Schwein, und du wirst es immer sein. Aber ich bringe keine Silbe raus. Ich tue so, als hätte ich nichts mitbekommen, dabei habe ich es sehr genau gehört, bin aber wohl der Einzige. Die anderen lachen weiter, machen Witze. Für sie geht das Leben weiter seinen gewohnten Gang, ohne viel Erschütterung: Arbeit, Bar, Freunde, Kneipenabende, Konzerte. Es ist die DVD meines Lebens, bei der man auf Pause gedrückt hat, eine lange Pause, und niemand kann sie mehr zum Laufen bringen. Die lebhaften Erinnerungen daran, wie es einmal war, irren in dem Nichts herum, das aus meinem Leben heute geworden ist, zusammen mit meinen ehrgeizigen Plänen und verlorenen Träumen. Auch der Effekt des Weins verpufft in diesem Nichts, zersetzt von Alessandros Worten. Das also ist es, was ich für sie alle bin: ein „armes Schwein." Hinter all den lächelnden Gesichtern, den Umarmungen, den Worten, den verhaltenen Blicken verbirgt sich: Mitleid. Dabei fühle ich mich gar nicht wie ein Pechvogel, ich habe das, was mir zugestoßen ist, nie in diesen Kategorien betrachtet. An jenem verfluchten Morgen hatte ich tausend triftige Gründe, nicht rauszugehen: Ich war müde, hatte zu wenig geschlafen, fühlte mich viel zu wohl unter der Bettdecke in den Armen meiner Freundin, hatte überhaupt keine Lust auf Skifahren. Trotzdem bin ich aufgestanden und dem Leben voller Mut und Begeisterung entgegengetreten, wie immer. Ich habe eine Entscheidung getroffen, einen Weg gewählt, und dass in genau der von mir eingeschlagenen Richtung der Pfeiler eines Skilifts auf mich wartete, hat überhaupt nichts mit Pech zu tun.

Eigentlich habe ich in diesem Augenblick nur ein einziges Gefühl: fehl am Platz zu sein. Ich fühle mich nicht wohl, ich bin kein fester Bestandteil von gar nichts, und ich habe auch nichts im Griff. Mit Ausnahme meiner engsten Freunde, die mir für immer bleiben werden, sind mir all die anderen völlig fremd. Sie verstehen gar nichts, und ich habe keine Lust, Erklärungen abzugeben. Die Kneipe ist scheiße und die Piazza ein Haufen loser Pflastersteine, von denen sich meine Muskeln verspannen und mein Rücken kaputtgeht. Ich habe nichts mehr zu schaffen mit diesem Leben, und weder die Kraft, noch das Interesse, wieder daran teilzunehmen. Ich stelle das Lachen ein und rede mit niemandem mehr. Am liebsten würde ich aus Leibeskräften mein ganzes Unwohlsein herausschreien, das auf mir lastet und mir den Magen zerreißt; ich würde mir wünschen, dass dieser Schrei die Macht hätte, die Zeit anzuhalten wie in einem Science-Fiction-Film und mich nach Hause zu beamen. In die einzige unzerstörbare Festung, die mich schützt.

Nur Simone merkt, dass etwas nicht stimmt:

„Lo, alles okay?"

„Nicht so ganz, vielleicht ist es besser, wenn wir jetzt gehen."

„Aber wir gehen doch gleich essen."

„Ich glaub, das schaff ich heute Abend nicht."

„Ist denn irgendwas passiert?"

„Nein, Simò, nichts ist passiert. Ich bin einfach müde, bitte bring mich heim."

Ich will ihm nicht erzählen, was vorgefallen ist, denn dann würde Chaos ausbrechen. Er würde den Typ mit Worten in Stücke reißen, und vielleicht gäbe es auch die eine oder andere Ohrfeige. Die Theatervorstellung, die ich mir bis jetzt angeschaut habe, ist schon mehr als genug: diese Welt aus Marionetten ohne Fäden, die sich synchron bewegen und deren Gespräche einen schalen Nachgeschmack hinterlassen; diese Geltungssucht, die auf die platteste und leerste Ästhetik hinausläuft, die man sich nur vorstellen kann, passt nicht in mein neues Leben. Vielleicht hat auch nichts von all dem je zu meinem früheren gehört, aber da war es mir nicht gegeben, das zu bemerken. Ich bin keine Marionette mehr, ich falle auf, und zwar im unästhetischen Sinne. Ich bin müde, Simone, bitte bring mich heim.

19. Der Computer

Mein Verhältnis zur Musik hat sich mittlerweile verbessert, aber es ist nicht wie früher. Ich schaffe es nicht mehr, mich in Songs zu verlieren, mich für einen auf ganz besondere Weise gespielten Ton, eine mitreißende Gesangsmelodie oder ein ungewöhnliches Streicherarrangement zu begeistern. Früher war ich imstande, ein Arpeggio oder auch nur einen einzelnen Gitarrenton nicht nur Hunderte von Malen anzuhören, sondern auch endlose Diskussionen darüber vom Zaun zu brechen. Ich verbrachte Stunden vor der Anlage, um immer wieder dieselbe Platte zu hören, sie förmlich zu sezieren, um zur Kenntnis ihrer tiefsten Geheimnisse zu gelangen. Jetzt begnüge ich mich damit, nur noch zerstreut hinzuhören, damit es nicht so wehtut. Das ist die tiefste Wunde von allen, und ich weiß nicht, ob es ein Heilmittel gibt, das sie irgendwann vernarben lässt.

Seit ich wieder zurück bin, versuchen meine Musikerfreunde, sie zu nähen. Sie meinen, ich könne mit einem Computer weiter Musik machen. Eine neue Herangehensweise, ich müsse Programme benutzen lernen, hätte aber so die Möglichkeit, meine musikalische Begabung auf einen andere Art zum Einsatz zu bringen; ich könnte sie zuerst anderen Musikern zur Verfügung stellen und später, wenn ich mich eingearbeitet hätte, auch selbst komponieren. Natürlich sei das nicht dasselbe wie zu spielen, das werde es nie sein, aber immerhin eine Möglichkeit, weiterhin zu arbeiten; meine Flügel zu flicken und wieder über eine Landschaft aus Tönen zu fliegen. Und dann gebe es ja auch noch das Internet, das sich in meiner Lage als äußerst nützlich erweisen könne. Ein Fenster zur Welt: Ich könne dort alles finden, was ich brauche, auf Webseiten surfen, reisen, mich mit jedem unterhalten, ohne mein Zimmer zu verlassen. Wenn ich ehrlich sein soll: Für mich wäre das der Inbegriff des Asozialen. Aber wenn ich mein aktuelles Verhältnis zur Zivilisation recht bedenke, ist es vielleicht genau das, was ich brauche: einen virtuellen Wasserlauf, der die Mauern meiner Burg umgibt.

Computer haben mich nie besonders interessiert. Vielleicht wegen der Typen und Situationen, mit denen ich sie immer assoziiert habe, unter dem Einfluss von einschlägigen amerikanischen Filmen: Da ist der eingefleischte User von Videospielen auf der Konsole, dem das Hirn in einer virtuellen Realität wegschmilzt, die die echte bald ersetzt; und die „Nerd"-Ikone schlechthin: das schmächtige, bebrillte Superhirn mit einer Reihe von Stiften in der Brusttasche seines kurzärmeligen weißen Oberhemds, permanent mit der Erstellung unverständlicher Programme befasst und von allen verspottet und gepiesackt. Beide sind zwar am Ende immer die Sieger, aber sie sind das absolute Gegenteil von meinem Lebensstil. Reisen, erleben, anfassen, das sind die Verben, durch die er sich definierte.

Auf meinen Rücken ist ein Drache tätowiert, der drei japanische Schriftzeichen beschützt: Straße, Musik und Freiheit. Mein Leben drehte sich um diese drei Inhalte, und obwohl der Drache bei seiner Aufgabe versagt und das Leben sie mir alle drei weggenommen hat, kann ich mir mich selbst nicht bewegungslos vor einem Bildschirm und einer Tastatur sitzend vorstellen: Das wäre wie ein Foto-Negativ meiner Existenz. Die Erinnerung an mein früheres Leben ist alles, was mir bleibt, und nicht nur bin ich nicht imstande, es in sein Gegenteil zu verkehren, ich will es auch gar nicht. Ich habe alles verloren, was dieses Leben aufrecht erhielt und ihm Sinn gab, aber trotzdem versuche ich weiter an ihm festzuhalten, klammere mich mit Zähnen und Klauen daran, damit ich nicht in das bodenlose schwarze Loch falle, an dessen Rand ich momentan balanciere.

Trotzdem lasse ich mich nach einer Zeit intensiven Nachdenkens überreden. Innerhalb nur einer Woche werde ich zugeschüttet mit extra gekauftem oder von Freunden geschenktem Material – sie freuen sich mehr als ich selbst, weil sie ihre Mission erfolgreich zu Ende gebracht haben. Jetzt bin ich also misstrauischer Besitzer eines kleinen Aufnahmestudios mit einem Haufen technischer und musikalischer Ausrüstung, die ich nicht bedienen kann. Die musikalische vielleicht noch am ehesten, aber im Augenblick kann ich nichts weiter tun, als sie anzuschauen.

In einer wie auch immer begründeten Anwandlung – wahrscheinlich war es geistige Umnachtung – hatte ich mir meine akustische Gitarre nach Zürich bringen lassen. Meine erste Gitarre, mein Baby: eine wunderbare Guild, die mein Bruder mir während eines Urlaubs in Los Angeles geschenkt hatte. Ich kann mich erinnern, dass, nachdem ich an diesem Tag schon viele ausprobiert hatte, mir bei ihr ein einziger Akkord ausreichte, um zu wissen: Die ist es. Die Vibrationen meines Körpers stimmten perfekt mit denen des Tons überein, der von ihrem abgelagerten Holz hervorgebracht und von ihrem Klangkörper moduliert wurde, es war wie Liebe auf den ersten Klang. Ich lag auf dem Krankenhausbett und hielt sie in den Armen, streichelte das glatt polierte Holz mit seinen weiblichen Rundungen, berührte die Saiten, und wie durch ein Wunder war der Klang noch da. Wieder vereinigten sich unsere Vibrationen ganz unvermittelt, wie die Körper zweier Liebender, wie die Essenz der Liebe selbst. Für einen kurzen Moment hatte alles wieder einen Sinn. Wenn man mich in genau diesem Augenblick nach dem Sinn des Lebens gefragt hätte, ich hätte nicht den leisesten Zweifel gehabt. Und dann musste ich weinen. Aber es war kein verzweifeltes Weinen mit schmerzverzerrter Miene, sondern resignierte Tränen, die über ein entspanntes und ausdrucksloses Gesicht liefen, während meine Augen auf einem Meer herumirrten, das keine Küsten zum Anlanden bot. Johanna hatte bei der Szene eigentlich nicht dabei sein wollen. Aber dann brachte sie es doch nicht fertig, und als sie aus dem Zimmer ging, waren auch ihre Augen voller Tränen. Ich hatte mir die Gitarre dann neben mein Bett stellen lassen, das Griffbrett zu mir gewandt. Ich wollte versuchen, sie mit den Augen zu spielen, mich so an die Akkorde zu erinnern, denn ich fürchtete zu vergessen, wie sie gingen. Aber diese Übung dauerte nur wenige Tage, zum einen wegen des Schmerzes, den die Nähe meiner Gitarre in mir auslöste – und der meiner Genesungsarbeit abträglich war –, und zum anderen wegen der Leute, die sie ständig anfassten: Die einen wollten sie mal halten, die anderen darauf spielen, und beides nervte mich. So ging es mit ihr wieder zurück nach Rom, wie sie gekommen war, und dort wartete sie auf meine Rückkehr.

Ich habe auch einen Internetanschluss, schade nur, dass ich nicht weiß, was ich mir anschauen soll. Der blinkende Strich in dem Feld, wo man die Webadressen eingibt, wartet nur darauf, von mir in Buchstaben verwandelt zu werden, aber mein Kopf ist leer. Stumpfsinnig starre ich darauf, als hätte ich den Heiligen Gral vor mir. Ich habe keine Interessen mehr, keine Erinnerungen, ich kenne keine Webseiten, allerhöchstens noch die, die ich vor ein paar Tagen in der Küche auf dem Etikett der pürierten Tomaten gesehen habe. Dafür sind meine Freunde in der Materie umso beschlagener: In den ersten Tagen wechseln wir ständig zwischen einer Seite mit Fußballwetten und einem Onlinespiel zum Thema Pferderennen hin und her, das sogar Zwölfjährige anöden würde. Meine Abneigung gegen Videospiele setzt dem aber rasch ein Ende; was bleibt, sind die Fußballwetten, deren Interessantheitsgrad immerhin den der pürierten Tomaten übersteigt. Dabei kenne ich mich eigentlich in ziemlich vielen Bereichen aus: Ich habe eine Menge Bücher gelesen, Hunderte von Filmen gesehen, bin an zahlreiche Orte gereist und verfüge über eine beneidenswerte musikalische Bildung, aber im Angesicht dieses blinkenden Strichleins wird mein Hirn plötzlich leer, und so bleibt das Strichlein aktiv, kommt aber nicht von der Stelle, wie ein Motor im Leerlauf.

Was dagegen die Musik betrifft, so hat sich das ehemalige Zimmer meines Bruders inzwischen in ein echtes Studio verwandelt, das so eingerichtet ist, dass ich es auch alleine benutzen kann: vom Einschalten bis hin zur Anwendung sämtlicher vorhandener Geräte. Zwei Tische, auf denen das ganze Material steht, haben den Platz des Bettes eingenommen, und der Schreibtisch unter dem Fenster wurde durch ein kleines Sofa ersetzt. An der Wand neben der Tür sind die Instrumente, die Verstärker und ein paar Mikrofonständer. Ich habe ein paar Unterrichtsstunden zur Verwendung der Aufnahmesoftware genommen, und jetzt muss ich nur noch jeden Tag üben, um meine Kenntnisse zu vertiefen. Bevor ich mich vor vielen Jahren Hals über Kopf in meine musikalische Karriere gestürzt habe, arbeitete ich fast ein Jahr lang in einem Studio, wo ich die Grundlagen der Tontechnik gelernt habe: wie man mit einem Mischpult arbeitet und wie man die Mikros platziert. Diese Erfahrung kann mir jetzt nützlich sein, wenn ich mit den ersten Aufnahmen beginne. Genau, denn jetzt bin ich erst mal ganz allein. Ich habe keine Band, ich habe keine musikalischen Ideen, und selbst wenn ich welche hätte, wüsste ich nicht, wie ich sie weiterentwickeln sollte. Früher hatte ich mein Instrument und meine Hände, die es zum Singen brachten, und meinen Kopf, der sich die Melodie überlegte, und mein Herz, das genau wusste, wann eine Melodie Sinn bekam. Jetzt habe ich einen Bildschirm, eine Tastatur und eine Maus, meine Hände sind fest geschlossen und bewegungslos, mein Herz und meine Vernunft desgleichen. Jemand hat mal gesagt, ein Instrument spielen sei wie Fahrrad fahren: Man vergesse nie, wie das geht. Ich habe so viele Erinnerungen, aber der Schmerz hilft mir zu vergessen, denn vielleicht ist es ja gerade das, was ich eigentlich will: mich selbst vergessen, vergessen, dass ich existiere.

Es regnet seit Tagen.

Die Tropfen an den Fensterscheiben verschleiern die Sicht auf die Außenwelt und leuchten wie Sterne am Himmel meines kleinen musikalischen Kosmos. Stellenweise werden sie, wegen der Wärme drinnen, von beschlagenen Inseln verdeckt, die wie Nebelbänke über dem Meer aussehen. Eine solche Atmosphäre würde jeden Künstler dazu bringen, etwas Poetisches zu erschaffen, in einem Augenblick tiefster Inspiration. Ich dagegen habe mich seit Tagen hier ins Studio zurückgezogen und höre ein Stück, immer dasselbe. Ich habe es in mein Musikprogramm importiert um zu verstehen, wie die Effekte funktionieren, dabei tue ich nichts anderes, als es wieder und wieder anzuhören. Ein Stück von Radiohead mit dem Titel *Let Down*; ein Stück, das ich immer geliebt habe, weil es einen ganz besonderen rhythmischen Übergang hat, bei dem du rausfliegst, wenn du nicht sehr gut zählen kannst. Einen Fünfvierteltakt in der Strophe, der im Refrain und in der Bridge zum Vierviertel wird. Ein Stück, das man bei voller Lautstärke hören muss, das dich richtig wegföhnt. Ich hatte nie wirklich auf den Text geachtet, aber jetzt trifft er mich pfeilgerade mitten ins Gesicht. Der Refrain geht so:

„*Let down and hanging around. Crushed like a bug in the ground.*"

Und ein Teil der Strophe:

„*One day I am going to grow wings, a chemical reaction, hysterical and useless …*"

Es ist wie für mich geschrieben, so wie ich mich im Moment fühle: verlassen umherirrend, zerquetscht wie ein Insekt auf dem Boden; aber eines Tages werden mir Flügel wachsen, dank einer chemischen Reaktion, und ich werde von all dem hier davonfliegen. Aber dieser Gedanke ist hysterisch und nutzlos, denn das wird nicht passieren, und ich werde hier auf dem Boden liegenbleiben, wie ein zerquetschtes Insekt. Endlich erkenne ich mich einmal in einem Stück wieder, verliere mich darin, so wie es mir früher oft gegangen ist, wie es allen geht. Das Paradoxe ist aber, dass es Worte sind, die mich von der Musik entfernen und mich eher daran erinnern, wo ich bin und was aus mir geworden ist: Worte, die jede Hoffnung zunichtemachen. Eigentlich sollte ich mich über diesen erneuten Zugang zur Musik freuen, schließlich ist das doch meine Welt, das, was ich mir immer gewünscht habe, aber die Wirkung ist diametral entgegengesetzt. Mein Geist und mein Herz sind genauso gelähmt wie mein Körper. Ich schaffe es nur, die Leertaste auf der Computertastatur zu drücken, um das Lied immer wieder anzuhören. Eine zwanghafte Wiederholung, wie meine Tage, die alle von derselben Routine gegliedert sind, von denselben Handlungen, von denselben körperlichen Beeinträchtigungen. Ein Alptraum, in dem ich Schauspieler und passiver Zuschauer zugleich bin; ein Alptraum, aus dem es kein Erwachen gibt.

Da streichen Johannas Hände sanft über meine Brust, ihre Arme wickeln mich ein wie ein Schal. Ich habe sie nicht hereinkommen hören, die Lautstärke der Musik und meine Gedanken haben das Geräusch der Tür überdeckt:

„Was machst du da?"

„Ich hör mir ein Stück an."

„Das hab ich schon verstanden, aber warum immer dasselbe?"

„Keine Ahnung, es bringt mich zum Nachdenken, und ich weiß auch gar nicht, was ich sonst machen sollte."

„Über was denkst du denn nach?"

„Ich denke, dass das hier nichts wird. Ich hab keine Idee, weiß gar nicht, wo ich anfangen soll, die Musik tut mir nur weh und stößt mich ab. Vielleicht war's ein Fehler, hier so etwas aufzubauen, was ich gar nicht bereit bin zu verwenden, ich will das nicht, weil es Lichtjahre entfernt ist von dem, was ich gelernt hab, auch wenn es das Einzige ist ..."

Johanna legt mir eine Hand auf den Mund, wie um meinen konfusen, unzusammenhängenden Ausbruch einzudämmen. Sie setzt sich auf meine Beine und umarmt mich, während sie mir ganz leise ins Ohr flüstert:

„Niemand verpflichtet dich zu irgendwas, du suchst nur nach einem neuen Weg, das zu machen, was du kannst. Du hast doch schon ein wichtiges Ziel erreicht, indem du dir Instrumente, deine Instrumente, hierher geholt hast, das find ich schon unfassbar schwierig. Nichts ist leicht, wenn man damit anfängt, und wenn du's am Ende doch nicht schaffst, sei's drum."

Ich spüre, wie sich die Worte meines Ausbruchs, den sie aufgehalten hat, in Tränen verwandeln, die ich mühsam unterdrücke. Ich habe es satt, ihr was vorzuheulen, mich schwach zu zeigen. Ich habe mal gelesen, dass es einen wissenschaftlichen Grund dafür gibt, warum man sich nach einem tränenreichen Gefühlsausbruch entspannter fühlt: Tränen enthalten ein endogenes Opioid, ein natürliches Anästhetikum aus eigener Herstellung. Das ist es, was ich bräuchte: eine permanente Anästhesie gegen die körperlichen und geistigen Schmerzen, die mich weniger verletzlich machen würde. Für mich ist unfassbar, wie schmerzlich es für sie sein muss, mich in diesem Zustand zu erleben. Ich bin nicht mehr der, den sie damals kennengelernt hat, jeder einzelne Aspekt unseres Lebens liegt in Trümmern: Wir sind der ständigen Anwesenheit anderer ausgeliefert, in einer Wohnung, die nicht unsere ist und es auch nie sein wird; die spontanen und sorglosen Reisen, die wir so gerne unternahmen, gibt es nicht mehr; das Gleichgewicht unseres gemeinsamen Lebens mit all seinen Facetten hat sich unwiederbringlich verschoben. Die Waage hängt schwer auf Johannas Seite. Ich bin von allem und allen abhängig, aber am meisten von ihr, weil sie mir am nächsten steht. Und ich schaffe es nicht im Geringsten, ihr eine Hilfe zu sein, sondern mache im Gegenteil die Lage nur noch schlimmer mit meinen destruktiven Launen. Sie sagt immer, das, was mir passiert ist, sei jenseits aller vorstellbaren Katastrophen, und lässt dabei ihre eigenen Bedürfnisse völlig außer Acht; aber in Wirklichkeit – obwohl sie noch laufen kann – ist sie genauso wie ich gegen diesen verdammten Pfeiler geprallt. Sie hat den Mann verloren, den sie geliebt und die Zukunft, von der sie geträumt hat. Dass sie trotzdem nicht mal für einen Augenblick den Mut verloren und sich vielmehr entschieden hat, bei mir zu bleiben, beweist die unendlich große Liebe, die sie immer noch für mich empfindet. Aber da ist auch die Loyalität, die Weigerung, das sinkende Schiff zu verlassen, die unablässige Suche nach einer Lösung, um es an der Oberfläche zu halten, jetzt, da sie das Kommando übernommen hat. Manchmal frage ich mich, ob das nicht ein Kommando auf Zeit ist. Johanna ist eine junge und bildhübsche Frau, viele Männer würden alles Erdenkliche tun, um sie zu bekommen, und es wäre nicht mal Verrat, wenn sie sich entschließen würde, mich zu verlassen, sie hätte jedes Recht dazu. In Zürich habe ich mitbekommen, wie Ehefrauen und Freundinnen sich von einem Tag auf den anderen davonmachten. Das fand ich damals verachtenswert, feige, ungerecht. Heute sehe ich das anders. Okay, ein Hauch von Taktgefühl hätte nicht geschadet, aber wenn man es nicht schafft, sich mit einem Ereignis zu konfrontieren, das größer ist als man selbst, ist das keine Schuld. Der eine kriegt das hin, die andere eben nicht, Punkt, aus. Und dann bekomme ich Angst, Johanna zu verlieren, und denke, dass ich unbedingt reagieren und etwas verändern muss. Ich sage zu mir selber, nein, so kannst du doch nicht weitermachen! Du musst deine Zähne und Klauen wieder auspacken, das hast du doch immer gemacht angesichts widriger Umstände. Aber das sind Vorsätze, die nur so lange dauern wie ein Flügelschlag, dann werden sie weggefegt von einer Realität, mit der ich noch nicht klarkomme, und alles wird wieder dunkel.

Es regnet seit Monaten in meiner Seele.

Kein Sonnenschein in Sicht.

20. Ungeschickte Versuche

Ich habe mit dem Musikstudio aufgehört, zumindest vorerst. Am Computer bin ich nur noch, um im Netz zu surfen, wenn ich Lust dazu habe. Die Seite mit den Sportwetten ist immer noch sehr angesagt, aber mein Hirn fängt auch allmählich an, Bruchstücke meiner angehäuften Bildung wiederzufinden. Wenn wir in Reiseerinnerungen schwelgen, über Bücher reden, die wir gelesen haben oder uns durch unseren Vorrat an geliebten Musikstücken durchhören, recherchieren wir zusammen, Johanna und ich: Wir schauen Fotos an von Orten, die wir besucht haben, suchen nach Informationen zu Autoren, die uns gefallen haben, und zu Bands, die wir lieben. Das sind entspannte und vergnügliche Momente, in denen sich meine Aufmerksamkeit von der täglichen Routine und den quälenden Gedanken lösen kann, so als wäre die Tür zum Studio der Zugang zu einer anderen, unbeschwerteren Dimension. Das soll nicht heißen, dass ich meine Tage damit verbringe, deprimiert aus dem Fenster zu starren und über mein elendes Leben nachzugrübeln. Ich versuche, so aktiv wie möglich am Alltagsleben teilzunehmen, aber meine Situation kann ich bei all dem natürlich nicht abschütteln: Wenn ich den Hund im Park spazieren führe, schaue ich ihm gerne zu, wie er rennt, mit anderen Hunden spielt und sich im Matsch wälzt, aber ich kann auch nicht umhin, die Jugendlichen zu beobachten, die Fußball spielen, joggen oder einfach nur auf der Wiese liegen. Dabei schaffe ich es nicht, innerlich unbeteiligt zu bleiben, ich bin fixiert auf ihre Beine, ihre Hände – und beneide sie. Das sind Gemütszustände und Gefühle, die parallel immer mit dabei sind. Ich glaube, niemand stellt sich diese Zweigleisigkeit vor oder sieht sie mir gar an, und ich hüte mich davor, meine dunkle Seite – wenn ich so sagen darf – nach außen zu zeigen, aber Tatsache ist: Das alles ist da und stürzt auf meine Gedanken ein, ohne dass ich es verhindern könnte.

Ich habe auch damit aufgehört, bei Professor Schwab anzurufen. Ich kann mir die Erleichterung seiner Assistentin ausmalen, die trotz ihrer extremen Bereitwilligkeit und Freundlichkeit wahrscheinlich gedacht hat, sie hätte es mit einem Irren zu tun. Ich glaube nicht mehr, dass Schwab in absehbarer Zeit einen Weg finden wird, Rückenmark wiederherzustellen, und in Wahrheit habe ich auch nie daran geglaubt: Ich hatte bloß ein Seil gebraucht, an das ich mich klammern konnte, einen Vorwand, mich nicht bewegen und nichts mit meinem neuen Ich zu tun haben zu müssen; eine Hoffnung, denn manchmal sind es tatsächlich unsere Hoffnungen, die uns am Leben halten. Aber so wie sie uns retten, können sie uns andere Male auch blockieren: indem sie uns blind machen für den Weg, den wir nun mal einschlagen müssen. Mein Bruder dagegen ruft Schwab weiterhin an. Mehr als meinetwegen tut er das vielleicht für sich selbst, um die Illusion nicht zu verlieren, mich eines Tages wieder gesund zu sehen, um den Schmerz zu erleichtern, den er sicherlich verspürt, und aus Liebe. Unsere Telefonate zum Thema sind wenig fruchtbar: Er berichtet mir aufgeregt, und ich antworte einsilbig und ohne jedes Interesse und versuche das Gespräch so schnell wie möglich zu beenden. Ich bin überzeugt, dass meine Haltung ihn stört: Er meint, ich müsste weiterhin dranbleiben und die Entwicklungen der Forschung aus nächster Nähe verfolgen, damit ich gleich ganz vorne stehe, wenn das Wunder geschieht. Aber an Wunder habe ich für meinen Teil nie geglaubt, es gibt sie einfach nicht, und ich habe es satt, der Assistentin des Professors zuzuhören, die jedes Mal die gleichen Antworten gibt, als wäre es eine Stimme auf Band. Ich will eine neue Seite aufschlagen, weitermachen – auch wenn das manchmal nicht dasselbe bedeutet wie Fortschritt. Jedes Mal, wenn Johanna eins dieser Telefonate mitbekommt, wird sie ernsthaft sauer. Sie macht dann ein finsteres Gesicht und geht schnell aus dem Zimmer. Nur ihre gute Erziehung und der Respekt für ihren Nächsten halten sie davon ab, mir den Hörer aus der Hand zu reißen und meinen Bruder anzuschreien, er solle damit aufhören. Auch wenn sie es mir nie offen gesagt hat, denke ich, sie ist überzeugt, mein nachlassendes Interesse für die wissenschaftliche Entdeckung einer Heilungsmöglichkeit bedeute einen Schritt nach vorne bei der Akzeptanz meines körperlichen Zustands. Aber wenn es etwas gibt, das ich verstanden habe, dann ist es, dass kein Mensch in meiner Lage diesen Zustand jemals akzeptieren wird. Man ist gezwungen, damit zu leben, und das funktioniert nicht bei allen auf dieselbe Art. In meinem Fall gestaltet es sich sehr mühselig.

Was Johanna ihrerseits nicht verstanden hat, ist, dass meine Gedanken wieder zu dem kleinen Platz oben auf dem Hügel der Schweizer Klinik zurückgekehrt sind, wo ich mich oft alleine hinbegab und nach Methoden suchte, um meinem Leiden ein Ende zu setzen. Wenn sie das wüsste – ihre Reaktion darauf wage ich mir kaum vorzustellen. Denn das würde für sie bedeuten, dass ich all die Opfer verriete, die sie gebracht hat, um bei mir zu bleiben, ihre ganze Liebe, die sie mir gezeigt hat, indem sie seit dem Tag meines Unfalls nicht von meiner Seite gewichen ist. Sie würde mich sofort verlassen oder mich mit Schlägen überziehen, und mit Recht. Wenn ich das in die Tat umsetzen würde, wäre es der reine Egoismus, nicht nur ihretwegen, sondern auch wegen meiner Familie. Alle haben sie das Unmögliche möglich gemacht, um mich am Leben zu halten, die beste Klinik für mich zu finden, es mir an nichts fehlen zu lassen – ohne je auf die Kosten zu schauen. Auch sie würde ich also verraten. Aber es ist kein bewusster Egoismus. Vielmehr einer, der von Verzweiflung diktiert wird, von Verwirrung, aber vor allem von dem aufreibenden inneren Konflikt zwischen Wollen und Können. Mein Hirn funktioniert ja, und so kann ich beschließen, was ich tun und wo ich hin will, brauche aber Hilfe bei der Umsetzung jeglicher

Entscheidung. Und das gilt für neunzig Prozent der Dinge, die meine Existenz betreffen. Mein Leben liegt schon in den Händen anderer, und so sollte wenigstens der Tod nur meine Sache sein. Ich muss das letzte Wort haben, ich muss in vollständiger Autonomie entscheiden können, ob ich weitermachen will oder nicht. Das ist eine Notwendigkeit, von der ich nicht abrücken kann. Ich dachte, ich hätte diese Gedanken in Zürich begraben, dabei waren sie tatsächlich immer latent in meinem Kopf und haben darauf gewartet, von irgendetwas wiedererweckt zu werden. Dass ich die Hoffnung, wieder gehen zu können, aufgegeben habe, war der Schalter, der sie wieder aktiviert hat.

Einen Schritt nach vorne habe ich immerhin geschafft: Obwohl es mich immer noch eine gewaltige Anstrengung samt nachfolgendem niedrigem Blutdruck kostet, habe ich angefangen, die Dusche zu benutzen. Ich hatte völlig vergessen, wie sehr ich es liebe, unter einem Schwall heißen Wassers zu sein. Das ist ein wunderbares Heilmittel gegen den Urzustand von Kälte, den ich täglich mit heißem Tee bekämpfe, und so ist es mir dann auch egal, wenn ich danach einige Minuten und eine gute Dosis Effortil-Tropfen benötige, um wieder zu mir zu kommen. Auch den Nutzen des Föhns habe ich entdeckt: Früher habe ich nie einen verwendet, ich ließ die Haare – auch als ich sie sehr lang trug – lieber von alleine trocknen. Jetzt hat er den Vorteil, meinem völlig gestörten Wärmehaushalt aufzuhelfen. Und gerade der Föhn ist es, der mir ohne jeden Vorsatz die perfekte Methode präsentiert, wie ich meiner Existenz ein Ende setzen kann. Ich sitze in meinem Zimmer und versuche Zeitung zu lesen. Heute war die Pflegerin da und hat mich geduscht, abgetrocknet, angezogen und in den Rollstuhl gesetzt. Johanna ist weggegangen. Ich bin allein mit meiner Mutter, die am anderen Ende der Wohnung im Vorraum der Küche mit dem üblichen Ansturm morgendlicher Telefonate beschäftigt ist – ihre schrille Stimme überwindet sämtliche Hindernisse, ich höre sie so klar, als wäre sie hier in meinem Zimmer. Man sollte sie einstellen, um die Schallisolierung von Aufnahmestudios zu testen. Ich schließe die Tür, um in Ruhe lesen zu können. Ich habe Durst, will aber nicht in die Küche. Die Tasse von meinem Milchkaffee, den ich zum Frühstück getrunken habe, steht einsam auf dem Nachttisch neben dem Bett. Ich greife nach ihr, stelle sie auf meinen Schoß und mache mich auf den Weg ins Bad, wobei ich achtgebe, sie nicht fallen zu lassen. Vor dem Waschbecken angelangt, öffne ich den Hebel des Wasserhahns so weit es geht, halte die Tasse darunter und warte, bis der starke Wasserstrahl die Reste der zuckrigen Mischung entfernt hat.

Während die zunächst schlammfarbene Flüssigkeit, die aus der Tasse überläuft, dank dieses mechanischen Spülvorgangs immer klarer wird, fällt mein Blick auf den Föhn. Die Pflegerin hat ihn, statt ihn wie sonst in die Schublade zurückzulegen, eingesteckt auf dem Bord neben dem Waschbecken liegen lassen. Als wäre ich ein Mathematiker vor der perfekten Gleichung oder ein Ermittler im Angesicht des Beweises, der den Fall löst, wird mir plötzlich alles glasklar. All die Stunden, die ich mit komplizierten Erwägungen und fruchtlosen Überlegungen vergeudet habe, lösen sich im Nichts auf. In wie vielen Filmen habe ich diese Szene mit dem laufenden Föhn gesehen, der zum Töten in die Badewanne geworfen wird; wie oft hat mir meine Mutter, als ich klein war, eingeschärft, in der Nähe von Wasser nicht mit dem Föhn herumzuspielen. Das ganze Bad ist ins Dunkel getaucht, und wie in einer Theaterszene beleuchten zwei Spots das unablässig weiterfließende Wasser und den Föhn. Das ist es, wieso bin ich nicht schon längst darauf gekommen! Ich musste mich nicht einmal besonders bemühen, einen Plan zu entwerfen, er wurde mir ja quasi schon fertig serviert: der Tod auf dem Silbertablett.

Ja, der Tod: Ihn habe ich schon aus nächster Nähe gesehen. Zum ersten Mal im Traum: Ich war im Krankenhaus in Terni, zwei große Pfleger hatten mich auf eine Trage gehievt und in einen riesigen leeren Kinosaal gebracht. Dann hatten sie mich in einen bequemen Sessel gesetzt und mit einem Metallbügel fixiert wie in der Achterbahn. Neben dem Sessel war eine Wand, die nun ihre Gestalt veränderte und sich mehr und mehr in ein Dämonengesicht verwandelte, das auf mich zukam. Um es zurückzudrängen und zum Verschwinden zu bringen, musste ich es anpusten, aber nach und nach blieb mir der Atem weg, ich fühlte mich schwach und fürchtete, es könnte mich verschlingen, wenn ich ohnmächtig würde. Ich schloss die Augen und hoffte, es würde verschwinden, aber stattdessen hörte ich, wie die Wand sich wieder umgestaltete, und als ich wieder hinschaute, war das Gesicht immer noch da, bedrohlich und real. Auch das zweite Mal war auf der Intensivstation in Terni: Ich war umgeben von sterbenden Körpern, und da war der Tod wieder – diesmal unsichtbar – und wartete geduldig darauf, jemanden mitzunehmen. Ich nahm seine Anwesenheit und seinen stechenden Geruch wahr, und vielleicht bemerkten ihn auch die bewusstlosen Körper, die auf dem Rand über dem Abgrund balancierten. Aber sie konnten nicht mehr gegen ihn kämpfen – ich schon. Ich habe ihn aus nächster Nähe gesehen, den Tod, und seither macht er mir keine Angst mehr.

Ich sollte der Pflegerin ein Dankeskärtchen hinterlassen, aber das wäre eine grundlose Gemeinheit, die Schuld würde sie unter sich begraben wie eine Lawine. Dabei hat sie keine Schuld, niemand hat Schuld, es ist allein meine Entscheidung – in aller Klarheit und bei vollem Bewusstsein. Außerdem ist es ja nicht gesagt, dass es jetzt sofort passieren muss, ich muss nur einen Modus finden, es ohne die Hilfe einer anderen Person bewerkstelligen zu können, wann immer ich es will. Aber Moment, das muss ich nun erst mal genauer überprüfen. Zuerst mal muss ich es hinkriegen, dass das Waschbecken sich füllt, allein mit dem Wasserstrahl kann es nicht funktionieren. Also stelle ich die Tasse auf den Abfluss, um ihn zu verschließen. Heute ist ein wunderschöner Tag. Das Badfenster hat keine Gardinen, und die

Mittagssonne scheint herein, erleuchtet es mit ihrer Wärme, die sich überall verbreitet und eine Atmosphäre erzeugt, die das Leben preist. Besser, es würde regnen, dann hätte ich es leichter. Das Wasser steigt schnell, ich muss den Wasserhahn schließen, damit das Becken nicht überläuft. Das hier war das Bad meines Vaters, er verbrachte Stunden darin, um sich den Bart zu stutzen, die Haare im Waschbecken zu waschen und lange Wannenbäder zu nehmen. Noch Monate nach seinem Tod konnte ich beim Hereinkommen seinen Geruch wahrnehmen. Dann setzte ich mich auf den Badewannenrand, schloss die Augen und stellte ihn mir dort vor, wie er sich vor dem Spiegel zurechtmachte. Keine Ahnung, was er sagen würde, wenn er mich jetzt sehen könnte, ob er zornig würde oder Verständnis hätte für meine Tat.

Ich schiebe den Föhn über die Ablage, bis er mir auf die Beine fällt. Mit einer Hand halte ich ihn fest, und mit der anderen verpasse ich ihm Schläge auf den Schalter, bis er angeht. Ich bekomme einen Schwall heiße Luft ins Gesicht. Und was, wenn es nicht so funktioniert wie im Film? Wenn die Warnungen, die ich als Kind gehört und befolgt habe, jeglicher Grundlage entbehren? Schließlich habe ich es selbst noch nie gesehen und auch noch nie von jemandem gehört, der auf diese Weise ums Leben gekommen ist. Es hilft nichts, ich muss es ausprobieren. Ich klemme den Föhn zwischen Hände und Handgelenke und lege ihn auf den Rand des Waschbeckens. Ich schaffe es nicht, ihn mit einer Hand festzuhalten, das heißt ich muss ihn zuerst ins Wasser werfen und danach meine Hand hineintauchen. Ich schaue in den Spiegel: Ich bin blass im Gesicht, mager, mit hervorstehenden Wangenknochen, wie ich sie niemals hatte. Mein Blick ist traurig und erloschen, wie könnte es auch anders sein, angesichts dessen, was ich vorhabe. Schließlich hat man noch nie von jemandem gehört, der glücklich lächelt, während er sich das Leben nimmt. Allerdings – wirklich wissen kann man es nicht, denn kein Selbstmörder verschickt Einladungen, damit man seinem letzten Auftritt beiwohnen kann. Das Geräusch des Föhns auf dem Porzellan des Waschbeckens wird lauter, als würde er schreien – aus Angst vor dem Tauchgang, der auf ihn wartet. Ich gebe ihm einen Schubs mit beiden Händen. In dem Augenblick, als er das Wasser berührt, gibt es einen trockenen Schlag, einen Haufen Funken, und der Strom fällt aus. Das kapier ich jetzt nicht. Was zum Teufel geht hier vor? Ich rolle nach hinten und versuche, den Lichtschalter zu betätigen, aber das Licht geht nicht an. Da höre ich meine Mutter aus dem Wohnzimmer rufen:

„Was ist denn hier los, der Strom ist weg?"

Ich kriege Panik, sie darf den Föhn im vollen Waschbecken nicht sehen. Ich klemme das Stromkabel in meine Faust, fische den noch qualmenden Föhn raus und balanciere ihn in eine wacklige Position zwischen Ablagebord und Waschbeckenrand; ich hebe die Tasse an, damit das Wasser abfließt, und stelle sie dann wieder genauso hin; dann versetze ich dem Föhn einen Schlag, damit er wieder ins Becken fällt, er bleibt neben der Tasse liegen. Schon höre ich die schnellen Schritte meiner Mutter im Flur. Sie platzt ins Bad:

„Der Strom ist weg!"

„Ja, ein kleines Missgeschick."

Sie blickt aufs Waschbecken und reißt die Augen auf:

„Was macht denn der Föhn im Waschbecken?"

„Ich hab doch schon gesagt, ich hab eine Dummheit gemacht, ohne zu überlegen: Ich hatte Durst und bin ins Bad, um Wasser aus der Tasse zu trinken. Während ich sie ausspülte, hab ich gedacht, ich nehme solange den Föhn, um mich ein bisschen zu wärmen. Mit viel Mühe hab ich ihn angekriegt, und als ich ihn auf mich richten wollte, da ist er mir ausgerutscht und ins Becken gefallen, unter das laufende Wasser", und ich werfe ihr einen unschuldigen Blick zu wie aus dem Buch „*Cuore*"[5], in der Hoffnung, dass sie meinen improvisierten Bericht schluckt.

---

5 Nationalistisch-moralisierender „Roman für die Jugend" von Edmondo de Amicis (1846-1908), A.d.Ü.

„Lorenzo, sag mal, spinnst du? Dich hätte der Schlag treffen können, zum Glück haben wir hier einen FI-Schalter im Haus!"

„Einen FI-Schalter?", jetzt bin ich derjenige, der die Augen aufreißt.

„Du weißt echt nicht, was das ist?"

„Nein, Mamma, sonst würde ich dich nicht fragen."

„Das ist eine Vorrichtung, die bei der geringsten Spannungsänderung automatisch den Hauptschalter ausschaltet, eben um zu verhindern, dass einen der Schlag trifft."

„..."

„Was für ein Zirkus, jetzt müssen wir einen neuen Föhn kaufen", sie steckt ihn aus und nimmt ihn aus dem Waschbecken.

„Nicht so schlimm, zum Glück gibt's den FI-Schalter."

„Du hättest ja auch mich nach einem Glas Wasser fragen können."

„Ich wollte es selber machen, und außerdem hab ich mich nicht getraut, dich beim Telefonieren zu stören."

„Das kommt von deiner Selbermacherei: Fast hätt dich der Stromschlag getroffen, du kannst dem FI-Schalter dankbar sein und deiner Mutter, die ihn hat installieren lassen."

„..."

Der Scheiß-FI-Schalter hat mir gerade noch gefehlt, und jetzt soll ich auch noch dankbar sein. Was ist das hier, eine Verschwörung? Wenn mir endlich unerwartet das in den Schoß fällt, wonach ich seit Monaten gesucht habe, dann will's der Zufall, dass das Ganze buchstäblich in Rauch aufgeht. Der Zufall in Gestalt einer elektrischen Vorrichtung. Da habe ich mich nun bis ins Letzte um die Gestaltung meines finalen Aktes bemüht, nur um jetzt festzustellen, dass alles nur verlorene Zeit war. Jeglicher Plan, der mit der häuslichen Stromversorgung zu tun hat, ist hiermit hinfällig. Alessandro hat also doch recht gehabt: Ich bin tatsächlich ein armes Schwein. Ein Unglücksrabe im Leben wie im Sterben, dazu verdammt, ein Leben weiterzuleben, das ich hasse. Ich werde mir was anderes überlegen müssen.

Als Johanna von der Geschichte erfährt, regt sie sich furchtbar auf, zeigt sich aber auch beeindruckt von meiner Unternehmung in vollständiger Autonomie. Es scheint, als würde sie meiner Version des Vorgangs Glauben schenken, auch wenn ich mir da nicht ganz sicher bin. Wenn sie Theater gespielt hat, dann war sie wirklich großartig. Ich werde es feststellen, wenn sie anfängt, mich ab jetzt mehr als nötig zu kontrollieren.

Wieder ist es Zufall, dass mein nächster Versuch ausgerechnet in ihrer Anwesenheit stattfindet. Fast schäme ich mich, davon zu berichten, wegen des wirklich peinlichen Ausgangs. Es kommt oft vor, dass wir Spaziergänge im Viertel unternehmen. Wir wohnen in einer sehr schönen und ruhigen Gegend: ein grüner Hügel über der Stadt, im Vordergrund die Kuppel des Petersdoms. Die Hauptstraße ist berühmt wegen des perspektivischen Spiels mit dem Blick auf die Riesenkuppel: Wenn man von weiter weg kommt, nimmt sie den ganzen Horizont ein, und man hat den Eindruck, sie mit Händen greifen zu können; aber je mehr man sich nähert, desto weiter rückt sie weg, und am Ende der Straße – dort, wo der leichte Abstieg vom Hügel hinunter in die Stadt beginnt – kann man sie dann in ihrer realen Größe und Distanz bewundern, umgeben von Palästen und den Hunderten kleiner Kuppeln, die überall verstreut sind wie Soldaten zur Verteidigung des Hauptquartiers. Wie alle Stadtteile haben auch wir unsere eigenen Geschäfte: Zeitungs- und Gemüsehändler, Metzgerei, Kaffeebar, Immobilienagentur, Friseur, Tierarzt. Alles zu Fuß erreichbar. Alles, oder fast alles, teurer als normal. Sie finden alle, die Tatsache, dass sie auf dem Hügel ihre Dienste anbieten, berechtige sie zu überhöhten Preisen: Aus diesem Grund vermeide ich tunlichst, außer im Notfall, bei ihnen einzukaufen. Andererseits haben mich diese Händler aufwachsen sehen, und deshalb ist es doch immer nett, ein bisschen mit ihnen zu plaudern. Wenn wir auf einen Espresso in die Bar gehen, kommen wir beim Friseur vorbei, beim Gemüsehändler und beim Metzger, der vor dem Eingang einen kleinen Hof hat, mit einer Bank und

Stühlen: die Tratschkammer des Viertels. Auf dem Rückweg von einem dieser kleinen Ausflüge steuern wir auf den Zeitungskiosk zu, nur zehn Schritte von unserem Gartentor entfernt. Während Johanna Zeitschriften durchblättert und überlegt, welche sie zusätzlich zu den üblichen Tageszeitungen kaufen soll, starre ich auf den Bus, der das Viertel bedient und gerade an der Endstation am Ende der Straße steht. Ich kann mich erinnern, dass man sich in Zürich vor Straßenbahnen und Bussen immer sehr in Acht nehmen muss, vor Letzteren besonders, wenn sie mit voller Geschwindigkeit auf ihrer eigenen Spur unterwegs sind: Wenn du die Straße auf dem Zebrastreifen überquerst, kein Problem; wenn du es aber wagst, in den verbotenen Bereichen über die Straße zu wollen (also überall außerhalb der Zebrastreifen), musst du extrem flott sein, sonst wirst du nicht nur überfahren, sondern bist auch noch selber schuld. Nicht selten hörten wir von Leuten, die angefahren wurden und dabei ums Leben kamen, sogar direkt vor der Klinik war das schon passiert. Deshalb überboten sich alle mit Ermahnungen, sobald wir zu Fuß den Klinikbereich verließen. Soll heißen, die Züricher Busfahrer waren der Inbegriff der Erbarmungslosigkeit. Aber unsere sind auch nicht ohne, und wenn man einem Bus bei hohem Tempo ins Gehege kommt, ist das sicherlich fatal. Während ich mich noch in abenteuerlichen statistischen Berechnungen zur Mortalitätseffizienz bei dieser Sorte Unfall ergehe, bemerke ich auch schon, dass das Gefährt die Endhaltestelle verlassen hat und auf mich zukommt. Stefans Worte schießen mir durch den Kopf wie ein schräges Mantra:

„Aber was ist, wenn du dann nicht tot bist? Wenn du dir nur noch mehr wehtust?"

Ich versuche sie zu verscheuchen, indem ich mit einem Arm fuchtele, als wären es lästige Fliegen. Ich drehe mich kurz zu Johanna um, die immer noch in Zeitschriften blättert. Der Gedanke daran, wie schlimm es wäre, das jetzt direkt neben ihr durchzuziehen, streift mich nicht einmal peripher. Vielleicht weil mir unbewusst schon klar ist, dass dieser Versuch nur scheitern kann, fast ist es eine Art makabres Spiel geworden, die Suche nach starken Gefühlen, wie ich sie sonst nicht mehr empfinde, wie nichts anderes sie mehr in mir auslösen kann.

Auf halber Strecke ist noch eine Haltestelle, nach der der Bus mit der Nummer 982 beschleunigt und am Zeitungskiosk vorbeifährt. Ich mache mich ganz klein. Das neben mir geparkte Auto müsste mich verdecken, bis der Moment gekommen ist, die Bühne zu betreten. Ich höre, wie der Lärm des orangefarbenen Monsters näher kommt und an Lautstärke zunimmt wie bei den Zügen, die bei vollem Tempo ohne anzuhalten durch den Bahnhof fahren. Der Moment ist da. Ich schiebe mich so schnell ich kann Richtung Straßenmitte. Aber da, wo ich starte, ist eine kleine, fast unmerkliche Steigung; einmal, zweimal, dreimal schieben; die Anstrengung löscht jedes Geräusch, jede Vorstellung, jede Empfindung aus; ich spanne die Muskeln maximal an und gebe mir den letzten Schub, den finalen, nach dem ich dann ... aber es passiert nichts. Ich hebe den Kopf, und da steht der Bus mit seinem leuchtenden Nummernfeld, nicht einmal besonders nah. Und ich bin nicht weiter gekommen als nur einen Schritt weg von dem geparkten Auto. Der Busfahrer schaut aus seinem Führerhaus zu mir runter und gibt mir mit unmissverständlichen Gesten zu verstehen:

„Sag mal, bist du bekloppt (Handfläche wedelt vor Gesicht auf und ab)? Vielleicht guckst du mal erst, bevor du losfährst (Finger zeigen erst auf Augen, dann auf Straße)? Also los jetzt, rüber (Handfläche wedelt in die entsprechende Richtung)."

Er hatte mich also gesehen und meine Absicht schon lange vorher begriffen. Er hatte sich nicht mal die Mühe einer Vollbremsung gemacht, war ja auch nicht nötig. Verlegen schaue ich ihn an und mache ihm ein Zeichen, er solle weiterfahren, während ich langsam rückwärts rolle. In seiner ganzen Stattlichkeit fährt er an mir vorbei. Ich wende mich zum Zeitungskiosk, da steht Johanna schon vor mir, Zeitungen unterm Arm, ernstes, strenges Gesicht:

„Was zum Teufel machst du da?"

„Ich hab mal die Reflexe beim Busfahrer ausgetestet", ist der erste Scheißdreck, der mir einfällt.

Sie schaut mich noch einen Moment lang an, dann geht sie mit entschiedenen Schritten auf unser Haus zu. Das normale Verfahren ist, dass sie die Zeitungen auf meinen Beinen ablegt und mich schiebt, aber jetzt lässt sie mich einfach stehen. Schweigend fahre ich ihr hinterher, das ist noch anstrengender als gerade eben. Sie öffnet das große automatische Tor und läuft weiter. Zum Glück geht es am Anfang bergab, so dass ich sie gerade noch erreiche, bevor ich anhalten muss.

„Von hier ab schaff ich's nicht alleine."

Sie dreht sich brüsk um und faucht mich an:

„Ach, du schaffst es also nicht? Dich wie ein Arschloch zu benehmen, das schaffst du aber ganz prima! Was wolltest du da eben beweisen, hm?"

„Nichts, es war nur ein Spiel."

„An sowas hast du vielleicht Spaß, Lorenzo, aber ich nicht."

„Hey, du hast mich missverstanden, ich wollte nicht ..."

„Du wolltest was nicht? Dir was antun? Weißt du eigentlich, was du *mir* da antust? Es zählt für dich also überhaupt nicht, dass ich da bin – was zum Teufel mach ich dann noch hier?"

„..."

Sie hat ja recht, aber ich habe keine Lust, ihr zu erklären, was ich fühle. Lieber bin ich still.

„Schon mal drüber nachgedacht, dass ich auch ein Teil von dieser Geschichte bin?"

„Ja, schon, aber du bist nicht gelähmt", jetzt werde auch ich laut.

„Oh doch, das bin ich wohl, aus hundert anderen Gründen. Wie wär's, Lo, wenn du mal reagieren würdest, statt hier rumzusitzen und den Mund nicht aufzumachen", den letzten Satz sagt sie ganz ohne Zorn und läuft weiter.

Das stimmt, ich mache den Mund nicht auf, das habe ich auch vor dem Unfall nicht. Ich glaube, zweimal ist es vorgekommen, da war sie richtig glücklich. Ich hatte ihr von meinem Vater erzählt, oder besser gesagt, ich hatte sie vollgeheult mit dem ganzen Schmerz, der sich nach seinem Tod in mir angestaut hatte, auch noch nach Jahren. Ein unaufgelöster Schmerz, der sich oft in gefährlichen Grenzüberschreitungen Bahn brach. Alles in mich reinzufressen, war immer eine Eigenschaft von mir, und das ist es auch jetzt noch, sogar noch mehr als früher. Um genau zu sein, hatte ich auch noch ein drittes Mal geredet, an dem Regentag im Studio, als ich immer dasselbe Lied anhörte, und auch das war für sie ein glücklicher Moment gewesen.

Ich bleibe dort stehen, wo sie mich zurückgelassen hat. Wir haben in der letzten Zeit öfter mal gestritten, aber dieser Satz hat mich getroffen. Vor allem das mit den hundert Gründen, die natürlich keine hundert sind, die ich aber nur allzu gut kenne. Denn der Ausbruch von heute betrifft nicht nur die Sache mit dem Bus, sondern umfasst eine ausweglose Situation, in die unsere ganze Beziehung geraten ist, und deren Tragweite ich erst jetzt erfasse. Ich begreife auch, dass nur ich ganz alleine daran schuld bin. Du hast recht, Johanna, ich sitze hier rum und kriege den Mund nicht auf, und ich weiß nicht, ob ich überhaupt nochmal reden werde.

21. Sex

In den ersten Monaten in Zürich, die ich größtenteils im Bett verbracht habe, umgeben von dem künstlichen Urwald aus größeren und kleineren Schläuchen, dachte ich nicht viel daran. Ich lachte über die Witze meines Bruders, wenn er sich über die Schwestern lustig machte, denn die wurden, wenn sie mich wuschen oder meine Blase leerten, nicht selten mit meinem erigierten Pimmel konfrontiert, wobei sie nicht wirklich professionelle Gesichtsausdrücke an den Tag legten.

Ich kann mich jedoch sehr gut an den genauen Moment erinnern, an dem ich wieder angefangen habe, an Sex zu denken. Ich lag auf dem Bett und schaute fern. Ich weiß nicht, warum, aber meine Schwester Roberta und meine Mutter redeten darüber. Zerstreut folgte ich ihrem Gespräch, bis ich diesen Satz meiner Mutter vernahm:

„Es ist doch nicht schlimm, dass er nichts mehr spürt, er hat dann spirituellen Sex, das ist sowieso der schönste."

Ich schaute weiter auf den Fernseher und tat so, als hätte ich nicht mitbekommen, dass sie von mir redete, dabei verspürte ich eine plötzliche Wut auf sie. Ich hasste sie aus tiefstem Herzen. Mach ihn doch selber, deinen spirituellen Sex! Und überhaupt, was für eine Scheiße soll das eigentlich sein, spiritueller Sex? Ich will den normalen wieder, den ich bis vor einigen Monaten gehabt habe und der mir jetzt vorkommt wie eine ferne Erinnerung. Meine ganze unterdrückte Lust brach sich da plötzlich Bahn, mit der überschäumenden Wucht eines Vulkanausbruchs. Ich konnte es kaum erwarten, es auszuprobieren, um zu schauen, was noch ging. Mit meiner Familie habe ich nie über Sex geredet, sondern alles alleine gelernt. Der bloße Gedanke, mit meinen Eltern auf dieses Thema zu kommen, war mir schon peinlich, wir hatten kein so vertrautes Verhältnis, wahrscheinlich war das sogar meine Schuld. Als Kind, ich weiß nicht mehr in welchem Alter, aber ich war wirklich noch klein, schaltete ich jeden Sonntagmorgen einen privaten TV-Sender ein, der in Endlosschleife zwei Musikfilme zeigte: *Hair* und *Tommy*. Der erste war über die amerikanischen Hippies, der zweite eine Rockoper von The Who, einer englischen Band, die in den Siebzigern sehr angesagt war. Das waren nun beides keine besonders kindgerechten Filme, aber während die Rockoper mir eine Riesenangst einjagte, riss *Hair* mich mit: wegen der wunderschönen Lieder, der Farben, all dieser Leute mit superlangen Haaren. Ich kapierte nicht viel von dem, was ich sah und hörte, zumindest am Anfang, und deshalb stellte ich meinen Schwestern peinliche Fragen, worauf diese sich sogleich mit den ausgefallensten Ausreden vom Acker machten. Man muss sich einfach mal ein Kind vorstellen, das in aller Unschuld Sachen fragt wie: Was ist ein Cunnilingus? Und was heißt Päderastie? Und die Heilige Orgie des Kamasutra? Und Masturbation? Da blieb nichts anderes als die Flucht. Zum Glück bin ich auf alles selber draufgekommen.

Ich erinnere mich an die erste Nacht, die ich mit Johanna wieder in einem Bett verbrachte, oder besser gesagt in zwei für den Anlass aneinandergeschobenen Betten. Da war ich noch in der Klinik in Zürich. Die Episode meines Besuchs in Johannas Zimmer hatte meine sexuellen Fantasien sicherlich etwas erkalten lassen, nicht jedoch den Wunsch, zusammen zu sein. Es war ein Prozess, der Zeit brauchte, auch er gehörte zur physischen und psychischen Reha, mit der ich mich herumschlug, und es gab keine magische Formel oder einen Schalter, den ich umlegen konnte, um ihn zu beschleunigen: Die Zeit war der einzig determinierende Faktor. Die Zeit, die in dem Universum, in welches ich katapultiert worden war, einen ganz anderen Rhythmus hatte. Der war manchmal unerträglich langsam und bestand aus endloser Warterei, Stagnation bei den Fortschritten, Phasen der Bewusstlosigkeit: eine Zeit außerhalb der Zeit. Ich hatte Stefan meinen Wunsch anvertraut, eine Nacht mit Johanna zu verbringen. Offiziell war das nicht möglich: Da waren die Regularien der Station ganz strikt, es durften keine Familienmitglieder in den Patientenzimmern übernachten. Stefan waren die Regularien wurst, zumal ich ja das Glück hatte, ohnehin alleine ein Doppelzimmer zu belegen. Wir hatten ausgemacht, dass er bei seinem nächsten Nachtdienst auf Station eine inoffizielle Übernachtung Johannas in meinem Zimmer organisieren würde. Ich glaube, es machte ihm großen Spaß, meine Ideen in die Tat umzusetzen, er hatte wohl noch nie so einen Revoluzzer als Patienten gehabt wie mich. Außerdem hatten wir eine echte Freundschaft geschlossen, und die sollte auch über die Jahre andauern. Vor allem aber hegte er dieselbe Abneigung gegen die Stationsschwester wie ich, und so war ihm jegliche Aktion herzlichst willkommen, die deren Regeln außer Kraft setzte. Es dauerte nicht lange, bis der Tag gekommen war. Zur Sicherheit hatten wir abgewartet, bis die Stationsschwester nicht nur die Station, sondern auch gleich das Krankenhaus verlassen hatte, und dann mit den Vorbereitungen begonnen. Dabei gab es eigentlich nicht viel zu tun, man musste nur die Betten zusammenschieben und mit der elektrischen Fernbedienung auf dieselbe Höhe einstellen. Aber Stefan nahm es besonders genau, er wollte auch eine schöne Atmosphäre schaffen, um den Regelverstoß bis ins Kleinste zu genießen:

„Wenn man schon ungehorsam ist, dann muss man es auch ernsthaft und mit System machen", hatte er zu mir gesagt, während er sich versicherte, dass die Betten perfekt verbunden waren und wie ein echtes Doppelbett aussahen. Er hatte auch die Vorhänge rund um die Betten zugezogen, die der Privatsphäre des Patienten dienen sollen. Mit ein wenig Fantasie konnte man sich vorstellen, unter einem Moskitonetz an einem nächtlichen Strand zu liegen, mit den Sternen als einziger Lichtquelle. Als Johanna reinkam, zog sich mein allerliebster Stefan alsbald zurück, jedoch nicht ohne eine letzte Empfehlung zu hinterlassen:

„Ich weiß, dass es nicht nötig sein wird, aber wenn irgendwas ist, dann klingelt. Heute Nacht bin nur ich hier, insofern braucht ihr nicht befürchten, dass irgendjemand reinplatzt. Viel Vergnügen!"

Er war richtig glücklich, dieses kleine Ereignis für uns organisiert zu haben, und wir waren es auch. Ich hatte den Überblick über all die Monate verloren, die seit dem letzten Mal vergangen waren, dass wir miteinander geschlafen hatten, diese Nacht war so lange her, dass sie wie eine Erinnerung in Schwarz-Weiß erschien, eine Postkarte aus einer anderen Epoche. Eine ganz besondere Nacht, so wie es auch die heutige war. Die Verlegenheit unseres ersten Versuchs war verschwunden und hatte die Bühne unser beider großer Lust überlassen, endlich mal wieder zusammen zu sein. Johanna warf sich auf das breite Riesenbett und umarmte mich. Das Zimmer wurde vom gelblichen Licht der Gartenlaternen erleuchtet, das durch die Fensterfront hereinschien und uns ein äußerst romantisches Halbdunkel bescherte. Da schoss mir plötzlich ein Gedanke durch den Kopf, und ich lachte in mich hinein.

„Was gibt's zu lachen?"

„Ich hab grade gedacht, wir sollten uns vielleicht an dem Sex-Video ein Beispiel nehmen, das Claudia uns gezeigt hat."

Johanna brach in schallendes Gelächter aus, und ich lachte mit. Vor einiger Zeit hatte Claudia uns eine kleine Doku über Sex vorgeführt. Mehrere Paare, bestehend aus je einer wirbelsäulengeschädigten und einer gesunden Person, hatten sich in ihren intimen Momenten filmen lassen. Zwei Szenen waren mir in Erinnerung geblieben: In der ersten kommt ein Herr in den mittleren Jahren in seinem elektrischen Rollstuhl sitzend in die Küche und steuert auf seine Frau zu, die am Herd mit Töpfen hantiert. Nachdem sie ein paar Worte gewechselt haben, legt sie sich mit gespreizten Beinen auf den Esstisch, und er schiebt sich dazwischen, bis sein Kopf unter ihrem schwarzen Rock verschwindet. In der zweiten sitzt ein jüngeres Paar, er Tetraplegiker, in der Badewanne. Er mit dem Rücken zu ihr zwischen ihren Beinen, während sie ihn leidenschaftlich streichelt, was er sichtlich genießt. Die gesamte Doku, aber besonders diese beiden Szenen, hatten mich traurig gemacht. Da war so gar nichts Sinnliches und Verlockendes in diesen Akten. Der in der Küche zeigt einen rein mechanischen Vorgang ohne jegliche Gefühlsbeteiligung, während der in der Wanne zwar sehr gefühlsbetont ist, aber dafür eine extrem schwierige Stellung. Als ich das sah, fragte ich mich, wie viele Leute es gebraucht hatte, um ihn in die Wanne zu bugsieren. Wäre es nicht auch etwas einfacher gegangen? Also, wenn einer sowieso schon eingeschränkt ist, dann vergeht ihm durch diese Doku noch der letzte Rest an sexuellen Anwandlungen. Ich hatte Claudia geraten, sie nie wieder jemandem zu zeigen, viel besser sei es doch, mit der eigenen Fantasie zu arbeiten. Dabei war die Botschaft doch einfach nur die: Wir mögen es auf diese Art, finde du deine eigene; du sollst aber auf jeden Fall wissen, dass man trotz allem sexuell aktiv sein kann. Sagen wir so, dieser erste Kontakt mit dem Thema hatte unsere Laune etwas verdüstert. Auch weil eine Penetration weder gezeigt, noch erwähnt wurde. Keine Erektion, kein Fick. Das war uns beiden aufgefallen, aber wir hatten es nicht angesprochen.

Meine ironische Andeutung hatte uns den leichten spielerischen Kick gegeben, der noch fehlte. Wir fingen an, uns leidenschaftlich zu küssen, sie hatte sich ausgezogen und mir geholfen, das T-Shirt über den Kopf zu ziehen, das einzige Kleidungsstück, das ich trug. Ihr warmer Körper auf meinem – da, wo ich ihn spüren konnte – und ihr Duft versetzten mich sofort in eine andere Welt zurück, wo alles ganz natürlich und in perfekter Harmonie geschah. Ich war nicht mehr in diesem Zimmer, auch nicht mehr im Krankenhaus. Es gab keine Grenzen mehr: Türen, Wände, Häuser und Straßen waren verschwunden. Das Bett hing im Himmel zwischen den Wolken; oder in einem Dschungel, wo der Gesang der Vögel den musikalischen Hintergrund bildete; oder in einem Sonnenblumenfeld voller sommerlicher Wärme; oder an einem Strand am Meer, dessen Wellen uns mit dem Geräusch ihres flüssigen Mantras wiegten. Ich küsste ihren Hals wieder und wieder, ohne mich um die Knutschflecken zu kümmern, die auf ihrer Haut zurückbleiben würden, und sie ließ mich gewähren, überschwänglich und glücklich wie ich selbst. Sie bekam sofort mit, dass ich weiter nach unten wollte, um ihre Brüste zu küssen, und rutschte nach oben, damit ich sie erreichte. Während ich mit ihren Brustwarzen beschäftigt war, flüsterte sie mir leise einen rührenden Satz ins Ohr:

„Du hast gar nichts verloren, mein Liebster, du hast gar nichts verloren."

Ich antwortete ihr, indem ich sie so fest drückte, wie ich nur konnte, und sie erwiderte es; dann ging es weiter runter zu ihren Hüften, in die ich hineinbiss, zu ihrem Bauchnabel, den ich küsste, während sie noch weiter nach oben rutschte, um mir auf meinem Weg behilflich zu sein. Bis sie schließlich rittlings über meinem Gesicht zu sitzen kam und sich am Teleskoparm des Fernsehers festhielt, während ich meine Zunge in ihrem Geschlecht versenkte. Ich stillte meinen Durst mit der süßen Flüssigkeit ihrer Liebe, die mir in den Mund und seitlich an meinen Lippen vorbeifloss, meine Barthaare benetzte und dort einen Duft hinterließ, den ich längst vergessen hatte, der mir aber jetzt nach nur einem Augenblick so vertraut vorkam, als hätte ich nie aufgehört, ihn in mich aufzunehmen. Ihr lautes Luststöhnen und ihre Hand, die von dem Teleskoparm runter auf meinen Kopf gewandert war, sich in meine Haare krallte und fest daran zog, all das riss mich im Geiste mit, so dass ich ihre Lust mitempfinden konnte. Dann ließ sie sich zurück aufs Bett fallen, erschöpft und mit einem Lächeln auf den Lippen. Sie streckte eine Hand aus, um mir den Bart zu trocknen, wie sie es immer tat, und küsste mich leidenschaftlich. An jenem Abend waren wir nicht weiter gegangen, vielleicht weil wir unbewusst vom Fehlen einschlägiger Bilder in der Doku geprägt waren; oder vielleicht war es auch einfach in Ordnung so, vielleicht mussten wir stufenweise vorgehen, ohne Hast. Da wussten wir noch nicht, dass es noch sehr lange dauern würde, und dass auch hier der Aufstieg auf den Berg voller Hindernisse war, die ebenso viele Abstürze nach sich ziehen würden. Wir schliefen ein, eng umschlungen und lustvoll ineinander verschraubt, so verliebt wie nie zuvor. Als ich beim Aufwachen die Stationsschwester hörte, wie sie auf dem Flur ihre geballte Missbilligung für diesen ungeheuerlichen Regelverstoß hinausschrie, war das für mich der Orgasmus, zu dem es in der Nacht nicht gekommen war. Das Vergnügen dauerte weiter an, als ich auf dem Weg zum Trainingsraum an ihr vorbeikam und auf ihren strengen Blick mit einem Grinsen seltener Befriedigung antwortete.

Selbst in der letzten Phase der Reha in Zürich, als ich die Wochenenden in der von uns angemieteten Wohnung verbrachte, war es mit unseren intimen Momenten nicht vorangegangen. Oft ging es mir körperlich nicht gut, aber auch wenn ich – was selten vorkam – gerade keine Probleme hatte, gab es eine Art psychologische Barriere, die mich daran hinderte, den vollständigen Geschlechtsakt in Erwägung zu ziehen. Der Verlust der Empfindungsfähigkeit meiner Haut war einer der Faktoren, die mein Interesse für den Akt als solchen eher gering hielten, und dazu ließ ein unbewusster Egoismus keinen Raum für den Gedanken, dass Johanna ihre Empfindungsfähigkeit ja nicht verloren hatte, genauso wenig wie ihr natürliches Bedürfnis nach gewissen Berührungen. In Wirklichkeit handelte es sich allerdings nicht um Egoismus, und sei er auch unbewusst, sondern um eine Überdosis an unvermeidlichem Selbstmitleid, gepaart mit der Unfähigkeit, meinem neuen Zustand in irgendeiner Form etwas Konstruktives abzugewinnen – dafür konnte ich einfach keinen ausreichenden Grund erkennen. Die körperliche Reha kam voran, während mein Kopf jedoch weiterhin den Stand der Dinge ablehnte. Und Johanna – aus reiner Liebe, wie ich glaube – getraute sich nicht, auch noch ihre eigenen Probleme und Bedürfnisse in den brodelnden Kessel zu werfen. Sie hatte sich entschieden, bei mir zu bleiben, und akzeptierte eben alle Konsequenzen dieser Entscheidung.

Die geniale Tat mit dem Bus, die ich ausgerechnet vor Johannas Augen begangen habe, hat den Sprengsatz ihrer aufgestauten Probleme gezündet. Die Geduld und das Verständnis, die sie bis dahin über jedes Maß hinaus für meinen schwierigen Seelenzustand aufgebracht hat, sind seither einem schweigenden, aber massiven Konflikt gewichen. Waren die kleinen Streitereien, in denen wir schon vorher aneinandergerieten, von ihrer Seite aus dazu gedacht gewesen, mich aufzurütteln und aus der Trägheit zu wecken, in der ich mich nur allzu gerne verschloss, legt sie nun mir gegenüber eine Unduldsamkeit und eine zuweilen sarkastische und mit Absicht schlecht verhüllte Gleichgültigkeit an den Tag, die unsere Beziehung ernsthaft bedrohen. Vieles hat dabei mit meinem theatralischen Verhältnis zur Sexualität zu tun. In der Annahme, mir für meine Lage und für mein künftiges Leben einen Vorteil zu verschaffen, hatte ich mir einen suprapubischen Blasenkatheter mit der technischen Bezeichnung *Cystofix* legen lassen. Dieses Schläuchlein führt zwischen Scham und Bauchnabel direkt durch die Haut in die Blase, und besitzt am äußeren Ende ein leichtgängiges Ventil, über das der Urin bei Bedarf in einen Beutel abgeleitet wird. Auf diese Weise hatte ich das Problem der intermittierenden Katheterisierung umgangen, das schwer auf meinen Angehörigen und insbesondere auf Johanna gelastet hätte, mit der ich zusammenleben würde. Einziger Nachteil: Das Ding muss einmal im Monat ausgetauscht werden, aber das kann jeder beliebige Urologe. Damals schien mir das eine geniale Idee zu sein, dabei war es ein furchtbarer Irrweg. Abgesehen davon, dass es alles andere als angenehm ist, dieses in die Unterhose gezwängte Schläuchlein an sich hängen zu haben, hat das Ding bei mir gewisse Ängste im Zusammenhang mit meiner ohnehin schon prekären sexuellen Situation ausgelöst, und das wiegt noch viel schwerer. Ich habe die schreckliche Befürchtung, es könnte bei einem wie auch immer gearteten Druck auf meine Scham dazu kommen, dass der innere Teil des Katheters meine Blase durchbohrt. Höchstwahrscheinlich handelt es sich hierbei um eine von Unwissenheit diktierte Paranoia, aber niemand hat mir je diese Bedenken genommen, und ich selbst – stets getreu meiner wortlosen Abschottung von der Welt – habe mich gehütet, danach zu fragen. Doch damit nicht genug: Die ständige Anwesenheit eines Stücks Plastik in der Blase, auch wenn dieses am Eingang steril ist, begünstigt die Ansammlung von Bakterien und davon wiederum verursachte üble Blasenentzündungen, die sich ausschließlich mit massiven und langwierigen Antibiotikagaben behandeln lassen. Diese Entzündungen ihrerseits sind eine schwere Belastung für meine Sexualfunktionen: ein echtes Desaster. Die Lage ist also im Vergleich zu Zürich nicht besser geworden, sondern eher noch schlechter. Eigentlich hätten Zeit, Lust und Neugier die Entwicklung unserer sexuellen Beziehungen begünstigen sollen, aber stattdessen ist alles genauso geblieben wie in jener Nacht in der Klinik. Ich wollte nie einen richtigen Fick ausprobieren, was für mich kein Problem war – und Johanna hat es auch nie von mir verlangt. Wir beschränkten uns weiter auf Streicheln und Küssen so wie ich es schon beschrieben habe, während das, was normalerweise darauf hätte folgen müssen, sich nach und nach in ein Tabu verwandelte. Nur ein einziges Mal haben wir es wirklich probiert. Nach einem Abend mit viel Wein schlug sie mir vor, das Set zum Einsatz zu bringen, das sie mir in Zürich mitgegeben hatten: eine Spritze mit einer Substanz, die man direkt in den Penis einbringen muss, um eine Erektion hervorzurufen. Ich willigte ein, aber während sie mir die Spritze verpasste, zitterte ich wie Espenlaub. Ich hatte Schiss. Die Spritze, der Katheter, mein Ungenügen: Ich war nicht bereit, ich wollte einfach nicht. Mir kam es vor wie eine Gewaltanwendung, und ich begriff nicht, dass es wie Gewalt gegen sie gewesen wäre, es nicht zu tun. Das Zeug hatte nicht den erhofften Effekt, wahrscheinlich wegen meiner Überempfindlichkeit oder wegen des Alkohols im Blut oder wegen des Katheters. Ich fühlte mich beschissen, aber sie nahm es gelassen, tröstete mich, und dabei blieb es dann.

Ich weiß, dass dieses Verhalten völlig bescheuert wirkt. Warum hätten wir es nicht ausprobieren sollen? Und wenn es nicht direkt funktionierte, warum dann nicht gleich noch hundertmal? Ich liebe Johanna und fühle mich körperlich sehr stark von ihr angezogen, aber gleichzeitig habe ich kein Bedürfnis nach dem vollständigen Akt, und ihre Bedürfnisse interessieren mich nicht. Schließlich bin ich zugeschüttet mit tausend Problemen, die auf meiner Prioritätenskala weiter oben stehen und wie ein Schleier den ganzen Rest verdecken. Es handelt sich nicht um Böswilligkeit, Egoismus oder Wurstigkeit. Es ist so, als müsste ich gerade gegen meinen Willen eine schwierige Sprache lernen, deren kompliziertes Alphabet mich daran hindert, die richtigen Sätze zu bilden. Mein Bruder hat das Thema vorsichtig angesprochen – vielleicht war es das einzige Mal, dass er wirklich versucht hat, in meine Festung einzudringen. Ich denke, ihm war aufgefallen, dass etwas nicht stimmte, vielleicht hatte auch Johanna seine Frau ins Vertrauen gezogen. Jedenfalls besuchte er mich und fing an, mir Fragen zu stellen, die mich überraschten. Ich war nicht daran gewöhnt, mit ihm über mein Intimleben zu reden, und auch mit sonst niemandem.

„Du und Johanna, habt ihr eigentlich Sex?"

„Ja klar", antwortete ich knapp. Das stimmte ja auch, wir hatten Sex, aber nicht das, was er darunter verstand.

„Also fickt ihr?"

„Naja, nicht wirklich", es war mir peinlich, es auszusprechen, und ich konnte ihm dabei auch nicht ins Gesicht schauen, aber auch das stimmte.

„Was heißt nicht wirklich? Du weißt aber schon, dass das wichtig ist?"

„…“

„Versetz dich doch mal in Johannas Lage, und außerdem ist das doch eine der positiven Seiten deiner Situation, das musst du doch ausnutzen.“

„…“

Ich schaffte es nicht, zu antworten. Aber hinter meinem Schweigen verbarg sich nicht nur die Peinlichkeit, sondern auch eine tiefe und zerstörerische Wut. Was erlaubte der sich eigentlich? Was wusste er denn schon von meinen sexuellen Problemen, die von der drastischen Veränderung meines Lebens verursacht wurden? Er war ja nicht derjenige, der gelähmt im Rollstuhl saß. Er hatte mich noch nie gefragt, wie es mir wirklich ging und gegen welche Dämonen ich zu kämpfen hatte. Und jetzt stand er da und predigte mir meine angeblichen Pflichten. Ich reagiere also nicht passend auf das, was mir passiert ist. Und was bitte wäre passend? Was bitte ist der Maßstab, nach dem mein Verhalten passend oder unpassend ist? Wenn du schon so genau weißt, was ich zu tun habe, warum sagst du mir dann nicht auch, auf welchen Knopf ich drücken muss, um der beste Behinderte des Jahres zu werden? Du hast gesagt, ich soll mich in Johannas Lage versetzen, aber warum versetzt du dich nicht mal in meine? Dann werden wir schon sehen, wie toll du das hinkriegst. Aber daran denkst du nicht mal, niemand denkt daran. Niemand ist in der Lage zu verstehen, was ich durchmache, weil ich es ja selber nicht verstehe. Es ist keine Kunst, über die besonderen sexuellen Möglichkeiten von Tetraplegikern zu theoretisieren, aber die Praxis steht auf einem anderen Blatt, da geht es nämlich nicht nur um die mechanische Seite. Da sind nämlich auch Gefühle im Spiel, und die gehören zu einem quasi undurchschaubaren Universum, in welchem keinerlei irgendwie geartete Automatismen existieren. Es stimmt, Johanna erlebt die Tragödie an vorderster Front, und es stimmt auch, dass sie bei den meisten Ereignissen die größte Last zu tragen hat, aber schließlich hat ihr niemand angeschafft, bei mir zu bleiben. Sie hat keine Verpflichtung, sie hat eine Entscheidung getroffen. Ich bin der, der im Rollstuhl sitzt und sich nicht bewegen kann. Mein Leben, meine Träume, meine Hoffnungen sind allesamt an diesem verdammten Liftpfeiler zerschellt. Darüber hast du einen Scheiß zu predigen. Leck mich doch am Arsch!

Zu gerne hätte ich die Kraft gehabt, ihm alles, was in mir vorging, ins Gesicht zu schreien, aber ich habe es nicht geschafft. Die Worte implodierten in meinem Unterleib, mein Magen drehte sich um, und die Magensäfte fingen an zu kochen. Mir war kotzübel, aber ich versuchte den Impuls zurückzuhalten, indem ich tief atmete. Franco dürfte meine Anspannung dann doch bemerkt haben, jedenfalls hörte er schlauerweise auf zu reden und ließ mich allein im Zimmer zurück.

Genau dieselbe Wut nährt auch den Konflikt mit Johanna. Unsere sexuelle Intimität ist erkaltet, wir schlafen zwar im selben Bett, vermeiden aber jegliche körperliche Annäherung. Auch wenn mir sehr wohl bewusst ist, dass vor allem ich selbst Verantwortung trage für das, was da passiert, bin ich nicht fähig, einen Weg zu finden, um die Situation zu kitten. Ich habe auch gar kein Interesse daran. Ich habe meine Probleme immer alleine gelöst, ohne um Hilfe zu bitten oder mich jemandem anzuvertrauen, und diese meine starrsinnige Art wirkt sich nun negativ auf mein neues, unerträgliches Leben aus. Obwohl ich schreckliche Angst habe, Johanna zu verlieren, spielt mein innerer Konflikt doch immer die Hauptrolle, und der ganze Rest ist zweitrangig. Die Liebe, die sie mir bis jetzt gezeigt hat, die Opfer, die sie gebracht hat, um in Zürich bei mir zu sein, ihre Verleugnung jeglicher eigener Bedürfnisse angesichts des tragischen Ereignisses haben in meiner Gegenwart keinen Platz. Ich bewege mich permanent in einem Schattenbereich, wo die Sonne nie hinkommt, wo die Tage identisch und voller Langeweile aufeinanderfolgen, wo es keine Farben gibt, sondern nur verschwommene Schwarz-Weiß-Bilder, wo ich das Gefühl habe, kein Teil der Welt um mich herum zu sein, und wo der ohrenbetäubende Lärm meiner Gedanken die

Stimmen derer übertönt, die mir gerne helfen würden. Manchmal schaue ich Johanna nachts beim Schlafen zu und lege ihr eine Hand auf die Hüfte, auf der Suche nach ihrer Wärme, die mir in meinen schlimmsten Momenten Sicherheit gegeben hat. Dann würde ich sie am liebsten wecken, um ihr zu sagen, dass es mir leid tut, dass nicht sie es ist, gegen die ich kämpfe, dass ich sie liebe, dass ihr Abrücken von mir meine Traurigkeit über jedes Maß hinaus verstärkt. Dann schwöre ich mir, dass ich mich nach dem Aufwachen bemühen werde, die Worte zu finden, mit denen ich ihr erklären kann, was mit mir los ist. Aber das sind nur kurze Momente der Klarheit, die gleich wieder verfliegen wie Staub im Wind. Wenn ich morgens die Augen öffne, bin ich direkt wieder in meinem ausweglosen Labyrinth aus Schmerz gefangen und flüchte mich erneut ins Schweigen wie ein verletzter Wolf. Dieses fortdauernde und quälende Schweigen, das weiteres Leiden mit sich bringen wird.

22. Ungeduld

Nicht nur Johanna ist ungeduldig.

Das Gefühl breitet sich auch unter meinen Freunden und Familienmitgliedern aus wie ein Ölfleck auf dem Meer. Und ich, als wäre es ein perverses Spiel, unternehme nichts, um die Ausbreitung einzudämmen. Im Gegenteil, ich tue alles Mögliche, um die Reichweite des Problems noch mehr auszudehnen. Bei den mittlerweile seltenen Ausflügen, die ich mir nach der schrecklichen Erfahrung in der Kneipe mit meinen Freunden noch zugestehe, ist Simone meine konstante Bezugsperson geworden. Nicht weil ich die Freundschaft mit ihm als enger empfände als die mit den anderen, sondern weil er als Einziger fest entschlossen war, den praktischen Umgang mit mir zu erlernen: Er kennt die Techniken, um mich in den Rollstuhl zu setzen, mich ins Auto zu laden, mir beim Pinkeln zu assistieren. Damit hat er sich mein unbedingtes Vertrauen erworben. Auf so kindliche Art funktioniert meine Psyche mittlerweile: Sie verlässt sich auf diejenigen, die am meisten Bereitschaft aufbringen, sich mit all den praktischen Folgen meiner Situation vertraut zu machen, weshalb ich – was ein Fehler ist – auf ebendiese Personen eine gewaltige Verantwortung abwälze, die sie eigentlich nur am Rande betreffen sollte. Johanna ist zwangsläufig der Mensch, der die Belastung durch dieses Verhalten am meisten zu spüren bekommt. Sie weiß über alles Bescheid, was es zu wissen gibt, und manchmal schafft sie es, mich mit ihrer Einfühlsamkeit in Erstaunen zu versetzen: Sie muss mir nur ins Gesicht schauen, um festzustellen, wann ich meine Blase entleeren muss; mein Blutdruck fällt, und ich werde blass, aber nur sie bemerkt es; bei den Mahlzeiten nimmt sie meine Bedürfnisse mit wissenschaftlicher Präzision vorweg und sorgt dafür, dass ich um nichts bitten muss; manchmal genügt ein Blick, damit wir uns verstehen, und wer uns in solchen Momenten beobachtet, kann nur beeindruckt sein von unserem perfekt eingespielten, wortlosen Miteinander. Einerseits ist das natürlich eine wunderbare Symbiose, aber andererseits bringt es weitere Schwierigkeiten für unsere ohnehin schon gefährdete Beziehung mit sich und lässt meine Unfähigkeit, andere um Hilfe zu bitten, noch größer werden. Es ist immer einfacher, mich an Johanna zu wenden, als jemand anderem erst lang und breit zu erklären, was zu tun ist. Und so entscheidet sich mein Hirn immer für die weniger holprige Straße und kümmert sich nicht um die auf lange Sicht immer schwereren Folgen, die auf Johannas Schultern lasten. Dasselbe gilt auch für Simone. Ihn habe ich zum Verantwortlichen für meine Ausflüge bestimmt, ein bisschen wie ein Hund denjenigen, der ihn üblicherweise ausführt: Vom zweiten Mal an assoziiert er die Person mit dem Park, und keiner kann ihn mehr von dieser Idee abbringen. Im Gegensatz zu einem Hund bin ich jedoch der italienischen Sprache mächtig, und so dauert es nicht lange, bis Simone mir die Rechnung für meine ständigen Anfragen präsentiert. Das geschieht bei einem unserer üblichen Telefongespräche:

„Hallo, Simone."

„Hallo Drecksack, hast du schon gelernt?" In unserem Jargon bezieht sich diese Frage auf die bereits oder noch nicht erfolgte Lektüre des *Corriere dello Sport* und insbesondere eben auf das Studieren der Fußballspiele des kommenden Sonntags, um wetten zu können.

„Ich hab die Zeitung hier, hab aber noch nicht reingeschaut."

„Feigling! Hey, es gibt echt geile Torchancen, jetzt setz dich auf den Hosenboden, nachher frag ich dich ab."

„Okay, aber deshalb ruf ich nicht an."

„Sondern? Was ist los?"

„Ich hab mit Marcello telefoniert, er hat gefragt, ob wir zum Japaner essen gehen können, mit dir, Sabba und Paolo. Ich wollte fragen, ob du mich abholen kannst". Abendessen mit meinen besten Freunden lehne ich nie ab, ich bin so gerne mit ihnen zusammen.

„Kann er dich denn nicht abholen?"

„Der kriegt es doch nicht hin, mich ins Auto zu hieven."

„Dann ist es jetzt Zeit, dass er's lernt, der ist ja nicht doof."

„..."

Simones Worte lassen mich verstummen, ich fühle mich erdrückt von der Last meiner Unfähigkeit, jemanden zu bitten und anzuleiten; von der Angst, mich jemandem anzuvertrauen, den ich für ungeeignet erachte, aber einzig und allein deswegen, weil ich mein Vertrauen schon anderweitig vergeben habe.

„Lo, versteh mich nicht falsch, ich nehm dich sehr gerne mit, aber es kann nicht sein, dass ich der Einzige bin, der das hinkriegt. Da gibt's nichts Kompliziertes zu lernen, man muss es nur wollen, und Marcello ist absolut in der Lage dazu. Aber du bist der, der ihm das sagen muss."

„..."

„Bist du noch dran?"

„Jaja, sorry. Du hast recht, ich probier's bei ihm."

„Außerdem ist es sowieso besser, wenn du mehr als einen hast, der dich vor die Tür bringen kann, dann lässt du dich öfter bei uns blicken."

„Ja."

„Komm, ruf mich zurück, wenn du mit der Zeitung durch bist."

„Okay, bis nachher, ciao."

„Ciao."

Ich lege auf und befinde mich mitten in einem *Déjà-vu*, einem dieser Momente, die wir bereits in einer früheren Parallelexistenz erlebt zu haben meinen, nur dass ich genau weiß, wo und wann das war. Das Telefonat von eben ähnelt dem, das ich vor ein paar Monaten mit meinem Bruder geführt habe, und bei dem er mir schonungslos erklärte, sein Leben sei mit meinen Bedürfnissen nicht in Übereinstimmung zu bringen. Jetzt verspüre ich das gleiche Unwohlsein wie damals. Ich werde von einem Säbel mit Doppelklinge bedroht, und auf welche Art auch immer ich versuche, den Hieb zu parieren, kann ich der Verwundung doch nicht entrinnen: Ich weiß, dass ich Marcello niemals um Hilfe bitten werde, so etwas bin ich nicht gewohnt, schaffe es einfach nicht. Bei dem Gedanken daran fühle ich mich noch schwächer als ich ohnehin schon bin, noch behinderter; und dann habe ich diesen Eindruck, den Leuten zur Last zu fallen, ihnen meine Probleme und Bedürfnisse aufzuladen wie ein kleines Kind. Es ist mir peinlich, dass ich ständig Unterstützung brauche. Vor allem jedoch bin ich überzeugt, dass Marcello nicht der Richtige ist, um mich zu begleiten. Ich liebe ihn wie einen Bruder, aber immer wenn wir zusammen unterwegs waren, ist mir klar geworden, dass er Schwierigkeiten hat, mir zu assistieren, und sei es auch nur damit, den Rollstuhl zu schieben. Also habe ich kein Vertrauen zu ihm und würde mich deshalb nicht wohlfühlen, wenn ich von ihm abhängig wäre. Ich weiß aber ebenso, dass ich Simone nicht mehr bitten werde, mich beim Ausgehen zu begleiten. Nicht weil seine Worte das Vertrauen zerstört hätten, das ich in ihn setze, dieses bleibt unverändert. Er hat mir seine ganze Zuneigung bewiesen, indem er eine große Verantwortung auf sich genommen hat, und dem kann nichts auf der Welt etwas anhaben. Aber ich habe begriffen, dass genau diese Verantwortung mit der Zeit zu schwer wiegt, um sie ganz alleine zu tragen: Er verspürt offensichtlich das Bedürfnis, entlastet zu werden, seine Aufgabe mit jemandem zu teilen. In Anbetracht der Tatsache, dass ich mich an niemand anderen mehr wenden werde, wäre es jetzt allzu schwierig, ihn erneut zu bitten. Denn das würde bedeuten, dass ich meine Hilflosigkeit, meine Angst und meine tiefe Scham vor ihm entblößen würde. Ich kann mich niemandem öffnen und habe auch nicht die Absicht – lieber bleibe ich den Rest meines Lebens zu Hause. Es ist, als hätte ich eine Falle entdeckt und mich aus freien Stücken hineinbegeben, ungeachtet der Gefahr, die mir droht. Eine Falle ohne Gitter, mit offenen Türen und Fenstern zu einer Welt, die mich nicht anzieht, zu der ich weiterhin nicht gehöre. Meine kleine Welt besteht jetzt aus vier Wänden, wo ich niemanden brauche, wo es ganz einfach ist, sich in einer fiktiven Realität zu verlieren, weit weg vom Leiden und daher in Sicherheit. Mein Ehrgeiz, der wie ein Schlepper mein Leben hinter sich herzog, hat sich zusammen mit meinen Träumen von Ruhm und Ehre im musikalischen Olymp aufgelöst, diesen Rockstar-Träumen, die jeder Musiker in seinem Innersten hegt, und die jetzt nur noch in meinen entferntesten Fantasien zu Hause sind. Wenn sie doch mal an die Oberfläche kommen, lindern sie vorübergehend meine Schmerzen wie eine Morphiumspritze. Aber das reicht nicht, denn die Wirkung verflüchtigt sich rasch, und das Unwohlsein kehrt zurück, schlimmer als zuvor. Und dann erfinde ich mir ein fiktives goldenes Reich mithilfe der Bildschirme von Fernseher und Computer als Fenster zu einer anderen Welt. Ich verliere mich in Hunderten von Filmen, indem ich beim Zuschauen verschiedene wechselnde Identitäten annehme, die die Realität weich, flüssig und erträglich werden lassen. Aber das sind Identitäten auf Zeit, die nur von der ersten bis zur letzten Filmszene Bestand haben, in ständiger Bewegung und ständiger Wandlung. Die Nachmittage und Abende mit meinen Freunden, die mir nach wie vor noch die Wohnung stürmen, enden immer damit, dass wir irgendeinen Spielfilm schauen. Im Wohnzimmer, wo ich sitze, oder in meinem Zimmer, wo ich im Bett liege, auf jeden Fall immer im Dunkeln, absolvieren wir echte Film-Marathons. Die soziale Interaktion versuche ich auf ein Minimum zu beschränken, und auch wenn wir uns unterhalten, bleibe ich beim zerstreuten Zuhören und lasse nur ab und zu eine desinteressierte Bemerkung fallen. Denn ich kann es kaum erwarten, wieder in das Leben eines anderen einzutauchen und mich damit so lange wie möglich von meinem eigenen zu entfernen. Allerdings, anders als gedacht, bleibt dieses Verhalten nicht unbemerkt. Die Besuche werden langsam seltener, und auch die Zahl der Freunde, die vor der Tür stehen, sinkt von Woche zu Woche. Dass ich mich so vor der Welt und vor tiefergehenden Beziehungen verschließe, lässt einen Riss entstehen, der dazu führt, dass die Leute wegbleiben. Wie könnte es auch anders sein? Ich habe einen Film gesehen, den Titel weiß ich nicht mehr, über eine kleine Gruppe von Leuten, die in engem Kontakt auf einer Insel zusammenleben. Sie arbeiten in perfekter Harmonie miteinander und sind glücklich, alles zu teilen, was sie zum Überleben der Gemeinschaft hervorbringen: Die einen fischen, die anderen kochen, wieder andere bauen Sachen, und alle schlafen gemeinsam in einem riesigen Zimmer in Betten, auf Lagern und in Hängematten. Eines Tages werden die Fischer von einem Hai angegriffen, der einen von ihnen tötet und einen anderen schwer verletzt. Der Verletzte, der sich der Bootsfahrt ins Krankenhaus verweigert, weil er von dem Ereignis traumatisiert ist, wird vom Rest der Gruppe liebevoll gepflegt. Aber je mehr Zeit vergeht, desto schlimmer werden seine Wunden, und der Unglückliche jammert den ganzen Tag und auch nachts wegen der starken Schmerzen. Schon bald ändert sich die Haltung seiner Kameraden: Sie ertragen sein ununterbrochenes Klagen nicht mehr, befehlen ihm mit Schimpfworten, damit aufzuhören, beschuldigen den Mann, ihnen den Schlaf zu rauben. Am Ende beschließen sie, weit entfernt vom Haus ein Zelt aufzustellen und ihn dorthin zu bringen. Damit kehren Frieden und Harmonie in die Gruppe zurück, die schlaflosen Nächte sind nur noch eine ferne Erinnerung, und auch der verwundete Freund ist wie gelöscht, während er fern von ihrer Welt in seinem Zelt stirbt. Ich will damit nicht sagen, dass meine Freunde mich in Not und Krankheit sterben lassen würden, aber es gehört zur menschlichen Natur, sich von Problemen fernzuhalten, von denen man glaubt, dass sie sich nicht lösen lassen. Zuerst reißen sie sich die Beine aus, um dir zu helfen und in jedem Augenblick bei dir zu sein; aber dann kommt die Ungeduld, wenn sie deinen Stillstand, deine fehlende Reaktionsfähigkeit beobachten, und schließlich der Frust, dass sie daran nichts ändern können; und irgendwann erzeugt schon dein bloßer Anblick solchen Überdruss, dass die Flucht zum einzigen Ausweg wird. Es ist offensichtlich, dass mein schweigendes Leiden so unerträglich laut geworden ist, dass sie sich lieber vom Acker machen. Es tut mir weh, zu sehen, wie meine Freunde immer weniger werden. Ich habe all die Hunderte von Briefen und Faxen, die sie mir nach Zürich geschickt haben, aufgehoben: Zu wissen, dass meine Freunde an mich dachten, gab mir eine starke Motivation, mich bei der Reha anzustrengen, um sie so bald wie möglich wieder in die Arme schließen zu können. Oft gehe ich die große Aktenmappe durch, wo ich alles nach Absendern sortiert aufbewahre, denn es macht mir Spaß, sie wieder zu lesen. Manche sind einfach zum Brüllen: der Brief von Giulia, meiner besten Freundin, die lange Zeit heimlich in mich verliebt war; sie bittet mich, sie zu heiraten, wofür sie sich bei Johanna entschuldigt; dann der von Francesco, der wahnsinnig nett ist, aber voller Grammatikfehler. Tagelang dachte ich, seine philippinische Haushaltshilfe hätte ihn geschrieben, ich weigerte mich einfach zu glauben, dass er es selbst gewesen war. Aber nach dem schockierenden Aufeinandertreffen mit der äußeren Welt bei meinem ersten Abendausflug ist meine Kommunikationsfähigkeit fast vollständig verpufft: Ich schaue meinen Freunden beim Verschwinden zu, ohne Widerstand zu leisten.

Was meine Familienmitglieder betrifft, ist die Situation anders, aber vielleicht sogar noch schwieriger. Sie haben keinerlei Absicht, mich zu verlassen, sind aber noch machtloser als meine Freunde angesichts meiner Verschlossenheit. Im Übrigen spricht auch meine Vorgeschichte eine klare Sprache: Ich war meinen Eltern gegenüber immer sehr reserviert, mit ihnen gab es nie ein offenes Gespräch, eine Auseinandersetzung über meine Probleme und Gedanken. Sie haben durchaus manchmal versucht, meine Mauern zu durchbrechen, aber ich habe sie – auch wenn das wahrscheinlich ein Fehler war – immer zurückgewiesen. Es ist nicht so, dass ich ein introvertierter, komplizierter Typ gewesen wäre, der ständig in Gedanken ist, im Gegenteil, ich war immer ganz vorne dabei, wenn es darum ging, über alles zu lachen und Witze zu machen, aber der Zugang zu meinem Innersten war niemandem gestattet. Dasselbe galt auch für meinen Bruder und meine Schwestern: Der große Altersunterschied hat unsere Vertraulichkeit nicht gerade begünstigt. Ich habe sie zwar immer sehr geliebt, aber anvertraut habe ich mich ihnen nie. Diese Haltung wirkt sich jetzt auch auf die aktuelle Lage aus: Sie würden mir gerne helfen, finden aber nicht den richtigen Weg, und ich mache es ihnen gewiss nicht einfacher. Es ist gerade die Zuneigung selbst, die zu einem unüberwindlichen Hindernis wird und unsichtbare Grenzen bildet, die sich nicht überschreiten lassen. Zwar kennen sie mich und haben meine ganze Tragödie miterlebt, aber trotzdem haben sie Angst, den falschen Ton zu treffen, weil sie nicht imstande sind, sich in meine Lage zu versetzen. Niemand ist dazu imstande. Das Unglaubliche ist, dass es für jemanden, der mich nicht kennt und mir gegenüber keine Empathie verspürt, wohl einfacher wäre, den richtigen Weg für die Überwindung meiner Barrikaden zu finden. Neugierige Fragen eines Unbeteiligten, glaube ich, würden meine Probleme und Ängste offenlegen und auch die Blockade, die mich daran hindert, mit anderen zu kommunizieren. Aber das sind nur Vermutungen, und im Übrigen ist so ein Jemand momentan ohnehin nicht zu sehen. Zu sehen sind nur die Ungeduld meiner Freunde und die Frustration meiner Verwandten. Ohne es zu wollen, bekomme ich Letztere bei einem der zahlreichen Besuche meiner Schwester Valentina ganz konkret zu spüren. Ich bin allein in meinem Zimmer und gerade dabei, mich von meinem x-ten Film davontragen zu lassen:

„Hallo."

„Hallo", ich begrüße sie zerstreut und schaue sie nur eine Sekunde lang an, um meine Augen dann wieder auf dem Fernseher ruhen zu lassen.

„Wie geht's?"

„Gut", diesmal wende ich den Blick erst gar nicht mehr von den bewegten Bildern ab. Ich antworte immer, es gehe mir gut, auch wenn das gar nicht stimmt, denn so vermeide ich es, die Sache zu vertiefen: Das wiederum würde dazu führen, dass ich zusätzliche Erklärungen abgeben müsste, wozu ich nicht die geringste Lust verspüre.

„Komm jetzt, hör doch mal einen Moment lang auf, den Bildschirm anzuglotzen, hier bin ich", und sie streckt eine Hand aus, mit der sie mein Gesicht sanft zu sich hindreht. Auch ihre Worte klingen sanft. Sie schenkt mir ein Lächeln, das ich erwidere. Es sieht genauso aus wie bei meinem Vater, so dass es mir einen Moment lang so vorkommt, als lächelte ich ihn an.

„Sorry, der Film ist grade so spannend", ich schaue sie an, weiß aber nicht, was ich sonst noch sagen soll. Ich habe einfach keine Lust zu reden. Auch wenn es kein besonders spannender Moment im Film wäre, würde meine Aufmerksamkeit trotzdem von der magischen Kiste angezogen, aus der Träume und Leben anderer Leute herauskommen, und die die Macht hat, mich in einen Schwebezustand außerhalb der Realität zu versetzen.

„Was hast du heute so gemacht?" Hm, was habe ich denn gemacht. Ich konzentriere mich, um an Informationen über meinen Tag heranzukommen, aber mein Hirn scheint einfach keine abgespeichert zu haben. Wenn heute Montag, Mittwoch oder Freitag wäre, würde ich ohne Luft zu holen antworten: Die Pflegerin war da, ich hab gekackt, ich hab geduscht, ich hab nicht zu Mittag gegessen (das passiert an allen Tagen), ich hatte Physiotherapie. Wenn heute Dienstag, Donnerstag, Samstag oder Sonntag wäre, gäbe es verschiedene Variationen zu den Themen Computer, Lektüre, Fußball oder zur mittlerweile sporadischen Anwesenheit meiner Freunde. Aber da ich keine Ahnung habe, was für ein Tag heute ist, breche ich das Gespräch ab:

„Lass gut sein, Vale, würde es dir was ausmachen, wenn ich den Film fertiggucke? Wir können nachher reden."

„Okay, habe verstanden, ich geh dann mal rüber."

Sie verlässt das Zimmer, und sofort tauche ich wieder ab in meine Zwischenwelt, froh darüber, die Unterhaltung so schnell beendet zu haben. Aber in Wirklichkeit kann ich den Bildern nicht mehr folgen, weil ich daran denke, wie ich Valentina behandelt habe, und mich deshalb schuldig fühle. Also beschließe ich, auf Pause zu drücken, und mache mich auf den Weg ins Wohnzimmer, um ein paar Minuten mit ihr zu verbringen. Die Tür zwischen Flur und Wohnzimmer, ist angelehnt. Während ich die Hand ausstrecke, um sie aufzuschieben, höre ich, wie meine Mutter und meine Schwester diskutieren: Sie reden über mich. Ich halte inne. Es ist nicht meine Art, anderer Leute Gespräche zu belauschen, aber diesmal kann ich nicht anders als zuzuhören, schließlich bin ja ich der Gegenstand ihrer Unterhaltung. Es wirkt tatsächlich wie eine Filmszene: Während zwei Personen in einem Zimmer miteinander reden, sitzt eine dritte im Dunkeln hinter einer angelehnten Tür und lauscht.

„... Ich bin zu ihm rein, um Hallo zu sagen, aber er guckt immer nur auf den Fernseher. Ich hab seinen Kopf zu mir hindrehen müssen, damit er mich überhaupt anschaut."

„Ich weiß, er beamt sich weg. Und wehe, wenn man ihn stört, mich schickt er immer gleich zum Teufel."

„Es tut mir so leid, ihn so zu sehen; es ist, als wäre er jemand anderer."

„Aber auf der anderen Seite: Wer weiß schon, was er durchmacht, keiner von uns kann verstehen, wieviel Wut und Schmerz er empfindet. Vielleicht ist dieses Wegdriften ja eine Art Betäubung."

„Ja, aber so kann es doch nicht weitergehen mit ihm. Vielleicht sollte er mal mit jemandem reden, keine Ahnung, mit einem Psychologen?"

„Ich kann mir schon vorstellen, wie er reagieren würde, wenn wir mit so einem Vorschlag ankämen, nach der Erfahrung mit dem Typ in Zürich wird er nichts davon wissen wollen. Außerdem wird er von uns sowieso nie irgendwelche Ratschläge annehmen."

„Ich würde alles tun, wenn ich ihm nur helfen könnte, diese Ohnmacht bringt mich um, verdammte Scheiße."

„Wir können nichts anderes machen als ihm beistehen, immerhin hat er ja schon gezeigt, dass viel Kraft in ihm steckt, ich denke, er braucht einfach nur Zeit."

Ich warte nicht, bis sie aufhören zu reden, sondern lege geräuschlos den Rückwärtsgang ein und rolle zurück in mein Zimmer, wo ich leise die Tür schließe. Ich steuere zum Bett, wo ich die Fernbedienung hingelegt hatte, und schalte den Film wieder ein, nur um – für den Fall, dass meine Schwester zurückkommt – mein heimliches Lauschen zu verschleiern. Ich finde es normal, dass meine Familienmitglieder über mich reden, wenn ich nicht dabei bin, das haben sie in den Monaten meines Krankenhausaufenthalts sicher x-mal getan, aber dieses Gespräch mit anzuhören, hat mich zutiefst erschüttert. Wie an dem Tag, als ich den schriftlichen Bericht über meine Pathologie gelesen habe: Obwohl mir mein Zustand vollständig bewusst war, musste ich ihn erst schwarz auf weiß sehen, damit er mir unauslöschlich bestätigt wurde. Das Gleiche gilt auch jetzt, so als wäre ich tief drinnen naiverweise überzeugt gewesen, dass niemand je mein Verhalten würde deuten können. Ich bin schockiert, verletzt, verlegen. Ich hasse es, dass über mich gesprochen, mein Innerstes auf der Piazza herumposaunt wird, und dass mein mühsamer Versuch, es zu verbergen, überhaupt nichts gebracht hat, da ganz im Gegenteil mein Schweigen offenbar mehr sagt als tausend Worte. Und dann diese ganzen Begriffe: Leid, Wegdriften, Psychologe, Hilfe, Kraft, Zeit. Ich errege also Mitgefühl, man verbindet mich mit Empfindungen von Mitleid, während das genau das Letzte ist, was ich mir wünsche. Ich drifte weg, ja, na und? Was soll ich denn sonst machen – hüpfen und tanzen wie ein dressiertes Äffchen, nur damit alle zufrieden sind? Ich bin schon immer dauerhaft weggedriftet von der konformistischen Welt, in der man auf eine bestimmte Art zu sein oder sich zu benehmen hat, was ist also schlimm daran, wenn ich das auch jetzt tue, da mein Leben mich abstößt und ich das Gefühl habe, nicht dazuzugehören? Hilfe brauche ich von niemandem, und schon gar nicht von einem Psychologen, dem ich meinen ganzen Scheiß vor die Füße kotzen soll, ich denke gar nicht daran. Der Idiot in Zürich hat mir schon gereicht. Und dann die Kraft, was für eine Kraft soll denn in mir stecken? Es geht schon seit Monaten so, dass ich von den Ereignissen hin- und hergeworfen werde wie ein Schiff im Sturm, und ich wundere mich bloß, warum es noch nicht untergegangen ist. Das Unwetter verändert sich zwar ständig, aber es gibt keine Anzeichen, dass die Wolken auch irgendwann mal wieder aufreißen werden. Und schließlich die Zeit – oder vielmehr meine Zeit außerhalb der Zeit: Sie hat ihr eigenes Tempo und eine vergrößerte Maßeinheit, es ist, als säße man am Fenster und schaute dem schnellen Vergehen der Existenzen der anderen zu, während sich die eigene ganz ungerührt in einem Paralleluniversum abspielt. Diese Zeit wird womöglich eine Ewigkeit dauern und mir garantiert nicht helfen, sondern mich vielmehr immer weiter unter sich begraben.

Diesmal habe ich keinen Wutausbruch, sondern häufe nur weitere Traurigkeit an. Ich kann nicht sagen, dass an den Worten, die ich unglücklicherweise gehört habe, nichts Wahres dran wäre, aber das sind alles viel zu einfache Erklärungen im Vergleich zu dem, was ich tatsächlich erlebe. Man hat keine Chance, eine mathematische Gleichung zu berechnen, wenn keine Variable bekannt ist. Die Unmöglichkeit zu kommunizieren und die nur schwach ausgeprägte Lust, es überhaupt zu tun, resultieren aus einem unüberschaubaren, kaum verständlichen Gesamtbild. Es setzt sich aus zu vielen Faktoren zusammen, und im Lauf der Zeit kommen immer neue hinzu, die nur noch mehr Verwirrung stiften. Die Ungeduld und Frustration derjenigen, die um mich kreisen, rufen bei mir keine Reaktion hervor, sondern haben leider die Macht, mich immer tiefer in meine Höhle hineinzudrücken, die keine Hinterausgänge besitzt. Ich bin in mir selbst verbarrikadiert, in ständiger Habachtstellung gegen Angriffe von außen, und die härteste und unerwartete Offensive steht noch aus. Sie wird mich ganz auf den Grund stoßen und mir nur einen einzigen möglichen Ausweg lassen.

23. Verlassen

Ich hasse das Wort *badante*. So nennt man in Italien feste Betreuungspersonen für Alte und Kranke. Ich war noch klein, aber ich erinnere mich gut, wie ich es zum ersten Mal gehört habe: Wir hatten meine Großmutter auf dem Boden liegend in ihrer Küche gefunden. Sie hatte einen Schlaganfall erlitten, und nach der ersten Zeit im Krankenhaus hatten wir sie zu uns geholt. Meine Mutter hatte dann eine junge Spanierin eingestellt, eben als *badante*. Seitdem habe ich dieses Wort immer mit alten Leuten in Verbindung gebracht, die wegen schlimmer Krankheiten nicht mehr unabhängig leben können. Es mag zynisch wirken, und vielleicht ist es das auch, aber die Vorstellung von dem alten Opa, der starren Blickes von der jeweils diensthabenden Betreuungsperson im Rollstuhl herumgeschoben wird, hat mich immer abgestoßen. Wenn man sein Leben im Zeichen von Freiheit und Unabhängigkeit gestaltet, denkt man ganz bestimmt nicht daran, dass es einen ganz plötzlich in eine dunkle Gasse ohne erkennbaren Ausgang verschlagen könnte. Nie hätte ich gedacht, dass ich mich mit nur siebenundzwanzig Jahren in einer Lage wiederfinden könnte, die ich schon immer mit Leuten kurz vor dem Ende eines immerhin irgendwie gelebten Lebens assoziierte. Bis jetzt habe ich die Idee, mich jemand Fremdem anzuvertrauen, immer von mir gewiesen; mein früheres Wesen hat mich daran gehindert, auch nur die Möglichkeit einer festen Betreuungsperson ins Auge zu fassen, und auch Johanna – vielleicht aus Liebe, aber vielleicht auch, weil sie noch immer an einem alten Bild von mir festhält – hat nie den Willen zum Ausdruck gebracht, einen Unbekannten in der Wohnung herumlaufen zu haben.

Aber das Leben ändert sich, und mit ihm auch Einstellungen und Ideen. Mehr um Johanna und meine Familienmitglieder mit belastenden Aufträgen zu verschonen, als wegen eines tatsächlichen Nutzens in dieser Frage, habe ich angefangen, das Terrain zu sondieren, um einen Assistenten zu finden. So nenne ich ihn, denn damit vermeide ich es immerhin, ihn mit den falschen Vorstellungen zu assoziieren, die das verhasste Wort unvermeidlich in mir auslöst. Wie so oft, wenn man ohne viel Einsatz und eher lustlos nach etwas sucht, materialisiert sich wie von Zauberhand die Gelegenheit, das Gesuchte sofort zu finden. Giuseppe, mein Kindheitsfreund von nebenan, stellt mir einen Typ vor: Er heißt Gianni und ist Surfer. Wenn man ihn sieht, begreift man sofort, dass er nichts anderes sein könnte: Er ist untersetzt, sehr muskulös, blond und braungebrannt. Sechs Monate des Jahres verbringt er im Ausland auf der Suche nach Wellen, die er bezwingen kann, und die anderen sechs in der Heimat, um so viel Geld zu verdienen wie er braucht, um wieder loszuziehen. Er erklärt sich sofort bereit, ist sympathisch und sehr einfühlsam. Nachdem ich ihm meine Bedürfnisse und den eintönigen Ablauf meiner typischen Tage auseinandergesetzt habe, genügt ein einziger Satz von ihm, um mein Misstrauen hinwegzufegen, das sich nicht so sehr auf seine Person bezog, sondern eher darauf, die Idee eines festen Betreuers akzeptieren zu müssen:

„Mach dir keinen Kopf und frag mich einfach, wenn du was brauchst und wann du es brauchst, und wenn du lieber allein sein willst, dann schick mich ruhig in die Wüste."

Es überrascht mich, dass er ganz von alleine nicht nur mein Hauptproblem erkannt hat, sondern auch mein Bedürfnis, Zeiten in völliger Einsamkeit zu verbringen, an denen es in Zukunft sicher nicht fehlen wird. Wir verständigen uns über die Bezahlung und die Arbeitszeiten: von morgens um elf bis abends um acht, außer Samstag und Sonntag. Um ehrlich zu sein, bin ich froh, Johanna von Aufgaben zu entlasten, die sie eigentlich nichts angehen sollten, und in meinem Innersten hoffe ich außerdem, dass das Ganze hilft, die dunklen Wolken zu vertreiben, die über unserer Beziehung hängen. Ich könnte nicht weiter entfernt sein von der harten Realität, die in Kürze auf mich wartet.

Gianni ist schon seit einer Woche mein Assistent – ich muss sagen, er hat mein Vertrauen sofort erobert, weil er so mühelos gelernt hat, mit mir umzugehen –, als Johanna eines Abends mit mir reden will. Es ist nicht so, dass wir kein Wort mehr miteinander wechselten, aber die Atmosphäre zwischen uns hat sich schon seit einiger Zeit verändert, was ich dummerweise geflissentlich ignoriert habe, in der Hoffnung, dass sich alles schon von alleine wieder einrenken würde. Ich habe ihre Anwesenheit immer für selbstverständlich gehalten, was ein schwerer Fehler war. Wir liegen im Bett, auf dem Fernseher läuft der x-te Film auf Video. Das war auch vor dem Unfall oft so: Unten im Haus hatte eine Videothek eröffnet, die wir bis zum letzten Tropfen auspressten. Ich erinnere mich, wie einer der Mitarbeiter beim Öffnen unseres Accounts nicht schlecht gestaunt hat, wie viele Filme wir schon ausgeliehen hatten. Es war eine unserer Leidenschaften, manchmal nahmen wir gleich vier Titel auf einmal mit und glotzten sie an einem Abend hintereinander weg; und am Ende schliefen wir dann auf dem Sofa miteinander. Aber jetzt ist alles anders:

„Lorenzo, ich muss mit dir reden, kann ich den Film anhalten?" Das schwache Licht unter dem kleinen Lampenschirm auf meinem Nachttisch, das bis jetzt eine warme und intime Atmosphäre im Zimmer verbreitet hatte, kommt mir plötzlich düster vor. Ihr Satz, den sie aus dem Nichts in einem ernsten und schneidenden Ton spricht, und der Gebrauch meines vollen Namens – was sehr selten vorkommt – verheißen nichts Gutes. Mein Magenausgang zieht sich zusammen, als hätte ich Angst, ihr zuzuhören, vielleicht weil mir unbewusst schon klar ist, was sie sagen wird. Ich antworte und versuche dabei, meine Stimme so ernst und ruhig klingen zu lassen, wie es nur geht:

„Ja, klar." Johanna stoppt den Film und setzt sich auf dem Bett mir gegenüber.

„Ich kann nicht mehr."

„Was kannst du nicht mehr?"

„So weiterleben, Lorenzo, ich halt das nicht mehr aus", ihre Augen glänzen, und ihre Gesichtszüge sind angespannt, aber ihre Stimme klingt entschlossen. Ich suche nach den richtigen Worten, um das Gespräch fortzusetzen, aber es kommt nur der banalste aller denkbaren Sätze raus, der sie erst richtig in Fahrt bringt:

„Dann erklär mir doch bitte mal, wie du lebst."

„Findest du es denn normal, dass wir überhaupt kein Intimleben mehr haben?"

„Nein, aber das liegt an vielen Faktoren."

„Ja, Lorenzo, Faktoren, die nur du kennst und die du nicht mit mir teilst."

„…"

„Alle unsere Gespräche sind nur noch Banalitäten: Wie geht's dir heute? Hast du was gegessen oder nicht? Hast du Physio? Du redest einfach nicht mit mir, über gar nichts."

„Wenn es nur das ist – früher hab ich auch über nichts geredet."

„Das stimmt nicht. Vielleicht hast du nicht viel von dir geredet, aber du hast mir eine Menge Sachen erzählt, und unsere Gespräche waren nie banal."

„…"

„Und außerdem gehen wir nie zusammen weg, nur wir beide. Früher sind wir oft ein Glas Wein trinken und essen gegangen oder spazieren. Und jetzt, wenn du dich überhaupt mal entschließt rauszugehen, dann treffen wir deine Freunde, und das war's."

„Johanna, es ist nicht leicht für mich." Ihr letzter Ausbruch hat meine Verteidigungsbarrikaden aktiviert, und ich bin bereit für die Auseinandersetzung. „Ich geh nicht aus, weil ich nicht mag, und ich will mich nicht schlecht fühlen, nur um anderen einen Gefallen zu tun."

„Das weiß ich doch, glaub mir, und ich habe bis jetzt abgewartet und nur an dich und deinen Seelenzustand gedacht, aber jetzt ist es auch für mich schwierig geworden" – ich schaue den Tränen zu, die ihr übers Gesicht laufen, während sie weiterspricht, aber ich empfinde nichts, keinerlei Verständnis –, „und wenn ich sage: zusammen ausgehen, dann meine ich die Zeit, die wir nicht mehr wirklich zusammen verbringen, und nicht bloß die, wenn ich dir bei irgendwas helfe."

„Ich dachte, dass ich den Assistenten eingestellt habe, würde was ändern." Da keimt in mir langsam der Verdacht auf, dass die Anwesenheit des Assistenten für sie nur ein Vorwand sein könnte, um sich aus der Affäre zu ziehen, ein Trampolin, um das Hindernis ohne Gewissensbisse zu überspringen.

„Hab ich auch gedacht, aber das ist nicht das eigentliche Problem."

„Ist aber schon ein komischer Zufall, dass das alles ausgerechnet jetzt rauskommt, wo jemand da ist, der mir hilft", jetzt hat sich mein Ton wirklich verändert. Der Verdacht hat den Deckel von dem großen Fass Wut gelüftet, das ich in mir trage.

„Wenn du glaubst, dass hinter dem, was ich sage, Berechnung steckt, dass es da einen vorgefertigten Plan gibt, dann irrst du dich und kennst mich schlecht. Ich hätte jederzeit gehen können, hab aber entschieden zu bleiben, weil ich dich liebe. Ich sag's nochmal, das Problem ist ein anderes." Sie hat aufgehört zu weinen, und ihre Stimme klingt noch entschiedener als vorher. Haben wir bis zu diesem Augenblick noch versucht, aufeinander einzugehen, so ist jetzt ein echter Streit entbrannt.

„Und zwar?"

„Lorenzo, ich weiß nicht, was in deinem Kopf vorgeht, und ich hab es satt, es mir immer vorstellen zu müssen. Du redest einfach nicht, und wir sind dir anscheinend alle egal."

„Ich darf dich darauf aufmerksam machen, dass ich der bin, dem der Unfall passiert ist, du bist nicht die Gelähmte hier, dir hat es nicht dein Leben zerschossen."

„Nein, natürlich nicht, aber ich hänge auch mit drin, und mein Leben hat es genauso zerschossen wie deins. Und genau deshalb will ich doch, dass du mit mir redest, damit ich dir irgendwie helfen und dich verstehen kann."

„…"

„Stattdessen machst du Sachen, die mich erschrecken, so wie neulich das mit dem Bus. Wenn du wirklich sterben willst, was mach ich dann noch hier, was bin ich überhaupt nütze? Ich hab dich schon mal gesehen, als du fast tot warst, und das hat sich angefühlt, als würde ich selber sterben, ich will dich nicht nochmal so sehen müssen!"

„Johanna, ich kann einfach nicht reden, und ich will auch nicht. Und ich brauche keine Hilfe von niemand!" Gar nichts hat sie erreicht mit ihren Worten. Ich kann mich nicht von der Idee lösen, dass sie genau dann beschlossen hat, mit all dem rauszurücken, als Hilfe von außen da war. Ich fühle mich verraten, und das lässt meine Verteidigungslinien nur noch enger werden. Schließlich bin ich hier das Opfer, und ich akzeptiere es nicht, noch weitere Gewalt zu erleiden. Für einen Moment, der scheinbar eine Ewigkeit dauert, verharren wir im Schweigen. Mein Blick verliert sich im Dunkel des Badezimmers und prallt auf den Spiegel, der von ferne mein Bild reflektiert. Eine Spiegelung mit unscharfen Rändern vor einem schwarzen, unbegrenzten Hintergrund. Ich weiß nicht mehr, wo ich mich befinde, es könnte überall sein. Das Einzige, was ich weiß, ist, dass ich allein bin, und dieses Alleinsein scheint mich sanft zu wiegen und zu beschützen. Johannas Worte bringen mich zurück ins Zimmer:

„Und ich halte es nicht mehr aus bei dir, ich fühle mich nutzlos", sie spricht diese Worte fast im Flüsterton, sie klingen resigniert, und ihr Blick geht ins Leere. Ich schweige weiter und warte auf die unvermeidliche Schlussfolgerung.

„Ich habe beschlossen, wegzugehen, wenigstens für eine Weile."

Ihr letzter Satz lässt mich zu Eis erstarren. Auch wenn unser Streit zwangsläufig in dieses Finale münden musste, habe ich doch die Vorstellung, verlassen zu werden, die ganze Zeit von mir gewiesen. Ich betrachtete sie einfach nicht als mögliche Option. In meiner Denkwelt war Johanna die tragende Mauer, die mich aufrecht erhielt, die unzerstörbare Säule, an die ich mich anlehnen konnte, der nie erlöschende Leuchtturm, der einzige echte Bezugspunkt. Ich war sicher, dass sie mich nie verlassen würde. Jeder andere an meiner Stelle würde jetzt eine Reaktion zeigen, um sie nicht zu verlieren, er würde seine Stimme auspacken und versuchen, ihr verständlich zu machen, was mit ihm los ist. Jeder, außer mir. Obwohl ich schreckliche Angst davor habe, sie weggehen zu sehen, wiegt mein Verletzungsgefühl noch schwerer. Mein Stolz, der in meinem Leben viele Male den Sieg davon- und mich in eine falsche Richtung getragen hat, blockiert jegliche Reaktion. Es handelt sich nicht um eine kindliche Trotzreaktion, ich bin einfach nur Opfer meines eigenen Schmerzes. Ich weiß nicht mehr, wer ich bin, ich habe alles verloren, worauf ich mein Leben aufgebaut hatte, und mit all dem komme ich einfach nicht klar. Soll sie doch machen, was sie will, ich brauche niemanden. Wie ein Zirkusakrobat, der das Trapez verfehlt, lasse ich mich ins Leere fallen, obwohl ich weiß, dass kein Netz meinen Aufprall abfangen wird.

Sie sitzt immer noch genauso da, vielleicht in der hoffnungsvollen Erwartung einer Reaktion von meiner Seite, die jedoch nicht kommt.

„Du sagst gar nichts?“

„Ich weiß nicht, was ich sagen soll.“ Ich schließe die Augen, strecke meine Hand nach der Bedienleiste meines Bettes aus und fahre das Kopfteil herunter. Mit einem Ruck steht sie auf, geht zu meinem Nachttisch und knipst die Lampe aus. Im Schein des eingefrorenen Bildes auf dem noch immer eingeschalteten Fernseher streckt sie sich auf dem Bett aus. Bevor sie auch dieses Licht ausschaltet und damit den Vorhang über unsere Tragödie fallen lässt, sagt sie noch einen letzten Satz:

„Also stimmt es wirklich, dass ich nutzlos bin und für dich überhaupt nichts zähle."

Jetzt, im Schutz der der Dunkelheit, sind es meine Augen, die sich mit Tränen füllen. Johanna zählt mehr als alles andere, und doch habe ich keine Kraft, ihr das zu zeigen; meine Vorstellung, dass sie mich verrät, dient nur dazu, ihren Abschied weniger schmerzhaft zu machen; und die Wut, die ich empfinde, kommt jetzt in Form von Tränen aus mir raus, die aber genauso stumm sind wie ich selbst. Okay, sie hat gesagt, dass sie nur für eine Weile fortgeht, also noch ein Hintertürchen offen gelassen, aber das heißt es ja immer, und dann kommt man doch nicht zurück. Und wenn auch noch ihr alter Verehrer Michele im Spiel wäre? Der Gedanke streift mich nur, aber auch er dient dazu, die Trennung noch ein Stück weniger schmerzhaft werden zu lassen. Ein Täuschungsmanöver, mit dem ich meine Verteidigungshaltung noch besser vor mir selbst rechtfertigen kann. So liegen wir da, nur dreißig Zentimeter zwischen uns, aber unsere Seelen sind Lichtjahre voneinander entfernt. Selbst wenn ich einen Arm ausstrecken und Johanna berühren würde – wie eine Brücke für meine Gefühle, um erneut eine körperliche und seelische Verbindung zwischen uns herzustellen –, kämen wir nicht wirklich zusammen, es würde nichts helfen. Wir sind zu weit voneinander entfernt, ich bin zu weit entfernt. Und genau in solchen Momenten wie diesem, die ohnehin schon traurig sind, denke ich an alles, was ich versäumt habe. Anstatt nach etwas zu suchen, was die Last der Umstände etwas leichter machen könnte, füge ich so lange weiteres Gewicht hinzu, bis sie mich erstickt. Wenn ich eine Autobiografie über die ersten siebenundzwanzig Jahre meines Lebens schreiben sollte, würden tausend Seiten nicht ausreichen, um von all meinen Begegnungen, Erfahrungen und Reisen zu berichten; jedoch konzentriere ich mich lieber auf das, was nie geschehen ist, stelle mir Fragen, auf die es keine Antworten gibt, und die sich in diesem Fall natürlich auf Johanna beziehen: Warum haben wir nicht mehr Wochenenden am Meer verbracht?

Warum sind wir nicht länger in Indien geblieben? Warum habe ich so oft darauf verzichtet, Zeit mit ihr zu verbringen, nur weil ich irgendwelche sinnlosen Dinge wichtiger fand? Dumme Fragen, ich weiß, und vielleicht ist es auch gar nicht so unmöglich, darauf zu antworten. Man glaubt doch immer, alle Zeit der Welt zur Verfügung zu haben und alles Mögliche aufschieben zu können: Früher oder später wird man es dann schon machen. Und das ist auch richtig so, sonst gäbe es kein Leben und keine Freiheit. Aber jetzt ist alles anders, ich würde jeden Preis bezahlen, um viele Teile meines Lebens noch einmal neu schreiben und in Situationen aus der Vergangenheit zurückkehren zu können, um dann einen anderen Weg einzuschlagen. Nicht um den Unfall zu vermeiden, das Unvermeidliche lässt sich nicht umgehen, sondern um Augenblicke, die mir damals nicht wichtig schienen, intensiver zu genießen. Ich verbringe die Nacht damit, gegen den Treibsand dieser Gedanken anzukämpfen, die mich allmählich verschlingen. Immer wieder lausche ich auf Johannas Atem, um herauszufinden, ob auch sie, genau wie ich, eine schlaflose Nacht mit ihren eigenen Gedanken verbringt; oder ob sie sich erschöpft von einem tiefen Schlaf hat übermannen lassen, der ihr vorübergehend etwas Frieden schenkt. Unbewusst bin ich in ihre Haut geschlüpft, so dass nun ich nach einem Fenster zu ihrem Kopf suche, um ihre Geheimnisse zu erraten. Ich schlafe erst ein, als das erste Tageslicht durch die Schlitze im Rollladen dringt. Die Pflegerin reißt mich aus dem Schlaf:

„Hey, guten Morgen! Es ist zehn Uhr, aber wenn du willst, kann ich auch später wiederkommen."

Johanna ist schon aufgestanden. Die Angst, sie könnte schon gegangen sein, bringt mein Hirn auf Trab:

„Nein, ich muss sofort aufstehen. Hast du Johanna gesehen, als du gekommen bist?"

„Ja, sie war in der Küche."

Um keine Zeit zu verlieren, entscheide ich mich für Katzenwäsche im Bett. In nur einer Viertelstunde, ohne auch nur einen

Kaffee zu trinken, bin ich fertig und sitze im Rollstuhl. Das Adrenalin von der Anspannung wirkt sich auf meinen Blutdruck aus, so dass der mir ausnahmsweise keine Probleme macht: An einem normalen Tag wäre ich so schon ohnmächtig. Ich verabschiede die Pflegerin und stürze ins Wohnzimmer. Noch wiege ich mich in der Hoffnung, Johanna könnte es sich anders überlegt und während der Nacht entschieden haben, doch zu bleiben. Ich hoffe, dass sie mich, sobald ich in die Küche komme, mit einem Lächeln empfangen, sich auf meine Knie setzen und mich küssen wird; ich hoffe, ihre Stimme sagen zu hören, ich solle ganz beruhigt sein, sie werde immer bei mir bleiben, so wie sie es in Zürich versprochen hatte. Ich durchquere das Wohnzimmer, und das erste Bild, das sich meinen Augen darbietet, trifft mich wie ein Blitzschlag: ein gepackter Koffer vor der Glastür, die in den Garten führt, genau an der Stelle, wo ich immer vor einer Abreise mein Gepäck abstellte. Das war ein Bild, das Glück versprach, damals stand es für den Beginn eines Abenteuers, während es jetzt das Ende der wichtigsten Reise meines Lebens besiegelt. Johanna kommt aus der Küche und eilt ins Wohnzimmer, bleibt aber abrupt stehen, als sie mich sieht, wie ich den Koffer anstarre. Wir sehen uns an, und sie ergreift als erste das Wort:

„Ich dachte nicht, dass du schon auf bist."

„Und ich dachte nicht, dass du schon deinen Koffer gepackt hast, wolltest du weggehen, ohne dich zu verabschieden?"

„Nein, das hatte ich nicht vor. Ich war eben auf dem Weg in dein Zimmer, um zu schauen, wie weit du bist."

Das Wohnzimmer ist perfekt aufgeräumt und auf gespenstische Art symmetrisch: Der große Teppich, der unter dem Hauptsofa hervorkommt und dessen ganze Länge einnimmt, ist glatt gezogen wie soeben gebügelt. Auf dem Teppich stehen nebeneinander zwei identische rechteckige Nussbaumtischchen, perfekt auf Kante in genau dem passenden Abstand, um die gesamte Länge des Sofas abzudecken und Platz für die Beine zu lassen, wenn man sich setzt – auf beiden sind Dekogegenstände aus echtem Silber kunstvoll arrangiert. Zwei Sessel stehen einander an den Schmalseiten des Teppichs gegenüber, zwischen ihnen die Nussbaumtischchen, was zusammen mit zwei kleinen Schränkchen, ebenfalls aus Nussbaum, den ersten Abschnitt des Wohnzimmerbildes abgibt. Auf der Seite mit der Küchentür bilden das schwarze Sofa an der Wand und die beiden Regalschränkchen, die es einschließen, den zweiten Abschnitt. Gegenüber, wo ich mich befinde, formen die große Kommode, der Glastisch mit dem Telefon und die zwei Sessel unter dem großen Fenster, die durch ein kleines drehbares Regal getrennt sind, den dritten Teil. Alles scheint dafür bereit zu sein, von weißen Betttüchern abgedeckt zu werden, so wie es in meiner Kindheit vor dem Aufbruch in einen längeren Urlaub üblich war, um die Möbel vor Staubablagerung zu schützen. Unsere resignierten Stimmen verhallen vor diesem wohlgeordneten Bühnenbild, das so kalt wirkt, als wäre es extra passend zu unserem Seelenzustand aufgebaut worden.

„Ich bin bei Anna, das ist ihre Nummer“, Johanna kommt auf mich zu und streckt mir einen gelben Post-it-Zettel hin. Ich werfe einen Blick darauf, ohne etwas zu sagen.

„Ich denke, allein kannst du besser nachdenken, und ich vielleicht auch.“

„…“

Ich würde ihr gerne sagen, dass ich seit Monaten nichts anderes tue, und dass es nichts geholfen hat, außer mich immer weiter runterzuziehen. Und dass ich schon seit dem Tag des Unfalls alleine bin – aber es wird immer schwieriger, Worte zu finden, um das zu erklären. Falls sie meint, ihr Weggehen könnte eine Reaktion bei mir auslösen, kennt sie mich schlecht. Mir geht es dreckig, und ich bin bereit, auch diesen Schmerz in mir zu verschließen. Ich spüre ihre Hand unter meinem Kinn und folge mit dem Blick, als sie meinen Kopf anhebt; ich sehe, wie ihr Gesicht auf mich zukommt, und lasse zu, dass sie mich küsst. Ein sanfter Kuss, der die Trennung noch schwieriger macht. Ich schaue ihr weiter zu, wie sie sich umdreht, den Koffer nimmt und die Tür öffnet. Einen Augenblick bleibt sie stehen, um dann hindurchzugehen und sie hinter sich zu schließen, ohne sich noch einmal umzudrehen. Dann schaue ich ihr noch nach, wie sie den Gartenweg entlang geht, umgeben von den rosa Blüten der Japanischen Weißdolde und den hellblauen der Bleiwurz, und wie sie dann das Gartentor öffnet und unter dem Efeubogen hindurchgeht, der sich darüber spannt. Ich kreuze ihren letzten Blick, während sie das Gartentor schließt, dann sehe ich sie hinter den Büschen verschwinden, die den Garten begrenzen. Da springe ich auf, reiße die Tür auf, renne zwischen den Blumenrabatten hindurch, wobei ich ein paar Blütenzweige abbreche, öffne das Gartentor mit einem Fußtritt und hole sie ein, ich umarme sie und drücke sie an mich, so fest ich nur kann, und sage zu ihr, dass es vorbei ist, dass ich glücklich bin, dass alles nur ein böser Traum war und wir jetzt zusammen abhauen. Aber natürlich träume ich das alles nur mit offenen Augen, male mir etwas aus, was es nicht gibt – doch in Wahrheit sitze ich immer noch im Rolli, an derselben Stelle wie am Anfang, mitten in einem kalten und symmetrischen Wohnzimmer in Schwarz-Weiß. Ich kehre in mein Zimmer zurück, das mir jetzt schon leer vorkommt, und so fühle auch ich mich: entleert. Ich rolle zu dem weißen Tisch, den ich seit einiger Zeit bei mir im Zimmer habe, und klebe den Post-it-Zettel mit der Telefonnummer an den Rand des Computerbildschirms. Ich schaue aus dem Fenster: Der Garten wächst und gedeiht, und die Pflanzen stehen in voller Blüte, während ich verwelke. Ich habe keine Lust, an irgendetwas zu denken. So gerne wäre ich in der Lage, endlich einmal mein Gehirn auf Pause zu stellen; es ausruhen zu lassen, Angst, Anspannung und all die Probleme der letzten Monate mit einem weißen Tuch abzudecken. Leider habe ich noch nicht verstanden, wie das gehen soll. Ich versuche mir ein weißes Blatt vorzustellen, aber darunter schlagen sich mein Kummer und meine Einsamkeit mit den starrsinnigen Lügen herum, die mein Stolz weiterhin als Barrikaden zur Verteidigung benutzt. Ein Konflikt, der ohne Sieger bleiben wird, ein verlorenes Spiel, egal wie das Endergebnis aussieht.

Plötzlich geht die Tür auf. Es ist Gianni, mein blonder Assistent:

„Hi."

„Hi."

„Ich habe Johanna beim Gartentor getroffen, sie hat geweint. Was ist denn los?"

„Nichts, Gianni. Entschuldige, aber ich hab keine Lust zu reden und möchte allein sein."

„Alles klar, ich bin nebenan."

Ich bleibe reglos vor dem Computer sitzen, wo das Gelb des Post-it-Zettels zu einer Insel wird, die ich nicht erreichen kann, inmitten eines weißen Meeres, in dem ich meine Gedanken zu ertränken versuche. Erstarrt und allein in meinem neuen Zustand, der nun für immer mein Leben bestimmt.

24. Wasser

Der Sommer ist da.

Er war immer meine liebste Jahreszeit. Die Zeit der Freiheit, der Sorglosigkeit, der nackten Füße, der Nächte am Strand über Wochen, des Sternenhimmels, des türkisfarbenen Meeres, der geangelten und über der Glut gebratenen Fische, der sommerlichen Liebesgeschichten, die sich zwischen den Dünen abspielten und nur bis zu den ersten herbstlichen Regenfällen andauerten, der Reisen ohne genaues Ziel, der Träume außerhalb der Zeit. Die Jahreszeit, die immer zu kurz war, so dass ich ihr bei meinen Winterreisen in den Orient hinterherflog. Das Meer habe ich seit anderthalb Jahren nicht mehr gesehen, und ich bin nicht mal sicher, ob ich es überhaupt nochmal sehen will. Es ist mit so vielem verbunden, was fester Bestandteil meines Lebens war und was ich jetzt nicht mehr tun kann: Da waren die Spätnachmittage, an denen ich auf Wasserskiern eine marmorglatte nasse Fläche durchpflügte; die ausgedehnten Angeltage in einer vielfarbigen Wasserwelt, die jedes Mal neue Überraschungen bereithielt; die Kanufahrten auf der Jagd nach den eindrucksvollsten Sonnenuntergängen, wenn die Stille nur vom sanften und zärtlichen Geräusch des Meeres unterbrochen wurde; die langen Schwimmtouren, bei denen ich mich in einen Delfin verwandelte und glücklich im Wasser spielte, jede einzelne Bewegung genießend. Jetzt weiß ich nicht mal, ob ich mit dem Rollstuhl überhaupt auf dem Strand fahren und ob ich mit diesem verdammte Katheter baden gehen könnte, ob die Sonne nicht so heiß wäre, dass ich ohnmächtig würde, und ob es auszuhalten wäre, die Sorglosigkeit und überschäumende Freude zu sehen, mit der alle anderen die

Jahreszeit erleben. Aber vor allem ist da die Scham beim bloßen Gedanken daran, meinen deformierten Körper zur Schau zu stellen: mager, ohne Muskeln, bewegungsunfähig. Ich habe nicht die geringste Absicht, mich wieder den mitleidigen Blicken der Leute auszusetzen.

Es ist sehr heiß. Durch das offene Fenster meines Zimmers dringt ein wunderbares Duftgemisch herein: Das Wasser, mit dem am Morgen Blumen und Sträucher gegossen werden, verdampft und lässt die einzelnen Duftessenzen zu einer einzigen werden, die sich wie durch eine Explosion im ganzen Haus verteilt. Eine einsame Biene taucht im Zimmer auf, von irgendwelchen Farben angezogen, und verharrt einen Augenblick vor dem gelben Post-it-Zettel am Rand meines Computers. Es ist schon Wochen her, dass Johanna fort ist, und weder habe ich sie seitdem angerufen, noch sie mich. Im Übrigen, obwohl ich sie vermisse und es eigentlich gerne tun würde, wüsste ich gar nicht, was ich ihr sagen sollte. Es hat sich ja nichts geändert, und es wäre noch immer das alte Lied. Ich frage mich, ob sie wohl an mich denkt und hofft, dass ich sie anrufe, oder ob sie ganz im Gegenteil versucht, zu vergessen.

Ihr Weggang war natürlich ein Schock für meine ganze Familie. Ich habe jede wie auch immer geartete Reaktion auf dieses Ereignis im Schweigen erstickt, mich geweigert, das Thema anzusprechen und allen für sämtliche Gespräche mit mir das strikte Verbot auferlegt, mich danach zu fragen. Ich weiß nicht wie, aber ich bin sicher, dass Johanna, einfühlsam wie sie ist, der ganzen Familie ihre Absichten mitgeteilt hat, lange bevor sie sie in die Tat umsetzte. Vielleicht gab es sogar eine Art heimliche Übereinkunft mit dem Ziel, mich zu einer Reaktion zu provozieren, ein geplantes Verlassen also, aber darüber mag ich nicht einmal nachdenken; es handelt sich um eine bloße Mutmaßung ohne viel Gewicht, die genauso schnell wieder aus meinem Kopf verschwindet, wie sie aufgetaucht ist. Meine Mutter hat prompt die Suche nach einer fest angestellten Haushälterin gestartet, deren Aufgabe zusätzlich zu den Haushaltsangelegenheiten darin besteht, mir bei Bedarf nachts behilflich zu sein. Wahrscheinlich eher aus Furcht, selber einspringen zu müssen, denn aus tatsächlicher Notwendigkeit. Einer der wenigen Vorteile des suprapubischen Katheters besteht ja darin, dass ich nachts nicht aus dem Bett muss, um zu pinkeln: Man muss bloß einen Beutel dranhängen, und das war's. Zumindest sofern das Ding nicht aus irgendeinem Grund blockiert ist und der Urin nicht abfließen kann. In diesem Fall würde ich tatsächlich Hilfe benötigen. Auch diese neue Initiative ist jedoch von geringer Bedeutung für meine kleine Welt: Es interessiert mich nicht, zu erfahren, wer die Auserwählte ist, und sie kennenzulernen, für mich ist eine so gut wie die andere. In der Tat habe ich in den letzten zehn Tagen mein Zimmer fast nicht verlassen, keinen Besuch empfangen und auch meine engsten Freunde nicht sehen wollen, die mich, als sie das mit Johanna am Telefon erfuhren, gerne besucht hätten. Der Einzige, mit dem ich über das Ereignis gesprochen habe, ist Gianni. Er hat mir einfach zugehört, ohne Kommentare oder Ratschläge von sich zu geben, und das hat nicht nur unsere Beziehung gefestigt, sondern das Vertrauen, das ich ohnehin schon zu ihm hatte, noch wachsen lassen. Es überrascht mich, dass die Theorie, nach der man besser mit jemandem kommunizieren kann, der nicht zum engeren Kreis der Freunde und Verwandten gehört, tatsächlich zutrifft. Ich habe ihm zwar nicht das ganze irre Durcheinander in meinem Kopf gebeichtet, aber er ist der Einzige, den ich freiwillig zum Zeugen eines Gefühlsausbruchs habe werden lassen. Auch wenn nicht einmal das die dunkle Wolke aus Traurigkeit auflösen konnte, die über mir hängt wie noch nie zuvor. Sollte ich die Karikatur mit dem Behinderten im Rolli auf dem Weg zum Gipfel als Maßeinheit verwenden, dann befände ich mich im Augenblick unter der Erde am Fuße des Berges. Ich fühle mich wie ein einsamer alter Mann, den die Zeit hat starrsinnig werden lassen, und der sich, taub für Ratschläge, stur in eine immer ausweglosere Situation hineinmanövriert.

Die Zeit, von der ich erst jetzt feststelle, dass ich sie falsch interpretiert habe. Die gedehnte Zeit, die in Zürich überhaupt nicht zu vergehen schien, während die Welt draußen unaufhaltsam weiterrannte – und die doch ausgereicht hat, um mich allzu früh verwelken zu lassen. Ich erinnere mich an einen Witz meines Bruders, als jemand mich nach meinem Alter gefragt hatte. Er antwortete statt meiner:

„Er ist gerade fünfzig geworden, jetzt ist er der große Bruder."

Ich denke, in mancherlei Hinsicht hatte er recht: Der Unfall hat mich altern lassen, jedoch ohne dass ich zugleich Erfahrung und Weisheit hätte ansammeln können. Er hat mir Lebensenergie genommen und lässt mich auch weiterhin immer schwächer werden, während ich auf das Nichts zurase. Auch wenn ich es nicht bemerkte – es war meine Welt, die sich immer schneller drehte, und nicht die äußere, die im Gegensatz dazu ihren gewohnten Gang weiterging.

Das Geräusch eines Sprungs ins Wasser holt mich aus meinen Überlegungen zum Vergehen der Zeit. Der Pool, der zu unserer Wohnanlage gehört, ist offiziell wieder eröffnet worden. Schon seit Tagen arbeiten der Hausmeister und verschiedene Handwerker daran, ihn wieder benutzbar zu machen: Befüllung und Beckenreinigung, Hecken- und Rasenschnitt, Bepflanzung der Beete zwischen den Pinien und Chlorzusatz. Ich kenne all diese einzelnen Arbeitsschritte auswendig und weiß, wie lange es jeweils dauert, sie auszuführen. Auch das war immer ein Moment, den ich ungeduldig herbeisehnte. Ein weiterer Sprung und dann noch einer unterbrechen das Vogelgezwitscher. Ich kann die Wasserspritzer in der Luft erkennen, und jeder davon trägt eine glückliche Erinnerung in sich. Denn als Kind und Jugendlicher bedeutete das für mich das Ende des Schuljahres und den Beginn der Ferien, und ich verbrachte ganze Tage beim Spielen im Wasser mit meinen Freunden aus dem Viertel. Später, als die schulischen Verpflichtungen der Vergangenheit angehörten, war der Pool Schauplatz nächtlicher Bäder, unter allen Umständen nackt und womöglich in angenehmer Gesellschaft, außerdem der perfekte Ort, um auf dem Rasen neben dem Becken meinen Rausch auszuschlafen, bis mich am nächsten Morgen der Hausmeister aufweckte. Um ehrlich zu sein: Nackt gebadet habe ich immer mal wieder auch schon abends, gegen acht, wenn die Hausbewohner das Schwimmbecken verließen. Erstaunlicherweise hat nie jemand protestiert, dabei kann ich mir nicht vorstellen, dass die kleine abendliche Vorführung von niemandem bemerkt wurde – es ist wohl so, dass sie denen, die dabei zusahen, nicht gerade unangenehm war.

Johanna und ich nutzten den Pool oft als Abkühlung an den ersten sommerlichen Hitzetagen und nachts auch für das eine oder andere Liebesspiel. Jetzt aber habe ich keinerlei Absicht, das Schwimmbad zu betreten: Ich habe keine Lust, auf die Hausbewohner zu treffen und mich mit ihnen über Nichtigkeiten unterhalten zu müssen, oder, noch schlimmer, die Fragen zu meiner Gesundheit zu beantworten, die mit Sicherheit auf mich einprasseln würden. Und schon gar keine Lust habe ich, vor aller Augen baden zu gehen. Allein um ins Wasser zu gelangen, bräuchte ich die Hilfe von zwei oder drei Personen, das wäre die Attraktion des Tages. Auch wenn mir Osvaldo, als es langsam Sommer wurde, mehrfach die Idee in Aussicht gestellt hat, wir könnten meine Physio auch im Wasser abhalten, habe ich dafür nie Begeisterung an den Tag gelegt, obwohl ich durchaus sehe, dass es nützlich sein könnte. Auch in Zürich gab es ein Schwimmbad, aber dort war es anders: Schon allein deshalb, weil es der Ort mit dem wärmsten Klima in der ganzen Klinik war, genossen wir es, in der geschlossenen Schwimmhalle eine kleine Runde zu drehen; auch das Hineinkommen war ganz einfach, denn es gab ein elektrisches Tragegestell, das einen direkt ins Wasser hob; und nicht zuletzt war die Wassertemperatur so hoch, dass man sich Mühe geben musste, nicht einzuschlafen. Aber der definitiv schönste Moment war der, wenn sie dich, kaum warst du aus dem Wasser, in einen Haufen weicher, vorgewärmter Handtücher einpackten, zwischen denen du wegdämmern konntest, um dann total entspannt in deinem Bett wieder aufzuwachen. Mit einem Mal springen meine Gedanken, immer noch in Zürich, ein paar Stockwerke höher in meine Abteilung, zu einem Gespräch, das ich dort mit Stefan hatte. Es war die Zeit, als ich mit dem Versuch gescheitert war, ihn zu überreden, mir beim Sterben behilflich zu sein. Seitdem hatte er Spaß daran, mich mit Todesarten aufzuziehen, die ich alleine niemals würde in die Tat umsetzen können:

„Ich hab's!"

„Was?"

„Die perfekte Methode, deinem elenden Leben ein Ende zu setzen."

„..."

„Du gehst einfach an einen Strand, gehst bis zur Brust ins Meer und wartest auf die Flut."

„Klar, und den Rollstuhl, wer soll den über den Sand schieben?"

„Ach so, stimmt, daran hatte ich nicht gedacht."

„..."

„Dann probier's doch im Schwimmbad."

„Da gibt's einen Rand, der ist einen halben Meter hoch, rate mal, wieso?"

„Damit solche Deppen wie du keine Dummheiten anstellen", und er ging zufrieden kichernd aus dem Zimmer.

Wie funktioniert das mit den Ideen? Wo kommen die her? Manche sagen, sie flattern durch die Luft und fallen dann rein zufällig auf uns runter. Keiner von uns ist Schöpfer von irgendwas, es fällt ihm einfach diese oder jene Idee in den Schoß, und dann schreibt er dieses Musikstück oder jenen Text. Oder er schafft einfach so die Bedingungen, damit etwas geschieht – ohne selbst zu wissen, wie es zustande kam. Und so scheint ganz plötzlich alles einen Sinn zu ergeben; alles fügt sich perfekt zusammen wie Puzzleteile, aus denen am Ende ein Bild wird. Seit Monaten arbeite ich beharrlich und dickköpfig daran, jegliches mögliche Hindernis beiseite zu räumen, indem ich erst Johanna und dann meine Freunde vertrieben habe. Denn völlige Einsamkeit ist die einzig notwendige Voraussetzung für die Verwirklichung eines Plans, der erst jetzt ganz klar umrissen vor meinen Augen auftaucht. Ein Sprung ins Wasser, ein paar glückliche Erinnerungen und ein Gespräch, das war genug, um die einzelnen Punkte meines verbliebenen, sich vorantastenden Lebens zu verbinden; um herauszufinden, dass genau dieses Schwimmbecken, das immer schon da ist, als würde es in aller Stille auf das Wiedererwachen meiner Aufmerksamkeit warten, mein Grab sein wird. Der Beginn des Sommers hat bewirkt, dass ich seine Stimme hörte, wie sie nach mir rief. Jetzt hat alles einen Sinn. Ich muss nur den passendsten Moment erwischen.

Es ist ein Freitag wie viele andere, und er plätschert ruhig dahin wie ein Dorfbach. Ich unterhalte mich am Telefon mit Simone, als ob nichts wäre, eines unserer üblichen Gespräche über Sport, und wir verabreden uns für Sonntag, um gemeinsam das Spiel zu gucken. Ich rolle durch die Wohnung, und weder stört es mich, dass Sessel und anderes Mobiliar mir den Weg verstellen, noch fühle ich mich klein neben den imposanten Bücherregalen. Ganz im Gegenteil, zum ersten Mal bin ich groß und stark. Es ist ein Freitag wie viele andere, und ich bin hungrig: Also beschließe ich, mit Gianni im Esszimmer zu Mittag zu essen. Meine Mutter kocht und deckt den Tisch; sie ist völlig euphorisch und kann es fast nicht glauben, dass ich eine so ungewöhnliche Lust auf Essen habe, und noch dazu am Tisch. Es ist ein Freitag wie viele andere: für alle außer mir. Es ist mein letzter Freitag auf dieser feindlichen Erde, die so gar nicht zu meinen Bedürfnissen passen will; den größten Teil meines Lebens bin ich auf ihr herumgelaufen, und jetzt verlasse ich sie, mit einer kurzen Spur meiner Räder als Testament. Vielleicht ist genau das der Grund, warum mir alles, was ich bisher so schlecht ertragen konnte, heute gleichgültig ist.

Nach dem Essen ziehe ich mich in mein Studio zurück. Ich schalte Computer und Verstärker ein und lasse *Shine On You*

Crazy Diamond von Pink Floyd bei voller Lautstärke laufen. Ich erinnere mich, wie ich vor vielen Jahren, nachdem ich dieses Lied gehört hatte, beschlossen habe, mein Leben der Musik zu widmen und Gitarrist zu werden. Die Tonfolge des Gitarrensolos ist seither Teil meiner DNA, denn sie war der Sprengstoff, der meine Leidenschaft zum Explodieren brachte. Sie hat meinem Leben einen Sinn gegeben, und jetzt will ich, dass sie auch meinem Tod einen gibt; das Lied soll das letzte sein, das ich höre, und ich will es bis zu meiner letzten Sekunde im Ohr behalten. Ich habe meine drei Gitarren auf ihren dreibeinigen Ständern voll im Blick: Sie sind die Verlängerung meiner Seele, auf ihren Griffbrettern haben meine Finger Vertiefungen hinterlassen, sie tragen meine Hoffnungen und meine geheimsten Träume in sich, die Erinnerungen an glückliche Liebe, aber auch die Gefühlsausbrüche in schwierigen Momenten. Ich frage mich, ob ich sie jemandem vermachen soll, aber es fällt mir niemand ein, stattdessen kommen mir bloß die Tränen. Der Schmerz ist noch zu lebendig, und außerdem will ich gar nicht, dass irgendwer auf ihnen spielt. Niemand würde sie so gut behandeln wie ich. Es wäre besser und richtiger, sie mit in meinen Sarg zu legen, damit sie mit mir zusammen verbrannt werden und sich ihre Asche mit der meinen vermischt. Als das Stück zu Ende ist, schalte ich alle Geräte aus und rolle in mein Zimmer. Johannas Nummer klebt noch immer an ihrem Platz, am Rand meines Laptops. Das Foto, das uns beide von hinten zeigt, nebeneinander sitzend vor dem Hintergrund eines schwedischen Archipels, und das ich in Zürich auf dem Fensterbrett stehen hatte, steht jetzt auf dem Nachttisch neben meinem Bett. Ihr Vater hat es damals im Sommer gemacht, da waren wir erst ein paar Monate zusammen, und ich war ihr nach Stockholm hinterhergefahren, um ihre Eltern kennenzulernen. Das war ein glücklicher Moment, und seither war dieses Foto immer das Symbolbild für unsere Liebe gewesen. Vielleicht sollte ich ihr in einem Brief alles erklären, oder womöglich gleich meiner ganzen Familie. Es ist immer eine

Art Enttäuschung, wenn ein Selbstmörder den Lebenden keine Nachricht hinterlässt, aber ich habe eigentlich nichts zu sagen, was sie nicht sowieso schon wüssten. Im Grunde ist mein fortgesetztes Schweigen bedeutungsträchtiger als tausend Worte, glaube ich wenigstens. Andererseits würde ich damit vielleicht diese schrecklichen schwülstigen Beerdigungsansprachen verhindern, die ich schon immer gehasst habe, und die diesmal – Schrecken aller Schrecken – mir gelten würden. Was für ein guter Mensch er doch war, wie gutaussehend, liebenswürdig, freundlich, sympathisch, lebensfroh. Und dann der Schwenk: Der Ärmste, er konnte so nicht weiterleben, es war einfach zu viel, sogar für einen starken Typ wie ihn. Und weiter: Aber was für ein feiger und egoistischer Akt, nach all der Hilfe, die ihm zuteil geworden ist. Dabei bin ich, glaube ich, einer der wenigen, die schon immer gedacht haben, dass es sehr viel Mut braucht, sich umzubringen, von wegen Feigheit. Wenn ich so darüber nachdenke, würde es mir gefallen, wenn meine Trauerfeier in einem Saal stattfände, mit Büffet, alkoholischen Getränken und allem Drum und Dran, und alle Anwesenden sollten die Befugnis haben, gut oder schlecht von mir zu sprechen, Hauptsache, sie sagen die Wahrheit. Da würde es bestimmt mehr als nur einen geben, der sich ordentlich Luft machen würde, da bin ich ganz sicher, und dadurch würde die ganze Veranstaltung deutlich vergnüglicher werden. In Wirklichkeit interessiert es mich nämlich herzlich wenig, was von mir in Erinnerung bleiben wird, und wenn es mit meinem jetzigen Zustand zu tun hat, noch viel weniger. Tote sind nicht gekränkt über die Urteile der Lebenden, sie haben einfach nur aufgehört zu leiden.

Es ist fast acht. Gianni klopft an meine Tür:

„Herein."

„Soll ich dich ins Bett bringen, bevor ich gehe?"

„Lass gut sein, ein paar Freunde kommen mich nach dem Abendessen besuchen, die können mir helfen", eine kleine Lüge, damit ich Handlungsfreiheit habe.

„Dann sehen wir uns am Montag. Falls du mich morgen brauchen solltest, sag Bescheid."

„Danke, Gianni, ich glaube nicht, dass ich dich brauche."

„Ciao und schönen Abend!"

„..."

Puh, dieses *Schönen Abend* lässt mich verstummen. Da hatte ich ganz sicher schon schönere. Wir haben uns nicht so oft gesehen, aber Gianni war nicht nur eine große Hilfe für mich, sondern auch ein Freund. Dass er jetzt geht, hat mich nervös gemacht, denn damit kommt der Moment näher, in dem ich handeln muss, und ich bin jetzt gar nicht mehr so ruhig wie den ganzen restlichen Tag. Ich kann mir noch nicht sicher sein, dass mein Plan bis zum Ende aufgehen wird, denn ich weiß noch nicht, ob ich alle Hindernisse werde überwinden können oder ob womöglich noch ganz andere auftauchen, mit denen ich nicht gerechnet habe, wahrscheinlich ist es das, was mir zu schaffen macht. Oder vielleicht ist es ganz im Gegenteil bloß die Angst. Dieselbe, die ich bei den beiden vorigen Versuchen hatte, weil ich in meinem Innersten schon wusste, dass sie nicht gelingen würden. Diesmal aber ist es anders, jetzt bin ich fast sicher, dass mir nichts dazwischenkommen wird.

„Hast du Hunger?" Die Stimme meiner Mutter, die unvermutet in meine Gedanken platzt, lässt mich in meinem Rolli zusammenfahren. Vielleicht sterbe ich ja direkt am Herzinfarkt, dann brauche ich keinen Plan mehr. Ich drehe mich zur Tür um und sehe, wie sie mit lächelndem Gesicht aus dem Flur hereinkommt.

„Nein danke, mir liegt noch das Mittagessen im Magen."

„Soll das heißen, dass es dir nicht geschmeckt hat?"

„Es war sehr lecker, aber ich hab zu viel gegessen."

„Dabei war doch heute das erste Mal, seit du wieder zu Hause bist, dass du normal zu Mittag gegessen hast, gut gemacht."

„..."

„Alles in Ordnung, Lo?"

„Ja, ich war nur in Gedanken, und du hast mich erschreckt."

„Gut, also, wenn du doch noch Hunger kriegst, ich bin im Wohnzimmer."

„OK, danke."

Mein unerwarteter Appetit zur Mittagszeit muss sie auf den Gedanken gebracht haben, dass sich bei mir etwas verändert haben könnte. Wahrscheinlich sieht sie einen neuen Hoffnungsschimmer am Horizont. Sie hat keine Ahnung, dass es sich vielmehr um ein unbewusstes Abschiedsgeschenk gehandelt hat. Ich weiß noch, wie verzweifelt sie war, weil sie sich bereit erklärt hatte, am Tag meines Unfalls auf den Hund aufzupassen: Idiotischerweise fühlte sie sich schuldig, denn wenn sie das nicht getan hätte, dann hätte ich nicht zum Skifahren gehen können. So wird sie auch jetzt wieder einen Weg finden, sich schuldig zu fühlen, weil sie meine Absichten nicht erkannt hat. Fast ist mir danach, wenigstens ihr einen Zettel zu hinterlassen:

„Sei ganz beruhigt, Mamma, auch wenn ich nicht zu Mittag gegessen hätte, an meinen Plänen hätte das nichts geändert. Leb wohl."

Es ist dunkel geworden. Die Beleuchtung der Wohnanlage wirft ihr schwaches Licht auf den Gartenweg und den Schwimmbadbereich: der perfekte Halbschatten, in dessen Schutz ich ungesehen vorbeifahren kann. Es ist soweit, es kann losgehen. Ich werfe einen letzten Blick in mein Zimmer, die kleine Welt, in der meine Bücher, meine CDs und meine DVDs aufbewahrt sind, alles dicht gedrängt, aber ordentlich in die Regalfächer einsortiert, zusammen mit meinen Geheimnissen und meinen innersten Gedanken – die in der reglosen Sommerluft hängenbleiben werden. Ich erinnere mich, wie ich das Zimmer als kleiner Junge mit meiner Schwester Roberta geteilt habe; wie anstelle der zwei Einzelbetten ein schmales Doppelbett auftauchte, das ich dann für mich alleine hatte; wie ich es verlassen habe, um in mein eigenes Zuhause umzuziehen, und wie ich durch höhere Gewalt wieder zurückkehren musste. Ich denke daran, wie sehr sich das Leben verändert, manchmal in unerwartet tragische

Richtungen, und auch diesen Gedanken lasse ich, wie schon alle anderen, in der Luft hängen. Ich fahre hinaus in den Garten, wobei ich geschickt die kleine Stufe unter der Glastür überwinde, an der ich mir früher mindestens zweimal in jedem Sommer die kleinen Zehen blutig gestoßen habe, und fahre unter dem Fenster des Zimmers vorbei, das einmal meinem Vater gehört hat. Eine Sekunde lang blicke ich hinein und meine ihn an seinem kleinen Schreibtisch aus Acrylglas sitzen zu sehen, den Kopf über seine Schreibmaschine gebeugt. Ich spüre seinen strengen und mitfühlenden Blick auf mir ruhen, als wollte er sagen: Was machst du denn da? Stopp! Ich schäme mich. Dann versuche ich die Räder mit noch mehr Kraft vorwärtszuschieben, um rasch aus seinem Blickfeld zu verschwinden. In den letzten Monaten habe ich oft an ihn gedacht, seinen Namen vor mich hingesprochen und von seiner Anwesenheit geträumt. Vielleicht hätten sich die Dinge anders entwickelt, wenn er noch da gewesen wäre. Auch wenn ich natürlich froh bin, dass er das traurige Ereignis, das mir zugestoßen ist, nicht erleben musste: Er hätte unerträglich darunter gelitten.

Mein Hund springt glücklich vor dem Rolli hin und her, mit seinen typischen schlaksigen Breakdance-Sprüngen, die an die Bewegungen einer Raupe erinnern, und mit vor Aufregung schrillem Jaulen. Er ist ganz offensichtlich überzeugt, dass ich jetzt mit ihm Gassi gehe, und da das sonst nie der Fall ist, stellt er seine ganze Freude über das ungewöhnliche Vorkommnis zur Schau.

„Sei still, du blödes Vieh, du verrätst mich ja!"

Mein Geschimpfe zeitigt jedoch wegen des gedämpften Tons keinerlei Effekt, und die Performance geht unvermindert weiter. Ich wage einen kurzen Blick ins Wohnzimmer, durch das große Fenster, das zur Hälfte von den Blumenkästen auf dem Fensterbrett verdeckt wird, um herauszufinden, was drinnen vor sich geht. Meine Mutter sitzt auf dem Sofa, völlig hypnotisiert vom Fernseher, der so laut aufgedreht ist, dass man eigentlich die

Polizei holen müsste. Sie hat weder meine Anwesenheit, noch die Sprünge und das übermäßig laute Gejaule des Hundes bemerkt. Sie würde es nicht mal hören, wenn ich in ein Megafon brüllen würde. Ich fahre an der Glastür zum Salon vorbei, in der Hoffnung, nicht bemerkt zu werden, und schlage hastig den leicht abschüssigen Weg zu unserem Gartentor ein. Auf halber Strecke bleibe ich an den blühenden Zweigen der Japanischen Weißdolde hängen, die halb über den Weg hängt. Das war der Lieblingsstrauch meines Vaters: Er widmete ihr besonders viel Zeit und Sorgfalt, was sie ihm durch starken und üppigen Wuchs dankte. Vielleicht sind ihre Zweige seine Arme, die mich in einem letzten verzweifelten Versuch aufhalten wollen; vielleicht hofft er auch, dass die hektischen Bewegungen, mit denen ich mich zu befreien versuche, die Aufmerksamkeit meiner Mutter erregen und mein Vorhaben platzen lassen werden. Aber sie schaut konzentriert auf ihre eigenen bewegten Bilder, und im Übrigen sind die Zweige auch nicht stark genug: Sie brechen ab und landen mitsamt ihren Blüten auf dem Weg, eine Spur meiner flüchtigen Anwesenheit, wie eine Inschrift auf einer Gedenktafel. Jetzt rolle ich auf das Gartentor zu, das seinerzeit verbreitert wurde, damit ich besser durchkomme, und ein leichter Schubs mit den Füßen genügt, damit es sich geräuschlos öffnet. Der Hund stürzt mit einem Satz, der einer Katze zur Ehre gereichen würde, über mich hinweg nach draußen und wartet dann ungeduldig auf mein Zeichen, in welche Richtung es gehen soll. Dann fahre auch ich unter dem Efeubogen hindurch, der dort von alleine gewachsen ist, als wäre es der Eingang in eine andere Welt, und finde mich auf dem asphaltierten Weg zwischen den Häusern der Wohnanlage wieder. Während der Hund weiterhin aufgeregt wartend mit den Pfoten scharrt, schließe ich langsam das Tor. Das Geräusch von Metall auf Metall, mit dem es an den Pfosten schlägt, ist ziemlich laut und unterbricht für einen Augenblick den besonderen Geräuschmix eines typischen Sommerabends. Die Zikaden schreien in perfekter Harmonie all die Wärme des Tages heraus und geben den Takt für den Klangteppich vor, dem sich alle anderen nächtlichen Instrumente hinzugesellen. Die Nähe zum Park Villa Pamphili und die warme Jahreszeit begünstigen die Anwesenheit von Arten, die in dieser Gegend normalerweise nicht vorkommen: Eulen, Falken, Enten, die wegen des Pools kommen, eine kleine Igelfamilie und sogar Papageien. Es geht das Gerücht, dass vor Jahren jemand die giftgrünen Vögel mit den gelben Schnäbeln freigelassen hat, welche diesen Ort ausreichend angenehm fanden, dass mit der Zeit ein richtiger Schwarm daraus wurde. Mit Ausnahme der Eule kann ich die verschiedenen Vogelstimmen nicht zuordnen. Aber ich habe oft gewaltige und durchdringende Schreie gehört, die mich an irgendein prähistorisches Flügeltier denken ließen. Im Moment jedoch begleiten mich nur die Zikaden mit ihrem Klagegesang, welcher sehr an einen Trauermarsch erinnert. Ich zeige dem Hund die Richtung an, und er rast los wie von der Tarantel gestochen. Ich folge ihm sehr viel langsamer, auch weil mich der Teppich aus Pinienkernen ausbremst, der den ganzen Weg bedeckt. Wenn ich darüberfahre, zerspringen sie, als würden sie explodieren. Ihr Krachen transportiert mich wie magisch zurück in die Vergangenheit, als dasselbe Geräusch den Hintergrund für unsere wilden Fahrrad-Wettrennen auf diesem Weg bildete, wir waren viele Kinder, und dieses war der am meisten praktizierte Sport neben dem Fußball. Ich hatte ein nagelneues feuerrotes Fahrrad mit Gangschaltung. Glücklich flitzte ich dahin und streifte beinahe das Mäuerchen mit der Hecke, das den Weg einfasst, als wie aus dem Nichts Carlo auf der Bildfläche erschien, ein anderer Junge, etwas älter als ich, der ebenfalls glücklich dahinflitzte und beinahe das Mäuerchen streifte, das den Weg einfasst, nur leider in der Gegenrichtung. Keiner von uns beiden ließ erkennen, dass er die Richtung wechseln wollte, um einen Zusammenstoß zu verhindern. Als ich begriff, dass wir unvermeidlich aufeinanderprallen würden, schloss ich die Augen. Das Ergebnis: Carlo nannte mich einen Idioten und stieg unverletzt wieder aufs Rad; ich dagegen hatte schlimm zugerichtete Knie, von denen das Blut tropfte, und mein Fahrrad einen verzogenen Rahmen, der sich nicht wieder hinbiegen ließ. Ende meiner kurzen Karriere als Radsportler – nicht ganz zufällig ist das eine der wenigen Sportarten, die ich nicht ausstehen kann. Ein dumpfer, harter Aufprall holt mich zurück in die Gegenwart, aber in diesem Fall habe ich nichts damit zu tun. Sofort erkenne ich jedoch die Ursache: Ein Pinienzapfen voller Kerne ist auf den Rasen gefallen, der den größten Teil des Beckens einfasst. Als Kind hatte ich Spaß daran, die Pinienkerne aufzusammeln und die vollsten Zapfen zu finden, aber geschmeckt haben sie mir nie. Ich verkrümelte mich immer, wenn diverse Nachbarn uns einluden, ihre vielfältigen Imbiss-Kreationen aus Pinienkernen zu probieren, aber etwas überrascht mich jeden Sommer von neuem: Sieben riesige Pinien umstehen das Schwimmbecken, dazu weitere vier in dem Teil des Gartens, der zur Straße hin gelegen ist; allesamt sind sie zum Bersten voll mit schweren Pinienzapfen voller Kerne und Harz. Ich bin siebenundzwanzig, und seit ich mich erinnern kann, hat nie jemand einen abbekommen. Ein Haufen Leute nutzt den Pool, sie lagern hier und dort mit ihren Handtüchern und Liegestühlen auf dem Rasen, und die Pinienzapfen fallen mit einer Häufigkeit von zwei bis drei am Tag herunter. Das geschulte Ohr bemerkt es eine Sekunde vorher, weil man das Knacken des Zweigs hören kann, der bricht und das Geschoss freigibt, aber das ist keinesfalls lang genug, um festzustellen, um welchen es sich handelt, und gegebenenfalls auszuweichen. Also frage ich mich: Wie ist es möglich, dass niemand je von einem getroffen wurde? Man kann nicht einmal auf eine Statistik zurückgreifen, da es ja keinen Fall gibt, auf den sich Bezug nehmen ließe. Ich habe gesehen, wie Pinienzapfen Leute beinahe streiften, dreißig Zentimeter neben einem der Glücklichen herunterkamen, die dalagen und sich sonnten, unter dem Gelächter der Anwesenden. Dabei gibt's da eigentlich nicht viel zu lachen: Wenn eine dieser kleinen, mit Projektilen gespickten Bomben aus Holz dir ungebremst aus fünfzehn Metern Höhe auf den Kopf saust, gehst du ins Krankenhaus; falls sie dazu auch noch unreif und damit härter und schwerer ist, schaffst du es vielleicht erst gar nicht mehr dorthin. Wie sehr habe ich in diesen Jahren gehofft, es würde wenigstens einmal passieren, damit ich live dabei sein könnte. Vielleicht nicht gerade auf den Kopf, aber wenigstens auf die Schulter, auf den Bauch oder ein Knie. Nur um das Ergebnis zu sehen und endlich mal einen Vorfall statistisch analysieren zu können. Ganz abgesehen davon, dass dies zu meinem größten Vergnügen das Hauptthema sämtlicher Gespräche zwischen den Hausbewohnern gewesen wäre. Wenn es ausgerechnet mir heute Abend passierte (wobei ich die Variante „unreifer Zapfen" mal außer Acht lasse, das wäre nun wirklich zu viel des Guten), dann würde ich das als eindeutiges Zeichen betrachten und zurück in mein Zimmer rollen. Inzwischen ist zum Klangteppich der Zikaden auch die Eule dazugestoßen: Ich höre sie jeden Abend, aber es ist mir nie gelungen, sie zu Gesicht zu bekommen. Auch jetzt bleibe ich stehen und suche die Pinienwipfel nach dem Funkeln ihrer Augen ab, aber vergeblich. Dabei stelle ich fest, dass ich fast beim Eingang zum Schwimmbadbereich angekommen bin. Der Hund rennt zwischen mir und dem hinteren Gartentor der Wohnanlage hin und her. Denn dieses stellt aus seiner Erfahrung das einzig denkbare Ziel dar, da der Schwimmbadbereich für ihn strengstens verboten ist: Schließlich hätte er nichts anderes im Sinn, als sich ins Becken zu stürzen. Daran hatte ich nicht gedacht, das könnte tatsächlich zum Problem werden, auch weil er, wenn er erst mal drin ist, wohl nicht mehr rauskommt. Spätestens wenn er mich im Wasser sieht, wird er mir garantiert hinterherspringen und versuchen mich zu retten. Zurückzufahren und ihn im Garten einzusperren, ist sicher keine Option: Erstens habe ich gar nicht die Kraft dazu, und zweitens würde er anfangen zu jaulen und die Aufmerksamkeit meiner Mutter auf sich ziehen. Darüber denke ich noch nach, während ich eine letzte Anstrengung auf mich nehme und mich vor dem Törchen zum Schwimmbad in Position bringe, wo das erste wirkliche Hindernis auftaucht: eine kleine Stufe. Ich befehle dem Hund, neben mir sitzen zu bleiben und zu warten, denn jetzt kommt es darauf an, die Hürde zu überwinden. Ich gebe den Rädern einen heftigen Stoß und lasse das ganze Gewicht meines Oberkörpers nach hinten schnellen, so dass der Rolli sich vorne aufrichtet und die Vorderräder auf der Stufe landen. Der Hund wedelt mit dem Schwanz und schaut mich an, fast als würde er lächeln. Jetzt muss ich auch die Hinterräder nachholen und schiebe so fest, wie ich nur kann: Beim ersten Versuch kippe ich zurück, versuche es noch einmal und schaffe es nur ein Stückchen höher, um erneut zurückzurollen. Da begreife ich, dass ich es wie ein Pendel machen muss, ein paarmal vor und zurück, als würde ich Anlauf nehmen, und dann hopp! mit meiner ganzen Kraft versuchen, die Räder auf die Stufe zu bekommen. Der Hund blickt mich weiter ganz aufgeregt an, als wollte er mich anfeuern. Das Zirpen der Zikaden scheint an Intensität zuzunehmen, und auch die Eule ruft ihr „Schuhu" mit noch mehr Überzeugung. Ich fange an, auf und ab zu wippen, zähle bis drei und schiebe so fest ich kann, meine Halsmuskulatur zum Zerreißen angespannt und die Bizepse kurz vorm Bersten. Der Rolli richtet sich langsam auf und überwindet schließlich die Stufe, dann geht es ein paar Meter auf dem kleinen Weg abwärts zum Becken, neben welchem er auf dem Rasen zum Stehen kommt. Ich bin außer Atem, und meine Arme schmerzen von der Anstrengung. Der Hund ist schon losgerannt, schnüffelt herum und sucht nach ekligen Hinterlassenschaften, auf denen er sich wälzen kann. Trotz der Dunkelheit sticht ein Teppich von weißen Gänseblümchen aus dem intensiven Grün des englischen Rasens hervor. Darauf würde ich mich jetzt auch gerne herumwälzen, so wie ich es früher immer gemacht habe. Dieses rechteckige Stück Rasen war Schauplatz Tausender fußballerischer Herausforderungen: Oft improvisierten wir Kleinstspiele zwei gegen zwei am späten Nachmittag, wenn das Schwimmbad sich leerte; andere Male wurde die Dusche zu einem der Torpfeiler, und wir standen abwechselnd im

Tor, während einer sich jenseits des Beckens aufstellte und zu den anderen hinflankte, die dann versuchten, ein Tor zu schießen; wieder andere Male vertrieb ich mir alleine die Zeit, indem ich mit dem Ball auf die Dusche zielte. Es endete fast immer damit, dass wir mit einem der Bewohner aneinandergerieten, der uns lautstark darauf hinwies, es sei verboten, auf dem Rasen Fußball zu spielen. Aber dieser war einfach zu perfekt und zu einladend, als dass wir der Versuchung hätten widerstehen können. Plötzlich ertönt ein lauter Schrei von irgendeinem Tier, vielleicht eines prähistorischen Pterodaktylus, dröhnend wie Gewitterdonner. Ich sehe nach oben, um festzustellen, was für eine Kreatur wohl imstande sein könnte, ein so lautes und furchterregendes Geräusch von sich zu geben, aber in der Luft ist keine Bewegung zu erkennen. Die Eule ist verstummt, und auch die Zikaden haben für einen Augenblick ihren Kampf gegen die Hitze unterbrochen, irritiert von dem markerschütternden Schrei. Mein Blick bleibt nach oben gerichtet, aber nicht mehr auf der Suche nach dem Vogel, sondern weil mich die Tatsache stutzig macht, dass in den Häusern keine Lichter brennen. Das einzige erleuchtete Fenster, verborgen hinter der Hecke, ist das meines Zimmers. Die Fassaden der drei Häuser, die aufs Schwimmbad blicken, sind vollständig dunkel. Keine Bewegung, kein Rufen vom Balkon, kein Lebenszeichen. Eine meiner Besorgnisse war tatsächlich die Möglichkeit, dass mich jemand sehen und meine Absichten erraten könnte, aber es sieht im Gegenteil so aus, als hätten sich alle abgesprochen, mich ungestört agieren zu lassen. Noch nie habe ich die Wohnanlage so erloschen und wie unbewohnt vorgefunden, außer zu sehr später Stunde; alles ist traurig und dunkel wie ein Weihnachtsbaum, bevor man ihn abdekoriert. Die glücklichen Bilder und Erinnerungen, die in jedem Winkel dieses Ortes stecken, ziehen sich zurück und überlassen die Bühne der Einsamkeit, die mich an diesen Punkt gebracht hat. Ich lenke die Räder vom Rasen herunter und lande wieder auf dem kleinen Weg. Ich fahre an der Dusche vorbei und erreiche die betonierte

Fläche zwischen den Umkleiden und der Schmalseite des Pools, wo sich das Sprungbrett befindet. Auch dessen Anblick setzt einen Fluss von Bildern aus der Vergangenheit in Gang, den ich nicht aufhalten kann. Die Umkleiden: ein Lieblingsort, wohin man sich mit den ausländischen Babysitterinnen zurückziehen konnte, die täglich mit den Kindern ins Schwimmbad gingen und sich dann oft mehr mit uns größeren Jungs abgaben. Das Sprungbrett: eine Vorrichtung, auf der man sich produzieren konnte, wenn man gerade den schönsten und schwierigsten Sprung hingelegt hatte. Ich habe keinerlei negative Erinnerungen an das Schwimmbad und alles, was dazu gehört, oder jedenfalls kommen mir keine in den Sinn. Vielleicht ist es mein Unterbewusstsein, das mir Einhalt gebieten will, indem es mir immer wieder leckere Köder hinwirft, die mich von meinem eigentlichen Ziel ablenken sollen. Aber nun liegt die Wasseroberfläche hier vor mir und der kleine Rand, den es zu überwinden gilt, ebenfalls – mit den erinnerungsträchtigen Bildern ist jetzt Schluss. Langsam nähere ich mich dem Rand, der letzten Grenze, die ich überschreiten muss, um mit diesem Leben endgültig abzurechnen. Mein Magen zieht sich zusammen, meine Kehle ist ausgetrocknet, und es überkommt mich eine Art nervöser Übelkeit, die ich zu vertreiben suche, indem ich tief durchatme. Die Vorderräder stoßen gegen den Rand, und der Rolli bleibt stehen. Die breiten weißen Fliesen, aus denen die Fläche besteht, sind nicht ganz glatt, sondern haben kleine schwarze Löcher, die sich im Inneren stollenartig verzweigen wie kleine Tunnelgänge und von winzigen roten Spinnen bewohnt werden. Tagsüber wimmeln sie durcheinander wie Ameisen in ständiger Bewegung, während sie nachts in ihrem Tunnellabyrinth verschwinden. Aber selbst wenn sie jetzt da wären, könnte ich sie nicht erkennen, denn das Licht der Gartenlampen ist zu schwach. Die vier Scheinwerfer, die das Innere des Pools beleuchten und eine Art karibischen Effekt erzeugen, sind heute Abend ausgeschaltet. Das Wasser ist dunkel, und nur mit Mühe kann ich den Grund erkennen. Es mag absurd erscheinen, aber hätte ich das passende Bühnenbild für diesen Moment selbst entwerfen können, es wäre niemals so perfekt gewesen. Mit derselben Methode, mit der ich in den Schwimmbadbereich gekommen bin, bringe ich meine Vorderräder auf den Rand. Er ist niedriger als die Stufe vorhin, so dass es mir ohne größere Anstrengung gelingt. Der Hund sitzt wie eine Sphinx auf dem Rasen, guckt mich an und wedelt. Nachdem er nun ausreichend gerannt ist, sich gewälzt und herumgeschnüffelt hat, interessiert ihn nur noch eins: ins Wasser zu springen, er wartet nur auf den richtigen Moment. Dann soll er mir eben hinterherspringen, ich kann ihn nicht daran hindern, und in meinem Kopf ist auch gar kein Platz, um an ihn zu denken. Irgendwer wird ihn schon rausholen, oder vielleicht schafft er es sogar alleine. Unser großes Wohnzimmerfenster spiegelt die bläulichen Bilder aus dem Fernseher, sie dringen sogar durch die doppelte Hecke, die mich von meiner Mutter trennt. Sie wird wohl immer noch hypnotisiert dort sitzen oder schon auf dem gemütlichen Sofa eingeschlafen sein. Ich frage mich, ob sie es sein wird, die mich findet. Wenn sie sieht, dass ich nicht in meinem Zimmer bin, wird sie mich bestimmt suchen kommen, dann wird sie auf meine Spuren stoßen und vielleicht auch den Hund hören, der im Wasser herumzappelt. Das wird reichen, damit sie begreift, was passiert ist, ich hoffe bloß, dass sie nicht vor Kummer der Schlag trifft. Oder vielleicht ist es auch der Hausmeister, der am frühen Morgen meine Leiche auf dem Grund des Beckens auffinden wird, vielleicht noch im Rollstuhl sitzend, vom Wasser aufgedunsen, mit glasigen Augen und aufgerissenem Mund. Ich denke auch an Johanna und an den Schmerz, den sie empfinden wird, und an meine Geschwister. Sie werden es nicht verstehen, aber egal. Mit einem leichten Schubs, ohne jeden Anlauf, bringe ich auch meine Hinterräder über die Kante. Jetzt stehe ich auf der Poolumrandung und nur noch wenige Zentimeter trennen mich vom Sprung ins Wasser. Einen Augenblick denke ich an Stefan, den Pfleger aus Zürich: Wenn er mich jetzt sehen könnte, wäre er sicher verblüfft über meinen Einfallsreichtum und meine Beharrlichkeit, würde mich aber an jeder weiteren Aktion hindern. Mit einer automatischen Handbewegung betätige ich die Feststellbremse und blicke dann aufs Wasser: Es ist reglos und glatt und wird jetzt zu einer Leinwand, auf welcher der Film über das Ende meiner Reise läuft. Die Bilder folgen glasklar aufeinander: Noch eine letzte halbe Umdrehung der Räder, und ich stürze mit dem Gesicht voraus in meinen persönlichen Abgrund, der mich ohne viel Aufsehens verschlingt. Und mit einem Mal wird es still, das Wasser ist lauwarm wie immer in den Nächten des beginnenden Sommers und dringt überall in mich ein: Ich spüre, wie es mir in die Ohren läuft, in die Nase, und sich in meinem T-Shirt ausbreitet. Es ist ein schönes Gefühl, so schön wie die Vernebelung im Kopf, der ich mich ganz hingebe. Während ich untergehe, drehe ich mich kopfüber wie bei einem Purzelbaum, sehe tausend Luftbläschen aus den Metallröhren des Fahrgestells austreten und an die Oberfläche steigen wie Kometen an einem flüssigen Himmel, während der ganze Rolli sich mit Wasser füllt, immer schwerer wird und rasch auf den Grund sinkt. Als ich unten ankomme, schlägt die Rückenlehne aus Plastik auf den Mosaikfliesen auf, was ein dumpfes, wattiges Geräusch erzeugt. Trotz des Purzelbaums sitze ich immer noch fest auf meinen künstlichen Beinen, die Teil meines Körpers geworden sind. Ich blicke zur Wasseroberfläche, die von meinem Eintauchen und den vielen Luftbläschen aufgewühlt ist, und erst jetzt wird mir bewusst, dass ich gerade noch meine allerletzten Atemzüge zurückhalte. Ich gerate in Panik und wende mich Richtung Leiter, die ich zu fassen versuche, aber sie ist zu weit weg. Ich mache mich lang, um sie zu erreichen, aber die plötzliche Seitwärtsbewegung zieht mich aus dem Rollstuhl. Während ich auf den blauen Boden des Beckens zu liegen komme, zieht eine Reihe bunter Bilder in rascher Abfolge vor meinen Augen vorüber. Es heißt ja, dass im Augenblick des Sterbens die wesentlichen Momente des eigenen Lebens vor einem ablaufen wie eine Filmsequenz. Dazu gibt es sogar eine wissenschaftliche Theorie: Die im Gehirn befindliche Zirbeldrüse kann eine endogene halluzinogene Substanz freisetzen, die DMT heißt. Sie wird nicht nur während der REM-Phase des Schlafs, sondern auch in großer Menge genau kurz vor dem Tod erzeugt, vielleicht damit der Übergang weniger traumatisch verläuft. Auch meine Träume nach dem Unfall könnten mit diesem Phänomen zu tun haben, aber das ist nur eine Theorie. Diesmal aber ist es anders: Die Bilder, die vor mir ablaufen, stammen nur aus meinem Leben nach dem Unfall, und es sind lauter glückliche und lustige Momente in ungeordneter Abfolge. Es beginnt in Zürich: Ich bin mit Stefan zusammen und amüsiere mich über sein gebrochenes Englisch, während wir uns auf dem Flur der Abteilung über Musik unterhalten; ich sehe ihn mit der Morphiumspritze kommen, als ich noch ans Bett gefesselt und voller Schmerzen bin, und er fragt mich, ob ich ein bisschen davon intravenös haben will, damit es besser wirkt; und dann bei einem meiner Ausflüge aus der Klinik, als wir zusammen eine Flasche Rotwein leeren und besoffen in die Abteilung zurückkehren. Ich sehe Claudia, die überrascht ist, welche Übungen aus den Ergotherapiesitzungen ich schon hinbekomme; und uns beide im Badspiegel, während wir ausprobieren, wie ich mir alleine die Zähne putzen und mich rasieren kann, um uns am Ende von oben bis unten mit Schaum zu bewerfen. Ich sehe mich und Johanna in der Cafeteria der Klinik, Hand in Hand beim Spaziergang im Park, Arm in Arm im Bett der Züricher Wohnung, unser Gelächter im Kino, als wir feststellen, dass der Film weder im Original auf Italienisch ist, noch Untertitel hat, aber trotzdem sitzen bleiben und ihn zu Ende schauen, ohne ein Wort zu verstehen. Ich sehe die unerwarteten Besuche so vieler Freunde, die mich glücklich machen und mir Kraft geben, und die ständige Anwesenheit meiner Familie, die mehr Zusammenhalt zu haben scheint als je zuvor. Ich sehe die Straßen meiner Stadt, deren Schönheit mich überrascht, und unsere gemütliche Wohnung voller Leute, die sich über meine Rückkehr freuen. Ich sehe, wie Johannas blaue

Augen beim Betrachten der Fotos unserer gemeinsamen Reisen leuchten – und beim Gedanken an die nächsten Orte, die wir noch zusammen entdecken wollen; ich sehe, wie sie sich in der Silvesternacht auf meine Knie setzt und mir mit einer Umarmung eine große Liebeserklärung macht, für die es keine Worte braucht. Es ist eine Explosion von Bildern, die ich verdrängt hatte, die erdrückt wurden vom Gewicht all dessen, was ich verloren hatte. Der Nebel meines Leidens hatte sich über alles gelegt und nur die Bilder hindurchgelassen, die zeigten, wie unerträglich mein Leben geworden war. Doch so wie sie erschienen sind, lösen sie sich auch schon wieder auf, und ich bleibe auf dem Grund des Schwimmbeckens zurück, mit einem letzten Atemzug in der Brust. Den nutze ich, um die ganze Todesangst herauszuschreien, die ich in mir habe, in der Hoffnung, dass mich jemand hört. Ich schließe die Augen.

Als ich sie wieder öffne, stehe ich immer noch auf dem Beckenrand. Die flüssige Leinwand ist wieder zu dem geworden, was sie eigentlich war: Wasser. Langsam hebe ich den Blick und bin verblüfft über das, was sich vor meinen Augen zeigt: Drei Meter von mir entfernt, reglos mitten auf dem Wasser, starrt mich ein Höckerschwan an. Sein hellweißes Gefieder ist eine stärkere Lichtquelle als die Beleuchtung der Wohnanlage, und auch der orangefarbene Schnabel scheint durch die Kontrastwirkung zu leuchten. Ich schaue ihm gerade in die Augen, ohne einen Muskel zu bewegen, fast ohne zu atmen, und er hält meinem Blick für einen endlos erscheinenden Moment stand. Während er mich weiter fixiert, breitet er mit einer langsamen, geschmeidigen Bewegung seine riesigen Flügel aus, die ihn noch imposanter erscheinen lassen. Er beginnt mit ihnen zu schlagen, immer rhythmischer und mit zunehmender Intensität. Das Geräusch wird immer lauter, durch das Verdrängen der Luft kräuselt sich die Wasseroberfläche zu kleinen Wellen, die sich am Rand brechen, während der Körper abhebt und sich von der flüssigen

Startbahn löst, auf der er sich eben noch befand. Als er drei oder vier Meter in die Höhe gestiegen ist, im Augenblick der größten Anstrengung, schreit er seine ganze Kraft heraus, und es ist genau dieser laute und furchterregende Schrei, den ich zuvor irgendeiner prähistorischen Kreatur zugeordnet hatte. Ich sehe ihm nach, wie er immer höher steigt und schließlich über den Hausdächern verschwindet, in Richtung seiner grünen Heimat. Ich breche in Gelächter aus. Mein Magen ist nicht mehr verkrampft, und auch die Übelkeit ist verflogen, ich fühle mich entspannt und ruhig. Ich blicke zu den Hausfassaden hoch und sehe, wie in mehreren Fenstern das Licht eingeschaltet wird, so wie auch in mir ein Licht angegangen ist. Ich blicke wieder zurück auf den Pool, und es wird mir klar, dass mir die Luft nicht deshalb weggeblieben ist, weil ich unter Wasser gewesen wäre: Seit Monaten lebe ich nun schon wie untergetaucht, mitgerissen vom Strom der Ereignisse, ohne mich entscheiden zu können, welche Richtung ich einschlagen soll; seit Monaten verstecke ich mich nun schon hinter meinem Schmerz und suche Zuflucht in ungeschickt zusammengebastelten Selbstmordplänen, um eine Situation auf drastische Art aufzulösen, die ich doch höchstselbst so beklemmend wie nur irgend möglich habe werden lassen; seit Monaten höre ich nur noch meiner eigenen verletzten Stimme zu und achte auf niemand anderen mehr; seit Monaten sind meine Persönlichkeit und meine Lebensfreude in einer Abstellkammer eingesperrt; seit Monaten halte ich den Atem an und mit ihm all die Worte zurück, die auszusprechen ich nicht imstande bin. Es gibt vieles, was ich noch nicht verstehe, aber eines glaube ich begriffen zu haben: Ich habe nicht die geringste Absicht, mich umzubringen. Als ich die Möglichkeit hatte, trotz meiner fast vollständigen Abhängigkeit von anderen in völliger Autonomie zu entscheiden, ob und wann ich aus dem Karussell aussteige, ist mir endlich ein Licht aufgegangen, und ich habe eingesehen, dass ich leben will. Erst musste ich wenige Zentimeter vor dem Abgrund stehen, um das erkennen zu können, was immer da war, direkt vor meiner Nase. Von hier an kann ich beginnen, das zu sehen, was mein Blick und mein Dickkopf bis jetzt nicht wahrnehmen wollten, und daraus den Raum zu erschaffen, den ich zum Weiterleben brauche. Ich löse die Bremsen meines Gefährts und rolle vom Beckenrand herunter. Der Hund kommt mir schwanzwedelnd entgegen, ich streichle ihn:

„Heute doch nix mit Baden, tut mir leid."

Zwangsläufig habe ich viel nachgedacht in den vergangenen Monaten: über das Leben, über das Schicksal, über die Abzweigungen, vor denen wir häufig stehen, und über die Wege, die man jeweils einschlägt. Es ist eigenartig, wie manchmal eine Geste ausreicht, eine Bewegung, eine Situation, ein Wort, um einen neuen Horizont zu eröffnen, wo sich noch vor einer Sekunde eine Mauer befand. Mein neuer körperlicher Zustand hat auch einen Seelenzustand nach sich gezogen, der meine eigentliche Persönlichkeit verdeckt hat, dabei ist das doch das Wichtigste, was wir haben: der Charakter, der uns einzigartig macht und von allen anderen unterscheidet, und um den wir uns immer mit viel Aufmerksamkeit kümmern sollten. Ich habe einen Funken gebraucht, um mich wieder daran zu erinnern, um ein neues Licht auf den Weg zu werfen, den ich schon zurückgelegt und auf das, was ich gelernt habe – und um endlich keine Angst mehr zu haben. Ich fürchte die Leute nicht mehr, die mich ein armes Schwein nennen, und auch nicht die Menschenmenge in Rom oder die mitleidigen Blicke. Ich fürchte den Schmerz nicht mehr und auch nicht die Spritzen, und ich habe keine Angst mehr, zu reden, mich jemandem anzuvertrauen, meine Stimme zu erheben. Ich schäme mich nicht mehr dafür, anders zu sein. Ich habe Lust zu leben, zu schauen, zu berühren, zu hören, dieselbe Lust, die ich immer gehabt habe, aber die erst wieder aus der Versenkung auftauchen musste. Ich will einfach nur meine Welt und mein Leben auf die bestmögliche Art wieder aufbauen, angefangen mit der wichtigsten Person. Es ist Zeit, nach Hause zu gehen.

Ich schiebe den Rolli auf dem kleinen Weg zurück zum Ausgang, diesmal geht es bergauf. Obwohl mir die neue Wendung meines Lebens einen beträchtlichen Schub an Energie geschenkt hat, muss ich mehrmals innehalten vor Anstrengung. Das Zirpen der Zikaden hat seinen Trauermarschcharakter verloren und sich in eine Siegeshymne verwandelt, während die Eule ihre Stimme gar nicht mehr hören lässt. Fast bin ich am Törchen angekommen, als ich ganz deutlich das Geräusch eines Sprungs ins Wasser höre. Ich wende mich langsam um und erhalte die Bestätigung dessen, was ich mir schon gedacht habe: Der Hund hat beschlossen, dass das Bad unaufschiebbar ist, und planscht glücklich im Wasser. Ich muss lachen, kann es ihm ja nicht verübeln: Schließlich kommt er fast nie in die Nähe vom Schwimmbad, das war eine Gelegenheit, die er einfach nutzen musste. Die Stufe am Eingang nehme ich mit Leichtigkeit – ginge es aufwärts genau so einfach, wäre die Geschichte vielleicht ganz anders ausgegangen –, und schon bin ich wieder auf dem ebenen Stück Asphalt, das zu unserem Gartentor führt. Ich höre den Hund jaulen, aber es ist kein Hilferuf, man könnte es eher so übersetzen:

„Wo willst du denn hin, das Wasser ist superwarm, komm doch mit mir schwimmen!"

Ich hätte wirklich nichts gegen ein schönes Bad an seiner Seite einzuwenden, so wie früher, wenn er mir – heimlich – zum Angeln folgte und ich gezwungen war, ans Ufer zurückzurudern, um ihn anzubinden, damit er nicht ertrank. Ich öffne das Gartentor und gehe das letzte leichte Gefälle an, etwas steiler als das vorige, um zu meinem Zimmer zu gelangen. Ich rolle an der Staude meines Vaters vorbei und bleibe diesmal nicht in ihren Zweigen hängen, fast als hätten sie sich extra zurückgezogen, um meine Rückkehr zu begrüßen. Mit von der Anstrengung schmerzenden Armen erreiche ich die Glastür zum Salon: Meine Mutter ist auf dem Sofa zusammengesunken und schlummert friedlich. Ich versetze der Glasscheibe drei Schläge mit den Fingerknöcheln meiner rechten Hand. Das plötzliche und unerwartete Geräusch lässt sie aufschrecken, und mit aufgerissenen Augen sucht sie nach dessen geheimnisvollem Ursprung. Überall schaut sie hin, nur nicht in die richtige Richtung, also muss ich ein weiteres Mal klopfen, um auf mich aufmerksam zu machen. Als sie endlich meinen ungewöhnlichen Standort entdeckt, springt sie auf und rennt los, um mir zu öffnen, mit dem fragendsten Blick, den man sich nur vorstellen kann:

„Was ist denn mit dir los?"

„Alcatraz planscht im Pool herum, du musst sie rausholen."

„Ach du meine Güte, wie ist sie denn da reingekommen?"

„Sie ist mir nach", und noch während ich mit ihr rede, wende ich den Rolli und steuere auf mein Zimmer zu.

„Und du, was hast du da draußen gemacht?"

„Das ist eine längere Geschichte, erzähl ich dir später. Jetzt geh mal lieber, bevor das dumme Vieh absäuft."

„Und wie soll ich sie alleine da rauskriegen?"

„Ruf sie zur Leiter, sonst geh zum Hausmeister, der soll dir helfen."

Meine Mutter schreitet zur Rettungsaktion, während ich ein weiteres Mal am Fenster meines Vaters vorbeirolle. Ich lächle ihm zu und stelle mir vor, wie er zurücklächelt und zwinkert, wahrscheinlich hat er schon gewusst, wie es ausgehen würde. Ich erreiche die Glastür zu meinem Zimmer und unternehme eine letzte Anstrengung, um mein nächstes Ziel anzugehen. Der gelbe Post-it-Zettel mit Johannas Nummer leuchtet wie eine Sonne vor dem schwarzen Hintergrund des Computers. Ich versuche, ihn mit dem Daumen abzuziehen, aber es gelingt mir nicht, der Kleber hält. Nach mehreren Versuchen schiebe ich den Laptop gerade so weit über den Rand des Tisches hinaus, dass ich den Zettel mit den Zähnen fassen und vom Bildschirmrahmen abziehen kann. Ich klemme ihn zwischen Daumen und Zeigefinger und klebe ihn mir auf die Hose. Eilig rolle ich durch den Flur, und als ich endlich den Salon erreicht habe, stoße ich gegen den schwarzen Pouf, der mir wie immer im Weg steht, wenn ich zum

Telefon will. Ich fahre ein-, zwei-, dreimal dagegen, bis ich ihn endlich aus dem Weg habe. Ich höre die schrille Stimme meiner Mutter nach Alcatraz rufen, die offensichtlich nicht die geringste Lust hat, zur Leiter zu schwimmen, um sich rausziehen zu lassen, und schon gar nicht, wenn nicht ich es bin, der es ihr befiehlt. Eine Sekunde lang halte ich inne, um zu überlegen: Was soll ich Johanna denn jetzt eigentlich sagen? Wo soll ich anfangen? Ich war noch nie gut darin, mich auf Gespräche vorzubereiten, ich quatsche lieber einfach drauflos, auch wenn ich dann riskiere, Schwachsinn zu reden. Aber jetzt habe ich ausreichend Entschiedenheit und Entschlusskraft auf meiner Seite und werde schon wissen, was ich sagen soll. Ich nehme den Telefonhörer und klemme ihn in meine linke Hand, während ich mit rechts die Nummer auf dem Zettel abtippe. Wer weiß, ob sie selbst abnehmen wird oder ob ich erst mit jemand anderem reden muss; wer weiß, ob sie überhaupt zu Hause ist, vielleicht ist sie auch unterwegs. Ich höre das Freizeichen. Seit Wochen habe ich nichts von ihr gehört, und sie fehlt mir wahnsinnig, so wie in den ersten Tagen, als wir zusammen ausgingen: Wenn ich sie nach Hause brachte, konnte ich es damals gar nicht erwarten, sie das nächste Mal wieder abzuholen, und mein Herz schlug jedes Mal schneller, wenn ich mich ihrem Haus näherte und darauf wartete, dass sie durchs Gartentor herauskam. Das Gefühl ist jetzt genau dasselbe:

„Hallo?"

„..."

Sie ist selbst dran, und als ich ihre Stimme höre, wächst meine Aufregung. Ich erinnere mich, dass sie sich in der Zeit, als ich hinter ihr her war – nachdem ich sie zufällig in einem Pub kennengelernt hatte –, gerne rarmachte. Zwei ganze Wochen lang musste immer ich sie anrufen und schaffte es nie, mich mit ihr alleine zu verabreden: Immer mussten ihre Freundinnen dabei sein. Eines Tages hatte ich beschlossen, dass ich mich, wenn ich bei meiner Rückkehr nach Hause keine Nachricht von ihr auf dem Anrufbeantworter vorfand, nicht mehr bei ihr melden würde. Zu Hause angekommen, lief ich direkt zum Gerät, um die Nachrichten abzuhören, und tatsächlich war die letzte Aufnahme ihre Stimme, die mich einlud, beim nächsten Mal ohne weitere Freunde auszugehen. Ich hatte gejubelt wie im Stadion nach einem Tor.

„Hallo?"

„Ich habe einen Höckerschwan gesehen."

„..."

Jetzt ist sie es, die nichts zu sagen weiß.

„Hallo?"

„Ja, hallo, entschuldige, aber ich hab nicht damit gerechnet, dass du es bist. Was hast du gesehen?"

„Einen Höckerschwan, mitten im Pool."

„Echt? Was hatte der denn da zu suchen?"

„Ich weiß es nicht genau, aber ich glaube, er war wegen mir da. Wie geht's dir?"

„Ganz gut, und dir?"

„Gut, würde ich sagen, ich lebe noch."

„Warum auch nicht?"

„Das ist eine längere Geschichte, sie hat mit dem Schwan zu tun, und ich möchte sie dir gern erzählen."

„..."

„Wenn du Zeit und Lust hast, sie dir anzuhören, könnten wir zusammen einen Wein trinken gehen."

„..."

„Bist du noch da?"

„Ja, sorry, es ist nur: Wenn man so sehr gehofft hat, dass etwas passieren soll, und es passiert dann wirklich, dann weißt du einen Moment nicht, was du sagen sollst. Klar hab ich Lust, wann denn?"

„Jetzt gleich, wenn du nichts anderes vorhast."

„Nein, ich hab nichts anderes vor."

„Aber du müsstest mich abholen, Gianni ist schon gegangen."

„Ich komme."

„Ich warte auf dich."

Ich lege den Hörer auf. Durch die Glastür des Wohnzimmers rolle ich in den Garten. Der zunehmende Halbmond kommt hinter den Pinienwipfeln hervor, die Zikaden spielen ihre Sommermusik, ein Hund schwimmt glücklich im Wasser, und meine Zukunft, unsicher wie die von allen anderen auch, ist jetzt immerhin ein bisschen klarer geworden.

„Mein Intimleben ist mittlerweile komplett der Öffentlichkeit zugänglich, deshalb hätte ich nichts dagegen, es wäre sogar eine lustige Abwechslung."

„Soll das heißen, du wäschst dich in der Öffentlichkeit?"

„Außer den zwei Pflegern, die mir dabei helfen, ist immer noch jemand dabei, der zuschaut, vor allem von meiner Familie."

„Und du hast nichts dagegen?"

„Anscheinend ist das eine natürliche Folge meines neuen körperlichen Zustands, dass alle meinen, sie dürften dabei sein, auch bei wesentlich intimeren Vorgängen als nur dem Waschen. Mich stört das nicht, ich habe andere Sorgen."

„Ich will dich ja nicht unterbrechen, aber könntest du vielleicht deine Hand wieder runternehmen? Ich will sichergehen, dass du nicht mehr vorhast, mich zu schlagen."

Erst jetzt bemerke ich, dass mein Arm die ganze Zeit noch in der Luft hing wie bei einer Schaufensterpuppe. Rasch und etwas beschämt lege ich ihn zurück auf die Armlehne des Rollstuhls. Ich bin jetzt weniger angespannt, und es ist mir auch egal, ob es sich um eine Halluzination handelt – ich will das hier einfach miterleben, so lange wie möglich. Auch sie hat sich etwas beruhigt. Sie macht es sich auf meinen Beinen bequem:

„Was soll das heißen: dein neuer körperlicher Zustand?"

„Ist dir nicht aufgefallen, dass ich sitze?"

„Was ist daran komisch? Ihr Menschen sitzt doch viel mehr als ihr steht."

„Das stimmt, aber mein Stuhl hat Räder und wird von einem Motor angetrieben."

„So faul bist du?"

(Ich muss lachen.) „Nein, das hat nichts mit Faulheit zu tun. Ich hatte einen schweren Unfall und kann nicht mehr laufen und meine Hände bewegen."

„Das hier ist doch ein Krankenhaus, da wirst du doch geheilt."

„Für das, was ich habe, gibt es leider keine Heilung, das wird für immer so bleiben."

Einen Moment lang schweigt sie. Dann wirft sie einen Blick auf ihren Nachwuchs, vielleicht denkt sie über das nach, was ich gerade gesagt habe. Das tue ich selbst im Übrigen auch. Ich stelle fest, dass ich zum ersten Mal jemandem das, was mir zugestoßen ist, mit einfachen Worten erzähle, so als würde ich mit einem Kind reden. Zum ersten Mal ohne all diese schrecklichen Fachbegriffe, die jeden Tag in der Luft herumschwirren, verwendet von anderen Leuten. Zum ersten Mal Worte, die eine Vorstellung vom Leben konkret werden lassen. Und auch wenn diese mir wehtut, spüre ich, dass ich sie doch brauche, und darum will ich nicht aufhören, darüber zu reden. Im Übrigen gibt es doch keinen besseren Gesprächspartner als eine sprechende Ente. Sie schaut jetzt wieder mich an. Dann richtet sie sich auf und schüttelt sich heftig, so dass ihr Gefieder vom Kopf bis zur Schwanzspitze allmählich ins Vibrieren kommt. Ich kann nicht umhin, ihre wunderschönen Farben zu bewundern: den gelben Schnabel; die grüne Farbe am Kopf und am vorderen Teil des Halses, die zwischen Smaragd- und Flaschengrün oszilliert; den dünnen weißen Halsring, der einer Kette ähnelt und die verschiedenen Grüntöne von der dunkelbraunen Brust und dem ins Beige übergehenden Grau des Körpers trennt; und schließlich die schwarzen Schwanzfedern mit einem weißen Streifen an der Spitze. Das alles erhält durch die Sonne und die Reflexe des nassen Gefieders einen besonderen Glanz. Sie macht es sich erneut gemütlich:

„Aber wenn du sitzt, ist das doch bequem, und es macht auch nicht so müde."

„Leider ist das genaue Gegenteil der Fall. Bei mir ist Sitzen gar keine bequeme Haltung und noch dazu sehr anstrengend."

„Warum?"

„Weil meine Haut gefühllos ist, deshalb kann ich keinerlei angenehme Empfindungen haben. Und außerdem weiß ich nie, ob ich richtig sitze. Die Anstrengung kommt von meiner Schwäche und von der Überbeanspruchung der Schultermuskeln, denn das sind die einzigen, die noch funktionieren."

„Halt mal, was soll das heißen: Deine Haut ist gefühllos?"

„Ein Beispiel: Du sitzt jetzt hier auf meinen Beinen, aber für mich ist es so, als wärst du nicht da. Ich spüre dein Gewicht nicht, und ich weiß auch nicht, ob du mir vielleicht wehtust."

„Wenn ich dich also jetzt beißen würde, würdest du es nicht merken?"

„Genau."

„Aber ist das nicht ein Vorteil?"

„Ja, in manchen Fällen kann es tatsächlich ein Vorteil sein; aber in anderen ist es ein großes Problem."

„In welchen denn?"

„Wenn ich zum Beispiel in einer falschen Haltung sitze, kann ich eine Wunde am Hintern bekommen, ohne es zu merken."

„Dann setz dich doch richtig hin."

„Ich bin mir eigentlich sicher, dass ich das tue, aber vielleicht stimmt es gar nicht."

„Und warum bist du schwach?"

„Ich habe viele Monate im Bett gelegen und konnte nicht mal essen, also habe ich Gewicht verloren, und davon bin ich geschwächt."

„Aber jetzt kannst du wieder essen?"

„Ja, aber ich esse nicht viel."

„Das ist aber ein Fehler, du musst Kräfte sammeln."

„Es ist schwierig, sich nach so langer Zeit ohne Essen wieder daran zu gewöhnen, der Magen ist ganz schnell voll, und um ehrlich zu sein, sind es auch meine Gedanken, die ihn verschließen."

„An was denkst du denn?"

„An alles, was dieser verdammte Unfall mir weggenommen hat."

„…"

Sie schaut mich schweigend an und wartet, dass ich weiterspreche.

„Ich kann gar nichts mehr alleine tun, für fast alles, woraus mein Leben besteht, brauche ich Hilfe, und alles ist voller Zeitpläne und Regeln: Alle drei Stunden muss ich Pipi machen, jeden zweiten Tag kacken, im Bett mit verschiedenen Kissen abgestützt werden, dreimal täglich Medizin nehmen. Ein immer wiederkehrender Alptraum, immer der gleiche, jeden Tag. Und dann diese geschlossenen Hände, die ich nicht bewegen kann – jedes Mal, wenn ich sie sehe, fühle ich mich beschissen. Ich kann fast nichts mehr alleine greifen, aber vor allem kann ich nicht mehr Gitarre spielen, das war meine einzige Leidenschaft." Ich halte inne und blicke schweigend auf das Wasser im Brunnen, aber sie lässt das Schweigen nicht lange dauern:

„Mein Rücken juckt ganz fürchterlich, könntest du mich mal ein bisschen kratzen?"

„Aber ich kann doch meine Hand nicht aufmachen, das geht nicht."

„Komm schon, probier´s trotzdem, bitte, das macht mich ganz verrückt", sie dreht sich auf die Seite und streckt mir ihren Rücken hin. Ich versuche es mit dem Knöchel des rechten kleinen Fingers:

„Gut so?"

„Ein bisschen höher."

„Hier?"

„Ja, oh, tut das gut!", sie streckt sich wohlig und genießt.

„Und könntest du mir jetzt noch die Federn glätten?"

„Aber wenn doch meine Hand nicht aufgeht!"

„Komm schon, du Langweiler!"

Ich streichle sie mit der Außenseite meiner Finger, so sanft ich kann. Ihre Federn sind weich und glatt und fühlen sich schön an; sie scheint den Vorgang ihrerseits angenehm zu finden:

„Schau mal, hier hast du doch zum Beispiel zwei Sachen die du sehr gut kannst: kratzen und streicheln. Und wenn du etwas nicht kannst, was ist schon dabei, jemand anderen zu bitten? Hab ich doch gerade auch gemacht."

„Ja, aber du hast nicht deine Freiheit verloren. Du kannst alleine überall hin, du kannst fliegen. Du bist quasi das Symbol für die Freiheit. Wie würdest du dich wohl fühlen, wenn deine Flügel nicht mehr funktionierten?"

„Das wäre sicher ein Problem, aber ich würde irgendwie versuchen, ohne sie zu leben."

„..."

„Du denkst immer nur an das, was du nicht tun oder haben kannst, konzentrier dich doch lieber auf das, was du hast und kannst. Zwei Sachen haben wir gerade eben schon rausgefunden, und du entdeckst sicher noch wer weiß wie viele andere. Und außerdem hast du noch deine Augen, um die Welt zu sehen, deine Nase, um all die Düfte um dich herum zu riechen, deinen Mund zum Reden und zum Essen, und dein Hirn, das diese ganzen Fähigkeiten genießen kann. Du bist ja schließlich nicht tot."

„..."

„Meinst du etwa, nur weil ich Flügel habe, hätte ich keine Probleme? Weißt du überhaupt, warum ich zum Baden hierhergekommen bin?"

„Nein."

„Die Jagdsaison ist eröffnet, das heißt, wenn ich auf einem See oder Fluss unterwegs bin, laufe ich Gefahr, mir eine Ladung Schrot einzufangen, und meine Kleinen auch. Auf dich wird wenigstens nicht geschossen. Wir haben doch alle Probleme im Leben. Auch die Leute, die laufen und unabhängig sind, können trauriger sein und noch mehr Probleme haben als du."

„Ich würde liebend gerne tauschen."

„Du willst es jetzt nicht verstehen, aber du wirst sehen, früher oder später schaffst du es schon. Aber jetzt entschuldige mich, ich muss zu meinen Kindern zurück."

Es ist das erste Mal, dass mir jemand so eine Standpauke hält – dass es sich dabei um eine sprechende Ente handelt, spielt gar keine Rolle. Vielleicht hat sie ja recht, wenn sie sagt, dass ich es nicht verstehen will, vielleicht habe ich auch nicht die Kraft dazu, vielleicht werde ich es nie schaffen. Das Gewicht all dessen, was mir fehlt, begräbt den ganzen Rest unter sich und macht ihn unsichtbar, und die kleinen alltäglichen Erfolge machen mir nicht die geringste Freude. Ich sehe ihr zu, wie sie zu ihren Kleinen zurückkehrt, mit einem watschelnden Gang, der mich an einen Zeichentrickfilm erinnert. Ich muss lächeln. Auf einmal dingt eine Stimme zu mir:

„Hallo!", es ist meine Verlobte.

„Hallo!"

„Was machst du denn hier so allein?"

„Ich bin doch in guter Gesellschaft", und ich zeige auf die kleine Familie.

„Wie süß! Sind die schon lange da?"

„Schon den ganzen Vormittag, aber schau nicht zu genau hin, das könnte die Mutter kränken", diesen letzten Satz sage ich etwas lauter. Mama Ente, die inzwischen gefolgt von ihren Küken aus dem Brunnen gestiegen ist und aufs Gebüsch zusteuert, dreht sich noch einmal um, wirft mir einen letzten Blick zu und lässt ein lautes Schnattern hören. Ihre Antwort auf meinen kleinen Scherz, ein letzter Gruß.

Zürich, Mai 1997

Liebe Claudia,

du hast mir deinen Laptop geliehen, hier das Ergebnis. Ich dachte, ich schenke es dir, als kleines Andenken. Das Schreiben hat mir wirklich Spaß gemacht. Vielleicht wird mal noch ein Buch daraus, was meinst du?

Lorenzo

Danksagung

Danke an Sandro Veronesi für seine unbezahlbare Hilfe.
An Valeria di Napoli, Künstlername Pulsatilla, für ihre Inspiration, dafür, dass sie mich davon überzeugt hat, Schriftsteller werden zu können, und für die wertvollen Ratschläge.
An Silvia Volpato und David Nerattini für die fortwährende Unterstützung.
An Clara Sereni, die das Ganze offiziell auf den Weg gebracht hat.
An Massimiliano Coccia, weil er an meine Fähigkeiten geglaubt hat, von Anfang an.
Ein Dankeschön von Herzen an meine Mutter Milvia, meine Schwestern Valentina und Roberta und meinen Bruder Franco für ihre ständige Anwesenheit in all diesen Jahren.
Allen Followern meines Blogs für ihre Ausdauer trotz meiner langen Unterbrechungen: danke.
Ein besonderer Dank an Mr. Alf T., er weiß schon, warum...

Inhaltsverzeichnis

Übersetzerin

Dr. Ruth Mader-Koltay, geboren 1968 in Weingarten/Württ., hat Italienische, Französische und Neuere Deutsche Literaturwissenschaft studiert. Sie lebt in Freiburg und arbeitet als Dozentin für Italienisch bei der Dante-Alighieri-Gesellschaft, als Textadaptorin für den deutsch-französischen TV-Sender *arte* und als literarische Übersetzerin aus dem Italienischen.

www.nonsoloverlag.de
info@nonsoloverlag.de

9 783947 767090